눈물을 마시는 새 1
이영도

イ・ヨンド

小西直子訳

涙を呑む鳥 I

ナガの心臓 —下—

早川書房

涙を呑む鳥1　ナガの心臓〔下〕

This book is published with the support of
the Literature Translation Institute of Korea (LTI Korea).

装画／Yi Suyeon
装幀／大野リサ

本作品には「宣《の》り」という表現が出てきます。本作にはナガという種族が出てきますが、彼らは口から出てくる言葉は使わず、精神的にコミュニケーションを取ります。それが「宣《の》り」です。他の種族の「話す」と同じ意味を持ち、鍵括弧《かっこ》（「」）ではなく山括弧（〈〉）に入っているのが宣りによる会話です。「話す」が「話し」、「話して」、「話せば」と活用するように、「宣《の》り」、「宣《の》うて」、「宣《の》れば」というように活用します。

Map Illustration © Yi Suyeon

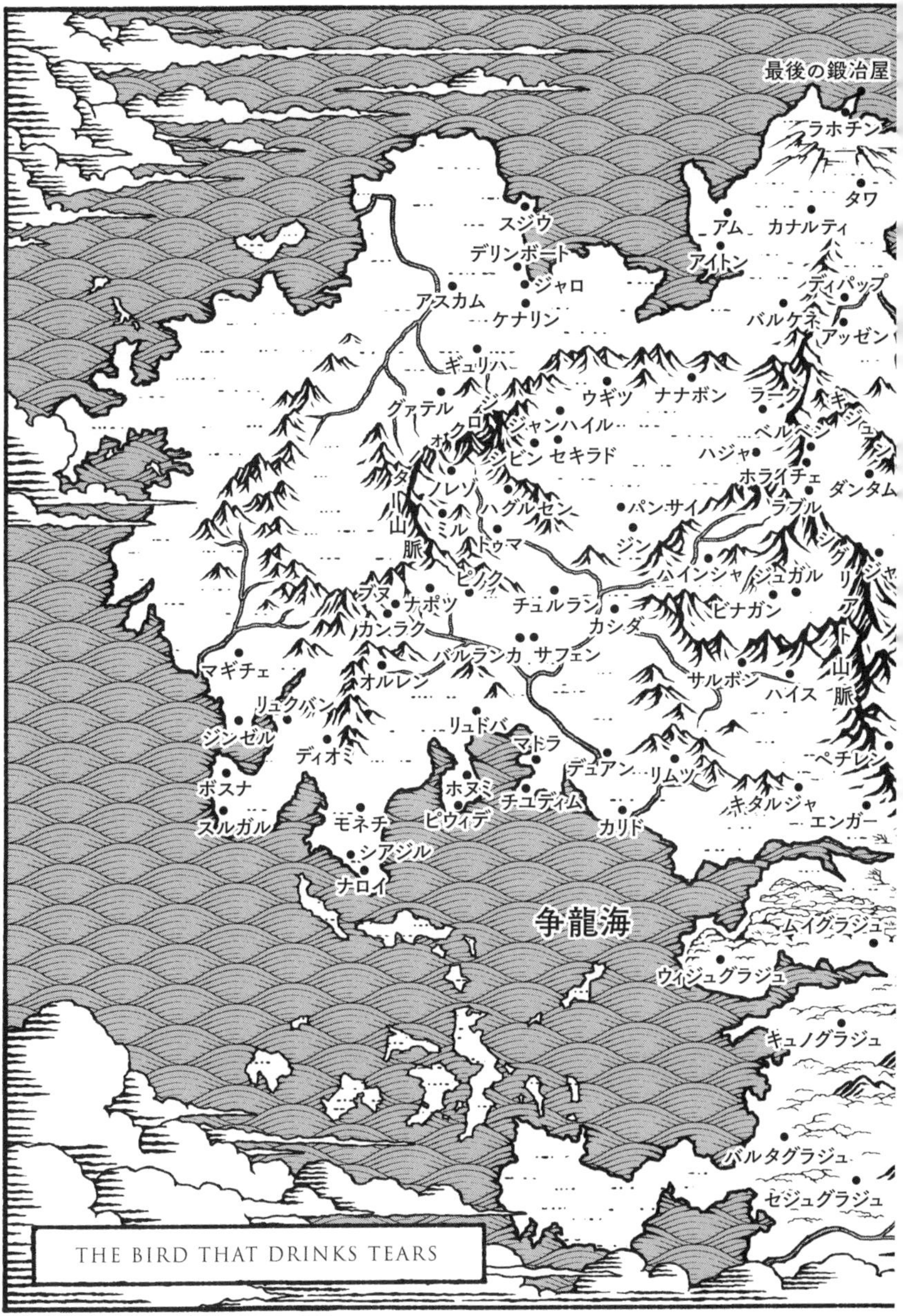
最後の鍛冶屋
ラホチン
タワ
アム
カナルティ
アイトン
ディパップ
バルケネ
アッゼン
スジウ
デリンポート
ジャロ
アスカム
ケナリン
ギュリハ
グァテル
ウギッ
ナナボン
ラーク
ジャンハイル
シビン
セキラド
ハジャ
ベルベン
ホライチェ
ダンタム
ラブル
ノレソ
ハグルセン
パンサイ
ミル
ドゥマ
ジン
ハインシャ
ジュガル
ピノク
ブヌ
ナポッ
チュルラン
ビナガン
カンラク
カシダ
バルランカ
サフェン
マギチェ
オルレン
サルボン
ハイス
リュクバン
リュドバ
ジンゼル
マドラ
ディオミ
デュアン
リムッ
ペチレン
ボスナ
ホヌミ
チュディム
キタルジャ
エンガー
スルガル
モネチ
ピウィデ
カリド
シアジル
ナロイ
争龍海
ムイグラジュ
ウィジュグラジュ
キュノグラジュ
バルタグラジュ
セジュグラジュ
THE BIRD THAT DRINKS TEARS

登場人物

ケイガン・ドラッカー………人間の男。ナガ殺戮者
ティナハン……………………レコン。ハヌルチ遺跡発掘者
ビヒョン・スラブル…………トッケビ。チュムンヌリの城主の側仕え

リュン・ペイ…………………ナガ。元修練者の若者
サモ・ペイ……………………リュン・ペイの姉
ヨスビ…………………………サモの武術の師匠。リュン・ペイの父。故人
ファリト・マッケロー………ナガの修練者。リュンの友人
ソメロ・マッケロー…………ファリトの長姉
カリンドル・マッケロー……ファリトの姉。ドゥセナの娘
ビアス・マッケロー…………ファリトの姉
カル……………………………ファリトの護衛
スバチ…………………………ファリトの護衛

オレノール……………………ハインシャ大寺院の僧侶。大徳《だいとく》
トディ・シノーク……………無敵王。元ペチレンの皮革商人
ジグリム・ジャボロ…………ジャボロの麻《ま》立干《りつかん》。威厳王
キタタ・ジャボロ……………ジグリムの伯父

第3章　涙のごとく流れる死（承前）

　サモはまたショジャインテシクトルに使われる剣シクトルをぐっと握りしめた。しかし、彼女に向かって駆けてくるように見えていた斗億神《ドウオクシニ》は彼女の予想を裏切り、だんだん小さくなっていた。斗億神を注意深く見ていたサモは、その斗億神の上半身と下半身がそれぞれ逆方向を向いているのに気づいた。斗億神は、自分の足を見下ろして凶暴に唸《うな》った。が、サモに襲いかかろうとする斗億神の意図はむしろ、斗億神をしてサモからだんだん遠ざからせた。サモは笑わなかった。

〈惨《みじ》めだこと〉

〈私も惨めですよ〉

　カルが不平を言うと、サモは冷ややかな精神語を送った。

〈あなたや私なんかがそんなふうに言うべきじゃないんじゃないかしら。あそこまで生の喜びを剝奪《はくだつ》された者の前で〉

〈あいつらはね、自分が惨めだなんてわかっちゃいませんよ、どうせ。でも、私はそう感じているんですよ。いや、危険を感じていると言うべきでしょうかね〉

サモは、カルのほうを向いた。サモの瞳を見たカルは、大げさに肩をすぼめて見せた。しかし、サモはわずかの同情も示さなかった。

〈その背嚢《はいのう》、もうずいぶんと軽くなったんじゃないの？〉

実際、カルの背嚢は少し前よりずっと軽くなっていた。しかし、カルの悩みの種は、まさしくその背嚢が軽いというところにあった。カルが背嚢の中に手を突っ込んで何かを取り出す。ひとつの石ころだった。

〈見てください、ペイ。もうずいぶんと冷えてしまってます〉

〈まだ見えるわ〉

〈そうですね。でも、戻って、出る時間を考えれば、危ないところじゃないでしょうか？〉

遺跡に足を踏み入れたサモとカルには、リュンの一行がどちらへ進んでいるかがはっきりわかった。ビヒョンとティナハンの体温が敷石やピラミッドの上にはっきりした熱の跡を残していたからだ。しかし、仲間を心配してやみくもにピラミッドの中に飛び込んだリュン一行とは違い、サモとカルはピラミッドの巨大な構造を確認するやいなや歩みを止めた。彼らには火を作り出すトッケビなどいない。石でできたピラミッドの冷たさは、ナガの目にまったく有益ではない。つまり、彼らには道を見つけ出す手立てがなかった。

サモは宣《の》りもなくピラミッドの外に座り込んだ。陽が昇ってから何時間も経つのに、サモは静かにピラミッドを見つめているだけだった。カルは耐えきれずに中でじりじりしていた。やがて、サモがゆっくりと立ち上がった。そして、カルに若干妙な命令を下した。背嚢を石ころでいっぱいにするように。その宣りを聞いたとき、カルはサモが斗億神に石でも投げつけようとしているのだろうと思った。ところが、サモはピラミッドの中に入ると、その石ころを一定の間隔で落とさせた。そして、何時間か太陽の熱で熱された石ころは闇の中で光を発した。それを見て、カルは感嘆した。ナガにとって、それは松明《たいまつ》と同じくらい鮮明な標識だった。

しかし、ピラミッドの内部は圧倒的と言えるほどに広かった。いつしか背嚢は軽くなっていたが、この先、どれほど進まねばならないのかさえ見当がつかない。背嚢が軽くなっているのを感じてカルは不安を覚え、その不安は背嚢の中に残っていた石の温もりが目に見えて衰えてきているのを見ると、ますます膨らんだ。

〈戻る道が冷め始めてます。下手をしたら、闇の中で立ち往生することになるかもしれません〉

サモは、カルの宣りが正しいことを認めざるを得なかった。しかし、サモは答えず、前方の闇をじっと見つめた。カルは結局、焦《あせ》りを押さえられずに宣うた。

〈ペイ、石が冷えてしまう前に……〉

〈こいつらは、なぜ神を失ったのかしら〉

サモの唐突な問いに、カルは若干当惑した。

〈え？　傲慢さのせいじゃないですか？〉

〈それはわかってる。具体的に、どんな傲慢さなのかしら〉

〈さあ。神など必要ないと考えたんじゃないですか？　もしくは、自分たちのほうが神よりも上だと思ったとか〉

サモは、通路の壁と天井、床を見回すと、かぶりを振った。

〈そんな連中が、こんなものを作れるかしら〉

〈何のことですか？〉

サモは考えに沈んだ顔で、おかしなことを宣うた。

〈〝隣家に面する窓を高価な玉簾《たますだれ》で覆い、暗い部屋の中で自分を見失って彷徨《ほうこう》し、これを、智慧《ちえ》と呼んでいたな。あの傲慢な斗億神〟〉

〈誰の宣りですか？〉

〈宣りじゃない。歌よ〉

〈歌……ですか？〉

〈ええ。今のは中間部分。こんなふうに始まるの。〝残された寿命を数えることも怖ろしく、腐りゆく手足を統制することも放棄して久しい。地上で最も寂しい古木の根元に座り〟……あら、どうしたの〉

カルは危うく沈着さを失うところだった。

〈腐るというのは……それはナガの話じゃないですよね。ナガの手足は腐らないですから〉

サモは呆気にとられたように宣うた。

〈もちろんよ。私たちは歌なんて歌わないでしょ。これはね、アラジ戦士の歌っていうの。人間の歌よ〉

〈それを、なぜあなたが知ってるんです？〉

〈私に剣の使い方を教えてくれたヨスビという人がいたの。彼は限界線の北の奇怪な風習をたくさん知っていた。余計なぐらいに関心を持っていて、そのせいでよくない最期を迎えたのだけれど……ともかく、その人から聞いた歌よ〉

カルは逆立った鱗《うろこ》を宥《なだ》めようと努め、緊張を鎮めた。彼がまったく予想できない瞬間に、ファリトに教えた歌を聞いた衝撃は大きかった。

――畜生、あり得ることだ。人間がその歌を教えてくれた。だから、ヨスビとかいう奴が人間の慣習に関心が高かったなら、その歌を知っていてもおかしくないさ。

運よくサモは、カルの妙なようすが〝歌〟というものに驚いたせいだろうと思った。

〈ずいぶん驚いたようね。ごめんなさい。ともかく、それは私が知る限りでは、斗億神が神を失った理由に対する一番長い説明よ。大概、斗億神がなぜ神を失ったのかって訊くと、斗億神が傲慢だったからっていう答えが返って来る。それで充分だとでも言わんばかりに。でも、いったいどんなふうに傲慢だったって言うのかしら。でも、その歌には説明がされている。満足するには短すぎる説明だけれどね〉

〈その歌は、つまり、斗億神が周囲の人に対しても関心をなくし、自分自身も失った。そういう意味ですか？〉

〈そして、その状況を知性的な行動とみなしたのよ〉

〈それで？〉

サモは手を少しあげて、周囲の壁を指し示した。

〈そんな者たちが、こんなに立派な建築物を建てられるかしら〉

〈でも、こんなものだったら、蟻だって作りますよね。蟻塚は中が空っぽで、円錐形でしょう。このピラミッドみたいに〉

〈隣人も知らず、自分も失った蟻は、蟻塚を築けないわ〉

カルはうなずいた。しかし、カルは話が明後日の方向へ向かっていることのほうが気にかかった。

〈何のことか、わかります。しかし、残る話は、外に出てから聞いてもいいでしょうか、ペイ。石が冷えていっています〉

サモはため息を吐いた。

〈あなたは何も感じないの？〉

〈え？　感じるとは？〉

〈この中に斗億神がなぜ神を失ったのかについて、知りたがっている誰かがいるってこと。うなじがぴりぴりするくらいなのに。私がその話を始めたのは、そのせいよ〉


ティナハンは、面食らった顔でリュンを見た。

「斗億神がなぜ神を失ったか、だって？　傲慢さのせいだろうが」

「そう宣うたんですが……でも、その傲慢さというのがどんな傲慢なのか、と訊かれました」

ティナハンは困ったようにビヒョンを見た。ビヒョンが肩をすくめる。

「ケイガンだったら知っているかもしれませんね。そんな伝承知識や古代語なんかには怖ろしく詳しいですから」

ケイガンの不在がもたらす損失を彼らは改めて痛感した。左手で肉髯《にくぜん》をひねっていたティナハンが力なく言う。

「仕方ない。俺たちも正確なところはわからぬ。そう言ってやれ」

リュンはまたも、ねばねばと流れ落ちる肉体の欠片に目を向けた。

〈僕たちも、斗億神がどんな傲慢さのために神を失ったのかはわかりません。何しろ昔のことですから〉

骸《むくろ》の滝はしばし沈黙したまま流れ落ちていたが、やがてまた質問した。

〈お前たちは神を失ってはいないのか〉

〈はい〉

〈お前たちは、どのようにしてお前たちの神と疎通する？〉

〈僕らナガには、守護者と呼ばれる人たちがいて、〝足跡のない女神〟に祭祀《さいし》を行い、その意を地上で実践します。女神はその証拠として、僕たちにご自分の名をお与えになります。人間には、〝どこにもいない神〟を仰ぎ、祭祀を行う僧侶という者たちがいます。ひたすら〝どこにもいない神〟の意に従い世俗との縁は切るという意味で、彼らは髪を剃《そ》るということです。トッケビは翁《おきな》――言うなれば死んだトッケビですけど、その翁が主に〝我を殺す神〟のために祭祀を行うと聞いています。レコンは……〉

リュンはふと口を噤《つぐ》み、ティナハンを振り返った。ティナハンが首を傾げる。

「なんだ？」

「あなたたちは、〝この世の何者よりも低いところにおられる女神〟に対し、どのように祭祀を行いますか」

「行わない。寺院もないな」

「ないわけじゃないでしょう」

「お前、それがどこにあるのか知ってるか？　どこにあるのか誰も知らないんだから、ないのと同じだ」

リュンはそのまま伝えた。骸の滝が宣うた次の問いは、リュンを当惑させた。

「あの滝がですね、では、レコンも神を失ったのかと、そう宣うてますが」

ティナハンもまた当惑した。ティナハンは日ごろ、幸運について女神に感謝し、不運について女神に文句を言いはした。しかし、それ以上は〝この世の何者より低いところにおられる女神〟について考えてみたことがなかった。レコンはふつうそうなのだ。悩んだ末にティナハンは首を振った。

「そうじゃない。おい、お前らが見るに、俺たちが女神を失ったみたいに見えるか？」

ビヒョンとリュンにはそうは思えなかった。リュンは、その考えをそのまま聞かせてやった。

〈いいえ。レコンが彼らの女神を失ったとは思えません〉

骸の滝は、また沈黙した。少し経って発せられた滝の宣りには怒気が込められていた。

〈好き勝手に神と関係を結んでいるというわけだ。そのうえ、神に対して無関心な種もあるのか〉

その怒りの語調に驚き、リュンは骸の滝を見つめた。怒気とともに、骸の滝の宣りはますます洗練されてきていた。もはやナガと宣りを交わしているようだ。

〈なのに、お前らは神を失っていないと宣るのだな。ただ斗億神だけが、神を失ったというわけか。あまりに昔のことで忘れ去られてしまったという、その正体不明の傲慢さのせいで。いったいどうして、そんなふうに宣ることができる？　見よ！〉

〈はい？〉

〈私を見ろ！　お前の目の前にいる、私を。そして、このピラミッドの中を巡っている私の一部を。わからないか？　ひとつの種族にとって、神を失うことよりも大きな事件はないのだぞ。それは種族の死だ！　そんなことになった理由を、どうして忘れたりできる？　そんなザマになっても構わないわけではないのなら！　昔のことだから、忘れてしまっただと？　そんなことがあり得るか！〉

滝の宣りは正しいとリュンは思った。なぜそれほどに重要なことが忘れられてしまったのか。

骸の滝は、言い渡すように宣うた。

〈結論はひとつだ。お前たちは、私を騙《だま》している！〉

〈いいえ、とんでもない。僕らがなぜあなたを騙すんです？〉

〈嘘を吐くな！　事実のままに宣れ。斗億神はなぜ神を失ったのだ!?〉

〈そう宣られましても、知らないものは知らないんです。僕も理解できないですが、あなたたちの傲慢……〉

〈やめろ！　そんな欺瞞《ぎまん》はたくさんだ。お前の本心など、見抜いておるわ！〉

〈え？　どういうことでしょうか〉

〈斗億神は、神を失っていない。斗億神の神は殺害されたのだ。お前らが斗億神の神を殺したのだ！　そうして、斗億神の傲慢さだのなんだのという、理にかなわぬ嘘を宣うているのだ！〉

リュン・ペイは、骸の滝の送ってくる荒々しい宣りに驚いて後ずさりし、その後で、やっとその宣りの意味に驚いた。ビヒョンとティナハンが驚いた目で見つめてくる。しかし、リュンはまず滝に向かって宣うた。

〈まさか、そんな……思い違いですよ。神を殺害するなど、あり得ないことです〉

〈でたらめを宣るな！　私はお前の精神を読んだ。お前の記憶の中には確かに他の神の殺害についての計画があった。そんな計画を持っているということは、過去にも同じことをしでかし得たという意味だろう。お前らが斗億神の神を殺したのだ！〉

リュンは、骸の滝がおかしくなったのではないかと思った。〝殺神計画〟だって？　そのようなことを考えたことすらなかったリュンとしては、骸の滝の宣りがとうてい理解できなかった。

そのとき、リュンの頭をひとつのアイディアがかすめた。骸の滝が自分の考えを読み取ったのなら、自分にも滝の精神が読めるのでは……。リュンは試し、成功した。

「逃げて！」

ティナハンは、リュンの叫びに鶏冠《とさか》を逆立て、鉄槍を握りしめ、目を怒らせた。が、その叫びに従うことはしなかった。

「何が起こった？　え？　どうしたんだ、リュン」

リュンは後ずさりしながらわめいた。

「あの滝は、僕たちを自分の一部にする気です！　あいつは僕たちを呑み込むつもりなんです。あの骸みたいになってしまう！　僕たちも……！」

ティナハンは体を思いっきり膨らませ、滝に向かってずんずんと歩いていった。しかし、その威風堂々たる勢いは長続きしなかった。ティナハンは、下を見下ろして首をひねり、ビヒョンはより単刀直入に質問した。

「でも、どうやって？」

「え？」

「滝がどうやって私たちを呑み込むっていうんです？　上に向かって流れるとでも？」

その瞬間、滝が上に向かって流れ始めた。

驚愕に目を剝《む》いた一行の目の前で、滝は奇怪な動きでしきりと蠢《うごめ》いた。滝の下部が上に噴き上がり、上から流れ落ちていた骸とぶつかるその合流地点で、骸の欠片が前に突き出し始めた。突出部はふたつだ。だんだん長くなっていく。絶えず自らを再形成しつつ突出し続けた骸はしまいに二本の腕になった。片腕には五本の指、もう片方には七本の指がにょきにょきと出てくる。指の長さはそれぞれ違うが、印象的な共通点がひとつあった。どの指も、第一関節は葡萄の房のように絡まった数百の眼球からできていたのだ。鱗の音をたてて痙攣《けいれん》するリュンに、怖ろしい宣りが浴びせられた。

〈私のような存在がまた生まれるかもしれないのを放っておくわけにはいかぬ。その馬鹿馬鹿しい殺神計画もお前もいっぺんに抹殺してやる。お前を私の一部にする！　私になり、私が感じる苦痛を感じてみるがいい！〉

凍り付いていた一行のうち、ティナハンが真っ先に我に返った。その不気味な手は、すでにすぐそこまで迫っていた。

数百の眼球に映った数百人の自分に向かい、ティナハンは鶏鳴声《けいめいせい》を発した。

数百人のティナハンが粉々に砕け散る。

想像をはるかに超えた強力な声により、指の第一関節が破壊されたのだ。眼球が四方に弾け飛ぶ。その吐き気を催す光景を前に、リュンとビヒョンはあやうく正気を失うところだった。次の瞬間、滝が叫んだ。生物が出しているとは思われない奇怪な咆哮だった。

指の第一関節を失った手が怒りに満ちた動作で荒々しく絡み合う。二本の腕が虚空で身をよじり、ひとつに合体すると、巨大な蛇のような姿に変わる。腕と足と体と頭と内臓と脊椎が絡まりあった蛇が虚空に頭をもたげ、一行に向かって咆哮した。直径が数メートルもありそうな、身の毛もよだつ姿だった。

「チルルルルル！」

蛇の口の中には砕けた骨があたかも歯のように生えていた。それが、ぞっとするような光を放つ。ティナハンは鉄槍を握って叫んだ。

「なんだこいつは！　えい、駄目だ！　逃げろ！」

「無理です！　逃げ道を塞《ふさ》がれました！」

ちらりと振り向いたティナハンは、鶏冠が強張るのを感じた。いつの間にか彼らの背後に斗億神が大量に集まり、退路を塞いでいる。どうしたものかとティナハンが考えているうちに、骸の蛇が咆哮し、突進してきた。もはや考えている暇はない。

「突き破れ！」

そう叫ぶや、ティナハンは駆けてくる骸の蛇に向かって鉄槍を突き出した。

ビヒョンはおろおろし、前後を代わる代わる見た。背後では、ティナハンがかかってきた骸の蛇を相手に激闘を繰り広げていた。重さだけでも途轍《とてつ》もない鉄槍にレコンの力が加わってはたまらない。骸の蛇は近づくたびにあちこちを粉砕され、後退した。しかし、滝は絶え間なく流れている。骸の蛇はたちまち自分を再構成し、襲いかかってくる。まさしく滝と戦っているようなものだ。ビヒョンと同じく前後を見ていたリュンが、忙《せわ》しなく叫んだ。

「ビヒョン、火をつけてください！」

ビヒョンはハッと我に返ると、リュンを見下ろした。リュンが通路を塞いでいる斗億神を指さす。ところが、トッケビは激しくかぶりを振った。

「それはできません。生きている者に火をつけるなんて！」

「あれが生きた者ですか？」

「でも、死んでもいないでしょう！」

リュンは鱗を逆立ててビヒョンを見つめた。この五時間、あれほどの辛苦を舐《な》めながらもビヒョンはそれを拒んだ。そして今、またも拒んでいる。リュンがトッケビを説き伏せようとしたとき、斗億神どもが奇声を発しながら突撃してきた。

「固く滾《みなぎ》る槌を塗ると！」

「重たい陽、老いて生まれれば、レンギョウ笑うよ！」

リュンが慌てて腰をまさぐり、赤い丸薬を取り出す。ビヒョンが目を丸くしているその前で、リュンはソドゥラクを呑み込んだ。

「わかりました。じゃあ、僕が突破します。付いてきてください！」

ナガの伝統剣サイカーを両手で握り、リュンは疾風のごとく駆けた。斗億神どもがわけがわからないことを言いながら駆け寄ってくるが、リュンは真っ向から相手をする気はなかった。左手の壁に駆けあがったリュンは、そのまま壁を伝って走ると身を返し、天井を足で蹴った。そして、斗億神の頭の上に飛び降りた。

それから数分間、リュンの足が地面につくことはなかった。足を下に向けていた時間も半分にも満たなかった。斗億神の頭と肩、そんなものはない場合は他のところを踏んだり手を突いたりしながらジャンプを続けるリュンの姿は、逆立ちをして戦っているかのようだった。

しかし、その驚異的な奮闘にもかかわらず、リュンはほとんど退路を広げることができなかった。再構成され続ける骸の蛇と同じく、斗億神もたゆまず押し寄せてきた。十分経った時点で、リュンはほんの十メートルしか進めていなかった。ソドゥラクの持続時間を半分以上使ってしまった……。リュンは焦りを覚えた。

ティナハンもまた、苦戦していた。たとえ相手が数十メートルを超える巨大な大きさでも、ティナハンの覇気はまったく衰えていなかった。しかし、壁にあいた穴の中に立っていたティナハンの行動範囲は狭くならざるを得ない。迂回攻撃などは完全に不可能で、ただただ正面からぶつかるしかなかったのだ。骸の蛇は、そんな状況を充分に活用していた。たとえ、近づくたびに野牛でも一撃で貫けそうな怖ろしい攻撃を受け、後退することになるとしても、骸の蛇には自らを再構成する時間がいくらでもあった。そして、そのたびに少しずつ巨大化して突進した。まるでティナハンを倒すにはどれぐらいの大きさが必要なのか、テストを繰り返しているかのようだ。

ビヒョンは前後のどちらにも目をやりたくなかった。両手で顔を覆い、ナーニに凭《もた》れかかってビヒョンは肩を震わせた。

「ああ、なぜこんなことに……」

「どうか、火をつけてください！　ビヒョン！」

ビヒョンは顔をあげ、リュンを見つめた。ソドゥラクに酔っていたリュンは気づかなかったけれど、彼の体は傷だらけだった。鋭い爪のある手があたかも巨大な蜘蛛のようにリュンの背中に取りついている。それを見てビヒョンは身震いした。リュンは心臓があるナガだ。手足が千切れても再生できる他のナガとは違う。

ビヒョンは致し方ない、とばかりに両手をあげた。彼には、リュン・ペイをハインシャ大寺院に連れていくという任務があった。〝三が一に対向する〟彼が行動しなければ、三にならないのだ。ビヒョンがついにそれ——あのペシロン島の悪党どもが最後に見た、そしてアキンスロウ峡谷に永遠の懲罰の烙印《らくいん》を押したものを作り出そうとした、そのときだ。

ビヒョンはある斗億神の顔を見た。

ひどく醜怪な斗億神だった。右目は歪んだ鼻にほとんどくっついており、左目はほぼ額についている。上唇はないも同然で、並びの悪い歯がむき出しになっている。分厚い下唇はひどくひび割れていた。まるで脱水症にでもかかっているかのようだったが、それなりの理由があった。その斗億神は、絶えず涙を流していたのだ。

涙腺に何か異常が生じているらしい。実際に、その醜悪な顔のどこにも悲痛な色は見受けられないのだ。両方合わせて六つにしかならない爪をリュンの体に食い込ませようと必死になっているその動作には、ひたすら盲目的な怒りが滲《にじ》んでいた。

しかし、その無意味な涙がビヒョンの両手の上で熟しつつあった大災難を消し飛ばした。

ビヒョンは両手を下に下ろした。ソドゥラクの薬効が切れたらリュンは死ぬだろう。そして、ティナハンもまた。ビヒョンにとって、自分が死ぬのは何でもないことだ。死という事象に胸を痛めるトッケビはいないのだ。その瞬間、ビヒョンは極めて冷静にケイガン・ドラッカーについて考えていた。

「なぜ殺し、なぜ食べてしまうんですか？」

　限界に達した筋肉が体内で捻《ね》じれるようだ。彼自身が振るうサイカーの刃先が三つに見える。それでもリュンは、歯を食いしばってまたジャンプした。腕が千切れるほどの勢いでサイカーを突き出す。もう一度腕を振り回したら腕が抜けてしまうかも……。そんな予感がひしひしと現実味を帯びてきていた。なのに、斗億神の数は減る気配もない。ソドゥラクの効果はすでに減退し始めており、リュンはもう一度ソドゥラクを服用することを考え始めていた。

〈僕はヨスビみたいに死んだりしない！　ファリトみたいに死んだりしない！　僕の心臓は、誰にも渡さない！〉

　リュンは、目の前の斗億神がヨスビであるかのように、ファリトであるかのように、殺した。怖ろしい勢いで振るわれるサイカーが斗億神の心臓を破壊するたび、リュンは生きていることを実感していた。

　死から成る蛇が、また息を吹き返し、突進してくる。ティナハンは荒々しく悪態をつきながら鉄槍を振り回していた。猛烈な動きの合間合間にティナハンの体から羽毛が抜け落ち、虚空を舞う。最後の鍛冶屋の店先で、出来上がったばかりの鉄槍を握りしめたあの日からこのかた、ティナハンが鉄槍を重く感じたことはなかった。それが、今初めてそう感じ始めていた。鉄槍には血と胆汁と肉片が分厚くこびりつき、その上に羽がへばりついている。でも、そんなものが重たいわけはない。

骸の蛇がまた迫ってきた。鉄槍を突き出そうとしたティナハンは、その動きを完了させるのが難しいことに気づき、当惑した。表現する単位もないほどの刹那の瞬間だったが、ともかく明らかに後れを取ると判断したティナハンは、無意識のうちに鶏鳴声を発した。骸の蛇がびくりとして身を引く。素晴らしい臨機応変な対処だったが、ティナハンはそんなことをしなければならなかったということに激怒した。足を踏み鳴らし、鉄槍を握る角度を変える。

「来い！　ほら、かかって来いよ！　この骸の化け物！　十日ぶっ通しでも相手してやるよ！　また再生する気か？　死んだ奴らを集めてくっつけて、生き返るのか？　そんなのがあるか、けったくその悪い！　かかってこい、このくたばり損ないめが！」

「レコン？」

ティナハンは、あやうく鉄槍を取り落とすところだった。

「な、な……こ、言葉もしゃべるのか？　いい声じゃないか。だからって、許してもらえるなんて思うなよ！」

「何のことだかわからないわね。誰と言い争ってるの？」

何かおかしいと思ったティナハンは顔をあげ、骸の滝が流れ落ちている向かい側の壁の穴に目を向けた。その穴は今、蛇が次々と這い出てくる蛇の巣のように見えた。その穴の入り口に、骸でできた蛇の胴体を踏みつけて立っているひとりのナガの女がいた。

「暗殺者！」

ティナハンが叫ぶ。一方、骸の蛇は虚空で身をよじると、自分の胴体を見た。手足と内臓と骨でできたその頭の両側に嵌《はま》ったふたつの頭がまるで目のようにサモ・ペイを見つめる。自分が単なる死体の塊を踏んでいるものとばかり思っていたサモは、その姿に仰天した。

〈女神よ、いったいこれは……！〉

「チルルルル！」

奇声とともに骸の蛇の体から手足があたかも毛のように立ち上がった。実に身の毛のよだつ光景だった。蛇の体全体から指がぎっしり生えた手や、指を痙攣させる足が身を起こしたのだ。サモ・ペイの背後にいたカルが肝をつぶし、後ずさりする。しかし、サモ・ペイは鱗を逆立て、シクトルをすらりと抜き放った。

そして、それを蛇の胴体に突き刺した。

骸の蛇は、ピラミッドをも震わせるような奇声を発した。サモがシクトルを引き抜いて叫ぶ。

〈いやだ、ほんとに生きてるの？〉

骸の蛇は苦痛に満ちた悲鳴をあげ続けていたが、やがて自分が流れ出ていた穴に飛び込んだ。その巨大な胴体が穴を塞ぎ、ティナハンの視界からサモ・ペイが姿を消す。ティナハンは嘴《くちばし》をカチリと鳴らすと、躊躇《ためら》うことなく身を翻《ひるがえ》した。

「立て！　ビヒョン！　ナーニ！」

ティナハンはビヒョンとナーニの傍《かたわ》らをすり抜け、孤軍奮闘しているリュンのところへ駆け付けた。ティナハンが奇声を発して鉄槍で三度突くと、リュンがこの十分あまりの間にようやく広げた距離があっさり二倍に拡張された。驚くばかりの突撃力だ。ティナハンが今まで骸の蛇を制圧できなかったのは、突撃する距離がなかったからではないだろうか。そう思いながら、リュンは片膝を突いた。骸の蛇をどう処理したのか訊きたいのは山々だが、ティナハンは斗億神を刺し貫くのに忙しく、答える余力はなさそうだ。何よりリュン自身、もはや口を開く気力すら残っていない。ソドゥラクの効果は完全に切れていた。いっそ気絶してしまいたいと思うぐらい疲れている。体のあちこちが拷問されているように痛んだ。サイカーを杖がわりにし、リュンは荒い息を吐いていた。

そのとき、後ろから近づいてきたビヒョンがリュンの体を支えた。力ない笑みを浮かべ、リュンが振り返る。

ところが、ビヒョンの顔に笑みはなかった。大柄なトッケビは今にも泣きそうな、しかしその一方で妙に平穏な顔で、仲間に手を貸して立ち上がらせた。

「リュン、行きますか?」

「あ、はい」

リュンの前に立ちふさがっていたときは鉄壁のようだった斗億神の群れは、ティナハンの前では葦《あし》の垣根より脆《もろ》かった。氾濫する洪水が野原を襲う勢いで、ティナハンは斗億神の群れを片付けた。おかげで、リュンとビヒョン、そしてナーニは切り刻まれた斗億神でできた道、骸の道を歩くことになった。ビヒョンの肩を借りて歩いていたリュンは、ビヒョンがおかしなことをしているのを見た。

トッケビは、悲しげな顔で自分の足にトッケビの火をつけた。その火は、ビヒョンやリュンには何の害も及ぼさなかったが、足を踏み出すたびに骸の道を燃やした。

最初のうちティナハンが感じていたことは、もっと遠くまで逃げなければ、という単純な思いだった。しかし、荒い呼吸が一定してきて、駆ける行動そのものにもはや気を使う必要がなくなる頃、ティナハンは不快感を覚えた。自分が何気なく駆けていることに。なぜ不快なのか、考えてみる。答えは明らかだった。ティナハンには道がわかっていなかったのだ。

「なんてこった！　どこに向かっているんだ、今？　このまま歩き回っててもいいものか？」

リュンも当惑顔で周囲を見まわした。彼らは入って来たときと同様、やみくもに逃げていた。道を探し出すのは絶対的に不可能だった。そのとき、静かに歩いていたビヒョンが言った。

「地面に面白いものがありますよ。何でしょうね、これは」

ビヒョンは地面から大きな石ころを拾い上げた。ティナハンは、何を言っているのかというようにビヒョンを見た。

「石じゃないか。それがどうしたって言うんだ」

「ご覧なさい。すべすべですよ。ずいぶん擦り減ってます。ここにこんな石があるわけないですよ。外にあった石みたいですけれど？」

「それに、あったかいですね」

ティナハンとビヒョンはリュンのほうを振り向いた。リュンは信じられないという顔で石ころを見ていたが、やがて前方の通路を指さした。

「あっちの先のほうにも、同じようなのがありますよ。これは陽に温められた石です。まだ見えるところを見ると、外からここに移されてから、まだ何時間も経っていないんじゃないかな」

ティナハンとビヒョンは、リュンが考えたのと同じことを考えた。暗黒の中で熱い石を見ることができるのは、リュンと同じ種族だけだ。ティナハンが下の嘴を触りながら言う。

「お前の姉貴が置いといたんだな。いやあ、賢いな」

「いつ、ここまで追いかけてきたんでしょう」

「なに？　さっき……ああ、そうか。お前には聞こえなかったんだな。声なんて聞いてる余裕がなかったろうしな」

「何のことですか？」

ティナハンは、骸の蛇がいた方向を指し示そうとした。しかし、さんざん走った後だったので、そこがどの方角なのかわからない。それで、ティナハンは適当に指し示して言った。

「さっき、いたぞ。お前の姉上」

「え？　姉上が？」

「ああ。骸の滝が流れ落ちてた穴から現れてな。お前の姉貴が蛇の注意を引き付けてくれたおかげで、俺は脱け出すことができたんだ」

リュンは仰天した。頬をふるふると震わせてティナハンの顔を見る。そして、やにわにサッと身を翻した。ティナハンは驚いてリュンの肩をつかんだ。リュンは激しく身もだえた。

「放してください！　姉上を助けに行かなきゃ！　あの化け物のところに置き去りにしてくるなんて！」

「おいおい、落ち着け！　助けに行くって、それで死んでもいいってのか？　姉貴の剣で突きさされて死ぬ気か？」

リュンはびくりとし、ティナハンの顔を見上げた。ティナハンは、大きな手でリュンの肩をぐっと押さえつけて言った。

「そういうわけにはいかんだろう?」

「でも……でも……」

「お前の姉貴は大丈夫だ。この中にいる俺たちを見つけ出したぐらいだ。間違いなく、逃げることもできるだろうよ。いま危ないのは俺たちのほうだ。あの石だって、もう少ししたら完全に冷えて見えなくなっちまうんじゃないか?」

リュンは絶句し、うなずいた。ティナハンが嘴をカチリと鳴らす。

「じゃあ、早く出ないとな。あの石まで冷えちまったら、俺たちはもう出られないぞ」

「でも、姉上が……」

リュンが迷い、後ろを振り返ろうとする。このくそ面倒なナガを無理やり引き立てていきたい。ティナハンはそんな衝動にかられた。とはいえ、熱い石を辿《たど》っていくにはリュンが必要だ……。

言い合うふたりにビヒョンが低く問いかけた。

「リュン、戻る道がわかりますか?」

リュンは、泣きそうな顔でビヒョンを見つめた。ティナハンには、さっき自分たちがいた方向がどちらなのかもわかっていない。リュンにも当然、戻る道などわからなかった。リュンはうなだれた。ティナハンが鶏冠をかきむしって言う。

「リュン、悪いが、いそがにゃならん。石が冷えちまう」

ティナハンにどんなに催促されてもなかなか動こうとしなかったリュンが、ついにある方向に向かって歩き出した。ティナハンは安堵のため息を吐いてその後に従い、ビヒョンとナーニも静かに歩き出す。

三人とカブトムシは、地面に落ちている石ころを辿って歩いていった。

地面は冷たく、道は暗かった。時おり、遠くから何かの物音が聞こえてくる。音は聞こえないとはいえ、地面から伝わってくるその振動はリュンにも感じられた。そのたびにリュンはびくっとして足を止め、ティナハンが進むことを促《うなが》す。するとリュンはまた仕方なさそうに歩き出すのだった。奇妙なことに、この何時間か彼らを苦しめ続けた斗億神どもはもう現れなかった。

しばらくのち、彼らは闇に包まれた——しかし、彼らにとってはあまりにも明るい東の空の下に歩み出た。

その後、十分あまりの経験は、ティナハンを困惑させた。

ティナハンは、リュンとビヒョン、それからナーニとも気分よく喜びを分かち合いたかった。十時間近く、前もろくろく見えない迷宮の中に閉じ込められた末に、ようやく脱け出した者同士なのだから、当然そうすべきだ。そう思ったティナハンには何の咎《とが》もない。

なのに、ビヒョンはピラミッドを脱け出すやいなや、彼とリュンをその場に残し、少し離れたところにあった岩に腰かけた。そうして、ぼんやりと空ばかりを眺めていた。そんな主の行動を見たカブトムシのナーニも岩のほうへ向かい、その足元に疲れた体を横たえた。トッケビの火を灯すってのは疲れるんだろうな。そう思ったティナハンは、せめてリュンとふたりで喜び合おうとした。ところが、リュンはビヒョンと反対のほうへ歩いていくと、やはり自分を周囲から切り離すかのように振る舞った。ティナハンはどうしたらよいかわからなくなってしまったが、とりあえずリュンを慰めなければと考え、注意深くリュンに歩み寄った。

「リュン、お前の姉貴は大丈夫だ。あの死体どもが生きていられたのは、あの中央通路に何やら魔法のようなものがあったからだと言ったろう？　なら、あの骸の滝は、中央通路から遠く離れることはできないだろう。お前の姉貴はただ力いっぱい走りさえすりゃ、逃げられたろうよ」

リュンは、ティナハンのほうを振り向いた。

「そうでしょうか。でも、僕らみたいに斗億神が押し寄せてきて、道を塞いだら……？」

「いや。斗億神どもはみんな俺たちのところへ来てたろうよ。反対側にはいなかったろう。だから、お前の姉貴だって、あそこまであっさり来られたんだろうし」

「ありがとうございます。ティナハン」

ティナハンは、笑みを浮かべた。そして、不吉な推測は口にしなかった。彼らが脱け出すとき、斗億神はまったく姿を見せなかった。ことによると今ごろ、あの暗殺者は闇の中、怒濤《どとう》のように押し寄せる斗億神と戦っているのかもしれない。そのとき、リュンが首をひねりながら言った。

「でも……ひとつ、気になることがあるんですよね」

ティナハンはギクリとした。

「ん？　なんだ？」

「あの骸の滝の宣《の》りが引っかかるんです」

ティナハンは内心安堵した。ピラミッドに目をやってリュンが言う。

「骸の滝は、神を殺す計画とか言ってました。僕の記憶の中からそんな計画を読み取ったって主張してました。僕は、それが何のことなのかわかりませんでした。でも、あの中にいたナガが僕だけじゃなかったとしたら、あの骸の蛇が読み取ったって主張したのは実は僕の記憶じゃなくて、姉上の記憶だったのかもしれません。というのも、あの骸の蛇は〝群体〟でしたから……」

「群体だと？」

「ええ。あの骸の蛇は、無数の斗億神の骸から成る、ひとつの精神でした。ならば、あの滝は僕と別のナガを区別できなかった可能性があります」

概念的な思考とは縁がないティナハンは頭が痛くなりそうだった。リュンは何度も説明を繰り返し、ティナハンはどうにかリュンの説明を理解した。

「じゃあ、お前の姉貴が神を殺す計画を頭の中に持っていたってことか？　あの滝は、それを読み取って、それがお前の記憶だと思ったと？　ふたりともナガだから、区別がつかなくて？　でも、それはあり得んだろう。お前の姉貴ってのは、まさか語り部かなんかか？」

リュンはかぶりを振った。

「姉上は高尚な人です。そんな荒唐無稽な話なんか気にも留めないでしょう。ですが、どこかでそんな話を聞いたのかもしれない。そして、馬鹿馬鹿しさのあまり、かえって記憶にとどめておいたのかも。これ以上は、想像すらつきませんが……」

ティナハンは適当にうなずいておいたが、実のところ、その動作はリュンのためのものであって、その話自体はほとんど気にしていなかった。神をいったいどうやって殺すというのだ。ティナハンは、そんなことについて考えてみること自体が不快だった。しかし、実の姉から命を脅かされているリュンに腹をたてることもできず、それで、ティナハンは、いたずらにビヒョンに対してイラついた。

　ティナハンは、ひとり離れたところにいるビヒョンに歩み寄った。ティナハンが近づいてくるのに気づいたナーニが触覚をしきりと動かしたが、ビヒョンは空を眺めているばかりだった。ティナハンは、鉄槍を思いきり持ち上げると、ドン！　と音をたてて地面を突き、ビヒョンはようやくゆっくりとティナハンのほうを向いた。

「おい、さっきはどうして火をつけなかった？」

「ああ、さっきですか」

「そうだ。うまいこと暗殺者が現れてくれて助かったが、下手をしたら皆殺しになるところだったんだぞ。それか、あの忌々しい滝めの一部になって、今ごろ流れ落ちる羽目になってたか」

　ティナハンをぼんやりと見ていたビヒョンは、また顔を背けた。ようすを窺《うかが》っていたティナハンは、ビヒョンがまた空に焦点を合わせ、身動きもしなくなると、もはや我慢できなくなった。

「おい！」

「え？」

「なんで火をつけなかったと訊いている！　答えらしきものでも返せ！　俺も戦ったし、リュンも戦った！　なのに、お前はなんで戦わなかったんだ？　お前は死んでも平気だからってことか？」

「平気、ですって？」

「お前は死んだって、死なないだろうが！　それで、戦う気にならなかったのか!?」

「かわいそうじゃないですか」

ティナハンは呆れ返った。

「何だと？　かわいそうだと？　俺たちを殺そうとした、あいつらがか⁉　戯言《ざれごと》を言うな！」

「私たちを殺そうとしたってこと自体が、かわいそうじゃないですか？」

「いったい何を言いたいんだ⁉」

「千年ぶりに意識を持った者が、自分に意識を与えてくれた存在を憎み、破壊しようとしたんです。かわいそうじゃないですか？」

ティナハンは鶏冠を揺らしてぶんぶんとかぶりを振った。

「それはな、かわいそうなんじゃなくて恩知らずって言うんだ！　お、ちょっと待て。お前、あの野郎が恩知らずになったのがかわいそうだとか言うつもりじゃないだろうな？」

ビヒョンはティナハンの鶏冠を見つめていたが、やがてそっと目を背けた。トッケビの口は閉ざされ、再び開きそうになかった。しばらく待っていたティナハンは諦《あきら》め、言い聞かせるような口調で言った。

「おい、いいか？　ビヒョン。お前らトッケビも、死なない才を持ってる。それは俺も知ってる。でもな、俺やケイガンにはそんなものはない。リュンだって、心臓を摘出してないから同じだ。お前が俺たちに手を貸さず、俺たちが死ぬことになったら、それはお前の手で俺たちを殺したのも同然だ。だから、頼むから、次からは火をつけてくれ。そんなことはそうしょっちゅうあるわけじゃないはずだ。たいていのことは、俺がなんとかできる。それか、ふつうのときなら、ケイガンがなんとかしてくれるさ。だが、それでもお前の決心が必要になるときが来るかもしれん。そんなときはビヒョン、後生だから、悩んだりしないで火をつけてくれ。大寺院は何も、俺たちが死ぬのを見物させようとお前をこの救出隊に加えたわけじゃないはずだぞ。ああ、まどろっこしい……いいか！　自分の血を流すか他人の血に濡れるかなら、とりあえず血に濡れるしかなかろうが！」

〝血〟という言葉は、トッケビをわななかせた。ビヒョンは、憤りさえも窺える目でティナハンを睨《にら》み据えた。しまった、と思ったティナハンが手を振って言う。

「ああ、すまん。つい興奮しちまった。だが、俺が言いたいことはわかるな？」

ビヒョンは頑強にティナハンから目をそらした。トッケビに対して絶対にしてはならない失敗をしてしまったせいで、もはや何か言うのも面目なくてできなくなったティナハンは、苦い顔でビヒョンから離れた。そうして、崩れた塀に腰かけ、いま自分の仲間であるところのトッケビに対し、声には出さずに不平を並べ立てた。トッケビというのはとうてい付き合っていられない輩《やから》で、命を預けあう仲間になれるだろうなどという判断ミスを犯したが最後、非業の死を遂げることになるのだ。何度もそう自分に言い聞かせつつ、ティナハンはピラミッドに目をやった。

忘れていた暗殺者は、その存在と意志の両方をはっきりと表す痕跡を残した。運よく、今回の遭遇は思いがけない幸運となってくれたが、次もそんな喜ばしい出会いになるという保証は絶対的にない。リュン・ペイを限界線の向こうへ連れていくという危険きわまりない旅程で、ビヒョンにはできる限り期待するまいとティナハンは決意した。なんと言っても〝血〟という言葉さえも聞きたがらない意気地なしなのだから。ふいにケイガンの顔が見たくなる。そういえば、ケイガンはいったいどこにいるのだろう。ティナハンは心配になってきた。そのときだ。

「遺跡を見物しに来たのか？」

ティナハンがハッと振り向く。ビヒョンとリュンも振り返った。

森のほうからケイガンがやって来る。

「獲物を追っていて、遅くなってしまったのだが、避難所に誰もいなくて驚いた。まあ、ティナハンの羽がたくさん落ちていたから、ここまで来るのはそう大変ではなかったが。ところで、ここに遺跡があるっていうのはまたどうやって知ったのか？」

ケイガンは当惑した。ティナハンにがばっと抱きしめられたからだ。

避難所に向から道すがら、ティナハンは彼らがこの十時間に経験したことについて、多彩な描写を織り交ぜてケイガンに話して聞かせた。顔を少ししかめてティナハンの話を聞いていたケイガンは、話が終わると考え込んだ。やがて空にちらりと目をやり、言う。

「暗殺者がここまで追って来たんなら、ぐずぐずしてはいられないな。みんな、だいぶ疲れているとは思うが、早く発ったほうがいい。悪いが、今夜は夜通し歩くことにしよう」

ティナハンはうめき声を漏らした。

「おい、そんな必要あるか？　今ごろは石がすっかり冷え切っているはずだろ。あの暗殺者は脱け出す手立てが……」

ティナハンは言葉尻を濁した。その暗殺者の弟がすぐ横にいることを思い出したのだ。そして、その弟はすなわち暗殺対象だ。ティナハンは頭が痛くなってきた。

心配した通り、リュンがしおれた声で言った。

「ええ。ティナハンの言う通りです。姉上は、きっと脱け出せないでしょう」

ケイガンは、リュンをじっと見て言った。

「なら、お前にとっては幸運だな」

「でも、僕の姉上です」

「お前の姉がさっさと脱け出してきて、シクトルで首を刎《は》ねるのを望んではいないだろう？」

リュンは鱗を逆立て、激しい口調で言った。

「僕の不幸な境遇を嘲笑《あざわら》いたければ、ご自由にどうぞ。でも、僕は姉上があそこから無事に脱出することを願っています」

リュンの言葉を聞いているやらいないやら、ケイガンは何も言わずに避難所に入っていった。

自分の荷物を持ち出してから言う。

「そうか。なら、よかったな」

「え？」

「石が冷えても関係ない。脱出する手立てはあるから。お前の姉がそれに気づかないことを願うが、熱い石を利用するほど聡《さと》いのだ。期待するのは難しいな。だから、喜んでいないでさっさと荷物をまとめて来い。いま案じるべきはお前の姉ではなく、お前のほうだ。さっきも言ったが、夜通し歩かねばならぬのだぞ」

そう言うと、ケイガンはリュンの傍らをすり抜けた。リュンは慌ててケイガンの背に向かって言った。

「すみません、僕は姉上ほど怜悧でないらしく、あなたの言ったことが理解できないんですが……どんな方法があるんですか？」

ケイガンはリュンのほうをちらりと見ると、手をあげてピラミッドがあった方向を指し示した。

ケイガンが示すところを見たリュンは、嘆声を漏らした。

カルは通路の壁に凭れて座り、荒い息を吐いていた。向かい側にはサモが壁に背をもたせかけて立ち、シクトルについた汚物を拭《ぬぐ》っている。

わずか数時間前、同じ苦境に陥った者たちがいる。そう宣《の》うてやったところで、カルには慰めになりはしないだろう。骸の蛇から逃げるのはさほど難しいことではなかった。蛇は体を最大限に伸ばして彼らを追ってきたが、中央通路からその体を完全に引きはがすことはできなかった。ところが、そのときから斗億神どもが四方八方の通路からわらわらと現れ出てきたのだ。そうしてカルとサモは、数時間前にリュン一行が直面したまさにその状況に陥っていた。

絶望の中、カルはサモ・ペイが持つ剣術の真価を見せつけられた。

否、正確には、まったく見ることができなかったと宣らねばなるまい。

サモの動きは、カルの目にはほとんど捉えられなかったのだ。斗億神の凶暴な攻撃を避けるのに忙しかったからでもあるが、サモの動きはとても目で追えないほど複雑だった。そんなサモの驚くべき剣術、そして闇の中のほうがよく機能するナガの能力のおかげで、ついに彼らは斗億神を振り切った。

しかし、カルは喜べなかった。背嚢から石を取り出し、悲しい目でそれを見つめる。石は冷え切っていた。

冷えた石を投げ捨て、カルは宣うた。

〈どうしましょう、ペイ〉

サモは答えなかった。シクトルをきれいに拭うと、元どおり鞘《さや》におさめる。そうして、腕組みをして考え込んだ。カルはしばらく待ち、また宣うた。

〈ペイ？　何を考えてらっしゃるんです？　このおぞましいところから出る方法ならありがたいのですが〉

〈あの化け物の宣りについて考えてるの〉

〈え？〉

〈もう追いかけてこられなくなったとき、あの化け物が叫んだことよ〉

〈すみませんが、私はそのとき、あんまり怖ろしくて聞いていませんでした。なんと宣うたのですか？〉

〈聞いてなかったの？　こう宣うたのよ。〝お前らにまたも神を殺させるわけにはいかぬ〟何のことなのかしら〉

カルは、危うく精神的悲鳴をあげるところだった。サモは今しがた、〝この中に斗億神がなぜ神を失ったのかについて知りたがっている誰かがいる〟と言っていた。それがあの化け物だったのだ。そして、あの化け物はカルが気づかぬ間に、彼の記憶を読み取ったのだ。緊張し、カルはサモを見やった。

サモは腕組みをほどきながら宣うた。

〈あの不信者どもがリュンにおかしな話を聞かせたみたいね〉

〈はい？〉

〈不信者どもでなければ信じないような奇妙な迷信をリュンに教えたようよ。リュンの記憶も読

んだみたいだし。迷信にしても馬鹿馬鹿しい迷信ね。神を殺すなんて〉

カルは安堵した。

〈本当ですね。いったいなんのことなんでしょう〉

〈あの不信者たちを捕まえて訊いてみればわかるでしょう。さ、行きましょう、カル〉

サモはすぐにでもピラミッドを出られると言わんばかりに泰然と宣うた。カルは身震いをし、今しがた自分が投げた石を探したが、冷たく冷えた石ころを見つけることはできなかった。それで、カルは背嚢の中からもうひとつの石ころを取り出して見せた。しかし、カルが何か宣る前にサモが宣うた。

〈石が冷えてるとかなんとか宣るつもりならやめて。石なんてどうでもいいの〉

そして、サモは通路を歩き始めた。びっくりしたカルは手に持った石ころを捨て、後を追った。

〈石なんてどうでもいいですって？　いったいどうやって出るおつもりなんです？〉

〈熱を追って〉

〈え？　でも、ペイ。石は冷えてしまいましたよ。もう熱はありません〉

〈石なんてどうでもいいって言ったでしょ。ねえ、カル。たまには顔を少しあげてみたら？〉

怪訝《けげん》そうに顔をあげ、カルは驚いた。

天井近くの闇の中を熱が飛んでいる。大きさはこぶし大。あたかも彼らを導くかのように飛んでいく。カルは呆気に取られた顔でサモを見た。

〈あれを……予想していたんですか？〉

〈もう夕刻だから。さ、早く出ましょう、カル。リュンを追う以外にもやることがあるの〉

天井付近を飛ぶ熱に感嘆するあまり、それが何なのか、カルは尋ねる気にもならなかった。やれやれと首を振る。

——女はやっぱり違うのかな。

この深い闇の中、夜が来るのを——視力をもってしては絶対に不可能だが、本能に従って——知ったコウモリが、彼らの頭の上を飛んでいた。

第4章　王を取って喰らう化け物

数十回のユンノリ（韓国のすごろくのような遊戯。サイコロではなくユッカラクと呼ばれる四本の木の棒を使う）で全敗したアラジ戦士はしまいに激怒し、キタルジャ狩人に向かって叫んだ。

「このネズミどもが！　王の恩恵に感謝しろ！　お前らのような不埒《ふらち》な輩《やから》がこれまで滅亡せずに済んだのは、王がいまだそれを私に命じられていないからだ！」

キタルジャ狩人は、ユッカラクを拾い集め、戦士に手渡しながら泰然と言った。

「王を愛しているようだな。ならば、私に感謝せよ。そちらの王がこれまで生きていられたのは、私がまだ狩っていないためなのだから」

アラジ戦士は爆笑し、またユッカラクを投げた。そして、またも敗北した。

——ペチレン地方の古い民話から

ビアス・マッケローとカリンドル・マッケローが激しい言い争いをしたとき、マッケロー家の女たちは困惑こそしたが驚きはしなかった。というより、ついに来るべきものが来てしまった、と思った。

カリンドル・マッケローの行動は、マッケロー家の女たちはもちろん、ハテングラジュのすべての女を戸惑わせた。男に関心がないという点においては、かの悪名高いサモ・ペイと双璧を成すほどだった――理由はまったく違ったとはいえ――カリンドルがこのひと月に見せた男とのいちゃつきぶりは、記録的といっていいレベルだった。カリンドルは、逗留している男たち全員と寝床を共にしようとし、それが思うようにいかないとなると、家の外から男を連れ込んだりもした。それは非常識な行動だったので、他家の女たちは憤り、マッケローの女たちは呆れた。そして、ついに耐えきれなくなったビアスがカリンドルを詰《なじ》り、争いの火ぶたが切って落とされたのだ。

　街に出て無力な男を脅し、挙句に家に引きずり込むなどという真似はサモ・ペイですらしたことがなく、男の選択権を無視するそんな振る舞いはマッケロー家の名を汚すものだ。カリンドルの行いについて、ビアスはそう決めつけた。ところが、カリンドルは冷笑した。男の選択権？そんなのはばかげた幻想だ。父親という宣りと同じくらい馬鹿馬鹿しいものだと――。

〈ああ、どうかお願いだから、男にも意志と知性があるなんていう馬鹿な擬人化はやめてね。姉さんの言うところの〝男の選択権〟なんてものはね、つまるところサイコロと同じなのよ。一から六までのどの数字を出すか、その権利はサイコロには与えられていないでしょ。男でもってサイコロゲームがしたいんなら、どうぞお好きなように。でもね、私に同じゲームに参加する義理はないと思うけど〉

〈一緒にゲームをしないのは勝手だけど、なら妨害はすべきじゃないんじゃない？　どうしてサイコロを奪っていくの？〉

〈必要だから〉

〈じゃあ、あんたもゲームに加わりなさい！〉

〈そんな馬鹿げたゲームに加わらなくても、私には必要なものを手にする方法があって、実際にそれを使っているの。私はむしろ、こう宣うてやりたいわ、女たちに。そんなに男を怖がることはないって〉

ビアスは面食らった。

〈男を怖がるですって？　何のこと？〉

〈女がなぜ、ただ家で男を待っているのかわかる？　女が外に出て男を取り合うようになったら、男が思い上がるかもしれないって心配してるからよ。ナガの男たちがあの不信者の男たちみたいになるんじゃないかってね。無意味な心配よ。そんなふうにはならないわ〉

そこで終わったならよかったのだ。ところがカリンドルはもうひと言付け加えた。

〈でなければ、少し高尚な解釈もあるわね。不運な女が現れないようにしようって配慮、とかね。取り合いになれば、男のそばにもよれない気の毒な女たちが出てくるかもしれないから〉

そして、カリンドルは、あたかも無意識のうちに思い浮かんでしまったと宣らんばかりにビアス・マッケローの顔を頭に描いてみせた。ビアスが狂ったように腹をたてたのも無理はない。切断された手足さえも再生させられるナガによる〝深刻な言い争い〟というものは、他の種族のそれとはまったく意味合いが違ってくる。結局、最年長者であるソメロが仲裁に入り、ふたりを厳しくたしなめた。ふたりはソメロが怖くてではなく、ソメロに逆らったら家長のドゥセナの怒りを買うことになるのを考え、和解せざるを得なかった。

しかし、それがうわべだけの和解だということは、ビアスもカリンドルもよくわかっていた。

表出させることのできない憤怒に身を焼いていたビアスは、とうとう心臓を摘出したナガを殺す方法を本格的に模索し始めた。


〈心配ではないのですか？〉

〈心配？　してるわよ〉

〈そうなんですか？〉

〈あの女の粗悪な頭脳じゃ私を殺す計画なんてとてもたてられなくって、諦《あきら》めちゃうんじゃないかってね〉

カリンドルの答えを聞き、男は身を強張らせた。それは直ちにカリンドルに伝わった。体を合わせていたからだ。カリンドルはにっこりと笑い、男の頭を撫《な》でる。

〈なにを怖がってるの〉

〈そりゃ、怖いですよ。どうしてそんな泰然としていられるんです？〉

〈私が誘導した結果よ。怖がることはないでしょ〉

〈じゃあ、わざとビアスを突っついているってわけですか？　何だって、ご自分を危険に追い込むんです？〉

〈そうしてこそ、あの女が大きな失敗を犯すから。女の世界ではね、危険なくして得るものはないのよ、スバチ〉

女たち特有の高慢な宣り調《ちょう》だ。スバチは微笑んだ。

〈強がらないでください。どうせ、ナガを殺す手立てなんてないんですから。それで、心配して

いないんですよね？〉

〈ナガを殺す手立てがない？　私の弟は死んだわよ〉

〈ファリトですか？　だって、彼は心臓を摘出していなかったでしょう。それで、あんなにあっさりと死んでしまったわけで〉

〈じゃあ、心臓を摘出しているナガはあっさり死なないってことかしら〉

〈そうじゃないですか？〉

カリンドルはしばし精神を閉ざしてから、また宣うた。

〈必ずしもそうじゃないわ〉

〈何のことです？〉

〈スバチ、何かを縛った者は、それをほどくこともできるのよ〉

〈はい？　何のことかわかりませんが〉

〈私たちの死を縛ってる心臓塔は、それを解き放つこともできるってこと〉

スバチの体がまた強張った。顔を横に向け、カリンドルの横顔を見つめる。

〈心臓……破壊ですか？〉

〈あら？　あなたって修練者だったっけ？〉

スバチは自分の失言に気づいた。どうごまかすか悩んだ末に、スバチは逆に質問することにした。

〈ええ。そうです。で、あなたはどうしてそれを知ってるんです？〉

〈……ってことは、守護者になるのを諦めたってわけね〉

カリンドルは、答えを避けようとするようすを見せた。おかげで、スバチは自分の正体について苦しい嘘を絞り出す必要がなくなった。起き上がり、カリンドルを見下ろしてスバチは宣うた。

〈ええ。諦めました。ですが、あなたはそれをどうやって……もしかして、ファリトから聞いたんですか？〉

〈修練者だったんなら、よくわかってるはずでしょう。それは、絶対に洩らせない秘密のはずよ。あなた、誰かに宣うたことがあるの？〉

〈いいえ。ありません。ファリトから聞いたのでもなければ、いったいどうしてご存じなんです？　答えてください！　これは重要なことです〉

カリンドルは、面倒なことになったという顔をした。しかし、スバチが簡単に引き下がりそうにないことがわかると、ほろ苦い表情を浮かべた。

〈前に、ペイ家でそういうことがあったのよ〉

〈ペイ家、ですか？〉

〈ええ。ファリトとリュンが親友だったのは知ってるわよね。それで、あのふたりはしょっちゅう互いの家を行き来してた。で、私はその頃、同じ母親から生まれたってことのために、ファリトに責任感みたいなものを感じてたの。それで、ファリトがペイ家に行きたがると、私も一緒に行ってあげるってよく言ったものよ。なぜか、わかる？〉

スバチにはわかった。幼い少年が家を訪れている男たちを連れて外出することを、その家の成人女性は決して喜ばないだろう。他家の訪問のように、男を奪われる可能性のある類《たぐい》の外出ならばなおのこと。それで、カリンドルは自分も同行すると宣ることで、ファリトの外出が少しは楽になるよう手助けしていたのだ。子どもの頃、ファァリトにとって、カリンドルはありがたい三番目の姉だったことだろう。カリンドルにとってのファリトは、純真な責任感でやむなく手を貸した面倒な弟に過ぎなかったろうが。

〈そんなある日、いつものようにファリトと一緒にペイ家に行ったんだけれど、そこで、逗留中だった男が死ぬのを見たの。その場にファリトはいなかった。でも、リュンはいたわ。目の前で人が死ぬのを見たんだから、あの子の気分がどうだったかはわかるわよね。その瞬間、心が開いちゃったのよ。あの子の〉

〈ああ、それで、読まれたんですね、そのとき！〉

カリンドルはふいにくすくすと笑った。

〈そうよ。父親とかいうくだらない宣りがさんざん聞こえてきたわよ〉

〈父親ですか？〉

〈その男が、奴の母親の相手だったらしいわ。でもね、他のことも読み取れた。そのとき、リュンは修練者だったの〉

スバチは状況を察した。カリンドルは精神的にうなずくのに該当する宣りを送り、続けた。

〈そう。一瞬にして、すべて知ってしまったの。その男は処罰を受けたのだって。そして、その処罰こそが心臓破壊だということ、さらに一番重要なこと——心臓破壊っていうのは、心臓塔に保管されてる心臓を破壊することでその持ち主を一瞬にして殺す、秘密の怖ろしい処罰だってことまで〉

スバチは今にも息が止まりそうだった。単に衝撃のためだけではない。知らぬ間にサイカーの刃が喉に突き付けられていたからだった。

カリンドルは、サイカーをスバチの喉の鱗《うろこ》の隙間に突き入れながら、ゆっくりと宣うた。

〈さあ、あなた方守護者の秘密をすべて知っている私を、これからどうするつもり？〉

スバチは身を震わせた。

〈すべて読み取られたんなら……それがなぜ秘密にされているのかも、ご存じなんですよね、あなたは……〉

〈ええ。知ってるわ。その秘密が公開されたら、誰かが一瞬のうちに自分を殺すかもしれないってことを怖れた間抜けどもは、心臓を摘出するまいとするわよね。そうなったら、ナガの最も強力な利点を失うことになるし、穀物を食べる不信者どもの馬の蹄《ひづめ》に踏みにじられることになる〉

〈その理由をすっかりご理解なら……〉

〈そうね。他の女たちのうちにもその秘密を知ってる者はいるわよね？　でも、彼女らはそのことについて、もっともだと思っている。だから、守護者をひとり残らず焼き殺すことも心臓塔を破壊することもせず、あなたたちが心臓摘出を続けられるよう、放っておいている。ともかく女神の夫になれるのは男だけ。だから致し方ない。そして、あなた方守護者がその心臓破壊をむやみに行ったりしないのは……〉

〈あなたの宣り通り、自分の生殺与奪《せいさつよだつ》の権を卑《いや》しい男たちが握っているという事実に激怒した女たちにより、守護者がすべて火刑に処され、心臓塔が破壊され、ついにナガが女神とのつながりを失って、斗億神《ドゥオクシニ》と同じことになる危険性が高いから……〉

〈心臓塔の守護者に、私のことを告げ口する？〉

〈しません。あなたが他の女たちとは違うとわかりましたから。心臓破壊は合理的な思考ができない女たちにのみ秘密なのです〉

〈賢いわね、あなた〉

サイカーの気配が消えた。喉をまさぐる。鱗がいくつか剝《は》がれていた。同時に、スバチは気づいた。そういえば、この部屋でサイカーを見たことなどない。寝台の下にでも隠してあったのだろうか。

〈ほんとに腹がたたないんですか、マッケロー？〉

〈え？　どうして〉

〈私が直接目にしたわけではないんですが……かつて修練者だったとき、師匠からいろいろ聞いていて。ふつう女の人はそんな秘密を知ったら激怒すると。無敵だとばかり思っていた自分が、実はいつでもあっさり、それこそ手の動きひとつで死んでしまう、か弱い存在だということ、そのうえ女ではなく男にそんな力があるということに。なのにあなたはずいぶん落ち着いているんですね〉

〈宣うたでしょう。心臓摘出はナガにとって必要なことよ。必要なことに付随する結果として守護者がある程度力を得るというのなら、それは必要不可欠なことよ。そのうえ、その力の濫用に伴う危険を守護者自身がよく心得てる。心配することはないでしょ〉

〈人がみなそんなふうに合理的に考えられるわけじゃないですよね〉

〈あのねスバチ、私がそれを知ったのは十一年前のこと。そして、それから五年後、私は心臓を摘出したの。少しの恐れも感じずに〉

スバチは絶句した。摘出が不滅をもたらす手段であるとわかっていても、少なからぬナガが恐怖を感じる。なのに、カリンドルは心臓摘出というものが、人に自分の生殺与奪を完全に委《ゆだ》ねるのと同義だと知りながら、何ら恐怖を感じず摘出をしたと宣うているのだ。

〈本当に女らしいですね。勇敢でいらっしゃいます〉

〈やめて。その女らしいって宣り。それはね、男が自分は何もしないで女を利用したいときに使うものよ〉

そう宣りながらも、カリンドルは微笑んだ。続くカリンドルの宣りは、ひときわ穏やかな調子になっていた。

〈ところで、その男はなぜ心臓を破壊されたのかしら〉

〈その男？〉

〈ええ。ペイ家で死んだ男。あなたも修練者だったなら知ってるかもしれないわね。そんなに行使することがはばかられている心臓破壊がなぜ行われなければならなかったのか。その男がそんなに危険だったのかしら〉

〈その男の名前は？〉

〈よく思い出せないわ。ヨス……ヨスベだったかヨスビだったか、確かそんな名前だった気がするけど〉

〈ヨスビだ。リュン・ペイが修練者をやめたのは、その事件のせいなのだ〉

セリスマの答えにスバチはうなずいた。五十五階まで上って来た足を叩きながら、怪訝《けげん》そうに問う。

〈そのヨスビという男がリュンの父親だったというわけですね。ならば、リュン・ペイがなぜ摘出恐怖症にかかったのかも納得できますね〉

〈目の前でそんなものを見たのだ。摘出したくもなくなるだろうさ〉

〈そうですね。ところで、その男はなぜ心臓を破壊されたんですか？　そんなに危険な男だったんですか？〉

〈心臓破壊について、よく知っているか？〉

〈だいたいのところは〉

〈いや、そなたは知らぬ。それが何なのか知っているのと、それが意味するところを知っているのとは違う。カリンドル・マッケローが何の情報もなく推測したように、それは非情に危険な道具だ。その危険性のために、我らはそれを他の者に秘密にしているのだ。だったら、その危険な処罰を受けた者の罪がどんなものだったのか口にすることは、ますます危険だと思わぬか？　すまぬがスバチ、教えるわけにはいかぬ〉

スバチは不満を覚えたりはしなかった。さほど関心がなかったからだ。スバチの穏やかな精神に接したセリスマは笑い、宣りを続けた。

〈ところで、ファリト殺害犯の正体はつかめたのか？　カルが疑っている通り、ビアスが殺害犯だという証拠は見つけ出したのか？〉

〈まだ見つかっておりません。いっそ、はじめからビアスに接近したほうがよかったようです。迂回したほうが安全だろうという考えには変わりありませんが、カリンドルは役にたつ宣りを少しもしてくれませんので。カリンドルとビアスが対立してしまったので、今となってはビアスに接近するのも難しくなってしまって〉

〈ならば、計画は非常に危うい可能性の上を危なっかしく歩いている、というわけだな〉

セリスマの表現は、スバチまでも憂鬱にさせた。

〈この計画が重要だということは、もはや強調する必要がなかろう。そなたかカル、どちらかひとりは必ずやファリト殺害犯を突き止めねばならぬ。でなければ、大寺院に送る者と送るべきではない者をはっきりさせることができぬからな。ご苦労だが頼んだぞ、スバチ〉

スバチは決然たる態度でうなずいた。計画は何よりも重要だ。

＊

〈さて、そろそろ宣《の》うてくれるかしら。あなたの計画を〉

ピラミッドの石に寄りかかって荒い息を吐いていたカルは仰天し、サモを見つめた。しかし彼女はカルの驚きなどどこ吹く風と、平然と空を眺めている。やむなくカルは閉ざしていた精神を開いた。

〈計画とは、何のことです？〉

彼らはピラミッドの中腹あたりにいた。彼らを外まで導いたコウモリは、彼らの目には今や彼方の森の上空をめざして飛んでいく熱い物体となってきらめいていた。夜空を彩るその光に目をやっていたサモは、首だけを回してカルを見た。

〈ずいぶんと重要なことのようね。じゃあ、あなたが決心しやすいよう、私が少し宣うてみましょうか。弟を連れているあの不信者どもは何なの？　まるで待ち構えていたかのように現れたわよね。そもそもキーボレンにいっぺんに三人も不信者が現れるなんて、まずあり得ないことなのに。考えられるのはひとつだけ。彼らは誰かに会いに来たの。そして、彼らといま行動を共にしているのが私の弟〉

そのことについては、カルも不思議に思っていた。案内人たちは、暗号を通じてリュンがファリトではないことを知ったはずだ。なのに、なぜリュンを連れていこうとしているのか。逃げるために、リュンが彼らに頼んだのだろうか。サモの宣りが続く。

〈だとしたら、彼らは弟を連れていくために来たのよ。そして、あなた。あなたは、彼らが弟をきちんと連れていくかどうか監視するために来たのよね〉

〈私は、マッケロー家の……〉

〈カル、斗億神については私よりあなたのほうがよく知っていた。そんなあなたが、たかだか暗殺がきちんと遂行されるか否か監視するためだけにあのおぞましいピラミッドの中まで付いてきたとは考えにくいわ。回れ右してハテングラジュに帰り、彼らは斗億神に食われたと告げることだってできたでしょう？　それか、いっそ報酬を受け取るのを諦めるか。でも、あなたはあの中まで付いてきた。なぜか。それは、あなたがマッケロー家の依頼で来たんじゃないからよ。ということは、私が知らない何らかの計画があると考えてもおかしくないでしょう〉

カルは座り込んだまま、後ずさりした。しかし、サモは彼が逃げようがどうしようが関係ないというように、座った場所から静かにカルを見ているだけだった。後ずさりしていたカルは、ついに突き出した石にぶつかり、そこで止まった。カルにはその状況全体が非現実的に感じられた。

サモは相変わらず身動きひとつせず、宣うた。

〈もう少し宣うてみましょうか。一部のナガと限界線の北に住む不信者が何か共謀しているの。理由はわからないけれど、その計画とは、私の弟を限界線の向こうへ送るというもの〉

サモはカルを脅してはいなかった。剣でも手でも、他のいかなるものでも。ただ静かな眼差しと冷静な宣りを送っているだけだ。立ち上がりさえもしていない。逃げたければ好きにしろ、という態度だった。そのためにむしろ、カルは逃げることができなかった。サモがなぜそんな態度を取っているのかわからなかったからだ。

〈宣うてもらえないと困るんだけど。ねえ、カル、私は知る必要があるの。何としてでもよ。いったいどんなものなの、その計画は？　弟に、親友をあんな無残に殺害させるなんて〉

〈いえ、リュンではないかもしれません〉

〈何ですって？〉

サモが驚いた顔でカルを見る。無意識のうちに吐き出してしまった宣りをカルは後悔した。だが、時すでに遅しだった。サモが彼を問い詰める。

〈何のことなの。リュンじゃないかもしれないって……。リュンがファリトを殺したんじゃないかもしれないってこと？〉

〈かもしれないと思っています。私がここまで付いてきたのは、それを確かめるためでした〉

〈リュンがファリトを殺してないとしたら、じゃあ、誰が？〉

カルは諦めの心情で宣うた。

〈私は、ビアス・マッケローではないかと思っています〉

サモは呆れ顔になった。

〈あなたは今、ビアス・マッケローが自分の弟を殺したって宣うてるの？　そんなバカげた宣りを信じろと？〉

〈そうでしょうか。そんなにあり得ないことですか？　だいたい、あなただって今、同じことをしようとしてるでしょう？〉

攻撃的に宣うてから、カルはたちまち後悔した。サモが苦しげに顔を背ける。

〈すみませんでした、ペイ〉

サモはカルから顔を背けたままで宣うた。

〈……なぜ、ビアスを疑ってるのか、宣うてみて〉

〈殺害当日のビアスの足取りはわかっていません。ですが、ビアスは特殊図書室の閲覧権を持っています。そして、弟に激しい憎悪を抱いていました。それは、ファリトからじかに聞いた話です。彼は、姉が自分を殺すかもしれないとまで宣うていたんです〉

サモは大きなため息を吐いた。

〈なんてこと。ビアスなのね〉

〈え？〉

〈ビアス・マッケローが弟を殺したのね。なんて怖ろしいことかしら〉

〈え？　ですが……どうしてそんな、確信できるんですか？〉

サモは空を仰いだ。

〈私にはね、わかってたの。リュンがファリトを殺したんじゃないって、初めからね〉

カルは仰天した。

〈えっ？　あの、それはどういう……？〉

〈ファリトが正面から太刀を浴びせられていなかったから〉

〈え？〉

〈ファリトは背後から切られた。場所は特殊図書室の入り口近く。でも、出ようとして切られたわけじゃない。図書室の中を見て回っていたら、殺害者を見つけていたはずだから〉

〈殺害者を見つけて、逃げようとしたところをやられたのかもしれませんよね〉

〈逃げるってことは、相手が必ずや自分を殺すだろうとわかっていたことになる。リュンが自分を殺すなんて、ファリトが思っていたかしら。そんなことはないと思う。それに、逃げる相手の背中に上から斬りつけるのは難しい。ファリトはね、入ろうとしたところを切られたのよ。無防備な状態で。リュンが図書室に隠れていたんなら、それができたわけがないでしょう〉

〈リュンが、ファリトより後に着いたとしたら……〉

〈リュンのほうがファリトより後から来たのなら、その時点で守護者ユベックスは生きていたってことになる。守護者ユベックスが、リュンがファリトの背中に斬りつけるときまで何ら警告もしなかったってこと？　万が一、リュンがユベックスを先に殺したのなら、ファリトは振り返って見たんじゃないかしら。私は、どちらも可能性は低いと見るけれど〉

〈ああ、そうですね！〉

〈そうよ。殺害者は、ユベックスを先に殺した。そして、彼を無残に切り刻んでから、隠しておいたの。そして、ひとりで戻り、ファリトを密かに呼び出して図書室に行かせた。そのとき後ろからファリトについていき、そのまま切ったの。でも、そんなこと、摘出恐怖症で我を忘れたナガにできることじゃない。それは、ファリトを殺すために手抜かりなく計画をたてた者の仕業よ〉

カルは感嘆を禁じえなかった。しかし、カルは即座にスバチが提示した仮説を思い出した。

〈宣られることはもっともだと思いますが、しかし……その殺害者がリュンだという可能性もあるのでは？　彼はファリトを殺すために緻密な準備をしていた。そして、摘出恐怖症にかかったふりをして……〉


サモはカルをまじまじと見た。

〈ああ……あなたたちが送り込もうとしたのはリュンではなく、ファリトだったのね。リュンが暗殺者に育て上げられていたのかもしれないと疑うところを見ると〉


カルは心を決めた。ありのままに宣ろう。嘘が通じる相手ではない。

〈はい、そうです。私たちが送り込もうとしたのはファリトでした。なのに、そのファリトが死んでしまいました。殺害者は果たしてリュンなのかビアスなのか。私はそれを確かめたい。あなたはさっき、リュンが摘出恐怖症にかかってファリトを殺したという可能性はないことを証明されました。ですが、リュンはどうして不信者と行動を共にしているの？　あなたたちが送り込もうとしたのはファリトなのに〉

〈だったら、リュンが摘出恐怖症にかかっているふりをした暗殺者だとしたら？〉

〈あ……ファリトのふりをして、私たちの計画に割り込んだんです。成り代わろうとしたんですよ〉

サモは、ゆっくりとかぶりを振った。

〈ずいぶんといろいろ考えたみたいね。でも、そんなはずはないわ。私はリュンのことを知っている。でも、それは私の主観的な評価だから、あなたには受け入れがたいわよね。だから、客観的に宣うてあげる。まず、成り代わろうとしたのなら、あんな目立つやり方でファリトを殺したりはしないでしょう。もちろん、その場の状況で、あんな残酷な方法を取るしかなくなった可能性も排除できない。でも、それでもひとつおかしな点があるわ。私への攻撃がまったくないってこと〉

〈はい？〉

〈そうじゃない？　リュンがファリトに成り代わったというなら、それを企て、リュンを教育した者がいるはずよね。まさか、リュンがひとりでこのすべてをやり遂げたと主張したりはしないでしょ？　ともかく、そんな者たちがいる。彼らは、あなたたちがファリトを送り込みたいと思っていたのと同じくらいリュンを限界線の向こうに送り込みたがっているでしょう。なら、私は彼らにとって邪魔者よ。とっくに私への攻撃があって然るべきでしょ。でも、そんなことはなかった〉

カルは、精神的な嘆声をあげた。サモの言うことはもっともだ。

〈つまり、成り代わりを企画した者なんていないのよ。あなたたちのその計画とやらは露見していないのよ、カル。そんな複雑な仮説じゃなく、一番単純なものを選択したほうが、可能性が高まるわよ〉

〈単純なもの？〉

〈整理してあげるわ。まず、ビアス・マッケローがファリトを殺した。その理由は私もわからない。でも、ファリトはそうなる理由があると考えていたようだから、その考えを尊重するとしましょう。死んでいこうとしていたファリトのもとへ、摘出恐怖症で逃亡したリュンがやって来た。ああ、かわいそうな子。そんな光景を目撃することになるなんて……。ともかく、ファリトは死ぬ直前にリュンに計画を引き継がせた。リュンはファリトの頼みを聞き入れて、代わりに行動していたのよ。友だちの最後の頼みでもあるし、どうせ逃げるつもりだったんだから、受け入れない理由がないわよね。それが一番単純。そして、現在の状況によく合致する〉

カルは小躍りして叫んだ。

〈そうだ、そうだったんですよ！　リュンは殺害者ではなかったんですね！　でも、はじめからそれを知っていたと……？〉

〈リュンが殺害者じゃないってことはね〉

〈でも、あ……では、なぜ宣られなかったんです？〉

〈え？〉

〈ペイ家にショジャインテシクトルが要求されたときですよ。なぜ、先ほどの宣りを彼らにしなかったんです？　そうしていれば、弟の汚名をすすげたはずですし、あなたも暗殺者にならずに済んだでしょう？〉

サモはほろ苦い表情で宣うた。

〈カル、弟はね、友だちを殺したりはしなかった。でも、他の罪を犯したの〉

〈他の罪？〉

〈心臓を摘出しなかったでしょ。どのみち、あの子は生きてはいられない〉

カルは、鱗が逆立つのを感じた。

〈じゃあ……他の人の代わりに、あなたの手で……？〉

カルは宣りを結べずに精神を閉ざした。しかし、カルにとって、それは受け入れるわけにはいかないことだった。それで、また精神を開いた。

〈ですが、私たちにはリュンが必要です〉

〈リュンがファリトの代わりに動いているから？　いったいファリトは何をしようとしていたの？　そんなに重要なことなの、それは？〉

〈それは宣るわけには参りません。ですが、リュンがファリトに代わってやろうとしていることは、極めて重要なことなんです。それだけはお伝えできます。そして、リュンは私たちの要求がなくても友の頼みを聞き入れ、それをやろうとしています。どうか、阻《はば》まないでいただきたいのです、ペイ。あなたはリュンがファリト殺害者ではないのを知っています。だったらショジャインテシクトルは成立しないのではないですか？　他の人の手にかかるくらいならあなたの手で、と考えるお気持ちはわかります。ですが、限界線を無事に越えられれば、リュンはあなた以外のナガの手にかかることもなくなるんです！　リュンの生存は、完全に保証されるんですよ！〉

楽天的な見通しを示すカルを、サモは冷ややかに見やった。その怒りに当惑し、カルは宣り続けた。

〈そうではないですか？　他のナガからの攻撃についてはご心配には及びません。案内人たちは有能です。あなたさえ手を出さなければ、リュンは早晩、彼らと共に限界線を越えるでしょう。

そうしたらもう、ナガにはリュンを殺せません〉

〈カル〉

〈はい？〉

〈言っておくことがふたつあるわ。まず、私の弟はナガよ。そして、限界線というのはね、それより北ではナガは生きられないって意味なの。そのふたつを考え併せてみて〉

カルは面食らった。が、じきにサモの言わんとしていることを理解した。カルの鱗がぶつかり合う。サモはうなずいた。

〈そうよ。弟は、北では生きられない。あなたたちは、ファリトを摘出させてから送り込むつもりだったでしょう。それなら、また戻ってくることができたはず。でも、弟は戻ってこられない。心臓を抜いていないから。結局、その冷たいところで苦しんだ挙句に死ぬことになるの。ついさっき、ナガは誰もリュンを殺せないって言ったわよね。それはその通りよ。ただ、怖ろしい寒さがリュンを苦痛にあえがせ、しまいに殺すの。心臓を摘出したナガも生きられないそんな酷寒の地で、心臓を摘出していないあの子は何倍も大きな苦痛を……ダメよ！　そんなのは駄目！　そんなの、他のナガの手にかかるのよりもっとひどいわ！〉

カルは呆けた顔でサモを見ていた。胸の奥から何かがぐうっと込み上げてくる。体から力が抜け落ち、彼は倒れないよう両手を石に突いた。昼の間に陽に焼かれたピラミッドの石は温かかった。それは、ナガの視野の中で光っていた。

〈お願いします。その先にあるものがどんなに残酷な死でも、それでも……どうか、ペイ……〉

サモは答えなかった。カルはすすり泣き始めた。彼の目から落ちた涙が石にぶつかり、小さな閃光を走らせたあと、黒く冷えていく。

〈ペイ、こんなことを宣る私のことを、あなたはきっと許せないでしょう。そうです。私も今ようやくそれがリュンにとって、この上なく怖ろしい死であると気づきました。ですが……ですが、それは重要なことなんです。ファリトがしようとしていたこと。そして、今ではリュンがしようとしているのは、この世のいかなるものよりも重要なのです。リュンだって、その重要性がわかったからこそファリトから使命を受け継いだのではないですか？　どうか、彼を行かせてください。あなたが弟に安らかな死を与えようとしているというのはわかります。姉として、与えられる最後の贈り物だから、身を切られるほどの悲しみに耐え、そうされようとしているのもわかります。ですが、どうか……リュンが望むようにさせてあげてください。たとえ、この上ない苦痛の中で死ぬことになっても……。お願いです〉

サモは依然として沈黙していた。その沈黙は、カルにこの上ない大きな悲しみを抱かせた。いっそ、暴言や呪いの言葉を浴びせかけられたほうがはるかに楽だったろう。

耐えきれなくなったカルは、顔をあげた。サモの顔を見ようと。

ところが、そこにサモはいなかった。

驚いたカルは、慌てて立ち上がった。周囲を見まわすうち、遠く――ピラミッドの下を歩いていくサモ・ペイの後ろ姿を見つけた。伸びた背筋と正確な足取りのどこからも、先ほど彼が与えざるを得なかった悲しみは見て取れない。カルは茫然とその後ろ姿を見守りながら、何度も繰り返した。

〈申し訳ありません、ペイ。申し訳ありません。どうか、リュンを行かせてあげてください…

……

キーボレンの闇は――固い切り株を伝って流れ落ちる露《つゆ》で体を洗い、陰湿な草の香の中で太陽に向かって声もなく慟哭するその闇は、新緑で自らを覆った大地が頑強に陽ざしを拒んだまま途《と》轍《てつ》もなく長い時間をかけて育ててきた夜の私生児だった。西から東へ流れるそれらの影を横切り、南から北へ動くリュンと救出隊一行にとって、北が近づいていることを伝える手がかりはただひとつだった。気温。限界線は確かに近づいており、リュンの動きは目に見えて遅くなっていた。いまだ暗殺者に追われている状況で足取りが鈍る。それは好ましからざることだ。

それでケイガンは結局、ソドゥラクを服用するようリュンに命じた。とはいえ副作用を案じて服用するのは一日一回とした。リュンがソドゥラクを服用し、その後十七分のあいだ全速力で駆ける。残る一行はその後に付いていく。疲れ切ったリュンが孤立しないよう、ケイガンは加速状態のリュンについていけるただひとり――ティナハンに、リュンの後を追わせた。

ということで、一行の旅はかなり風変わりな様相を呈することになった。日が昇る頃、不十分ながらも体を温めたリュンはソドゥラクを服用し、ティナハンとふたり疾風のごとく北に向かって駆けた。その十七分の疾走でティナハンとリュンの一日分の旅は終わる。あとは、残る一行を待つだけだ。午後になるとケイガン、ビヒョン、ナーニが合流する。そこで夜を過ごし、翌日も同じことを繰り返すのだ。ソドゥラクの効果に感嘆したビヒョンが自分も飲んでみたいと言い出したが、ケイガンは首を横に振った。

「熱い血の生き物には意味がない。この薬は、ナガと植物にしか役にたたないのだ」

「植物？」

「もとは木のために開発された薬だそうだ。それが、ナガにも効果があったというわけだ」

ケイガンが編み出した苦肉の策で、一行はどうにかこうにか移動速度を維持できた。ところが、北が近づくにつれ、リュンの速度は顕著に落ちていき、ついに正午にもならないうちに遅いほう――ケイガンとビヒョン、そしてナーニ――が速いほう――リュンとティナハン――に追いつくようになってしまった。

ケイガンは、ティナハンとビヒョンにはすでに済ませてあった説明を繰り返した。

「限界線付近でソドゥラクを服用しても、故郷にいるときと同じくらい動けるようになるだけだ。つまり、我々はもう北にかなり近づいているというわけだ。まだ我々には少し暑い気候だが、リュンにはもはや酷寒なのだよ」

リュンは憔悴した表情でケイガンの言葉に同意した。

「ソドゥラクを二度服用したらどうでしょう。午前と午後に分けて」

「そうする必要まではない。大変なのは暗殺者も同様だろうから。それに、一日二回服用した状態で偵察隊に出くわしでもしたら、三回目を服用せねばならない。そうなったらお前が危険だ」

ティナハンが提案した。

「俺がリュンをおぶって走るのはどうだろう」

「ソドゥラクを飲んでいない状態でそんなに駆けたら、リュンは凍死するかもしれぬ。リュンには心臓がある。危険を冒すわけにはいかぬ」

しばし悩んだ末に、ケイガンは一行の移動方式を変えた。

「ティナハンがリュンを背負ってくれ。おぬしの羽と体温があれば、リュンもこの寒さをなんとかしのげるかもしれぬ。だが、駆けるのはやめて、我々と一緒に歩くことにしよう。速度はゆっくり――ティナハンが暑くならないぐらいで。少しでも暑いと感じたらすぐに言ってくれ、ティナハン」

ビヒョンとティナハンも、いつしかケイガンと同じ観点で密林を見るようになっていた。一番重要なのは熱。音については気にしなくてもよい。よって、森が鬱蒼と茂っているところは思うさまガサガサ音をたてて歩いてもよいが、その一方で、木がまばらで歩きやすいところは避けねばならない。森を手入れするために偵察隊が集まってくる可能性があるからだ。足跡が残る土や草原は好きに歩いてもいいが、足跡が残らない岩や石はむしろ気を付けねばならない。体温で石が温まるかもしれないからだ。ただ、真昼の陽ざしに露出した熱い石はその限りではない……。

そんなふうに常識を反転させるのに成功したトッケビとレコンに、ケイガンの出し抜けの宣言は衝撃的でさえあった。

「いま越えた。限界線を」

ティナハンは大きな目をぱちくりさせてあたりを見回した。昨日、一昨日と目にした森と同じ森が彼らの周囲に広がっている。木々は同じように長大で、暑さは依然として苛立つほどだ。しかし、ケイガンは自分の言葉を百パーセント確信している人特有の平穏な語調で付け加えた。

「みんな、ご苦労だった」

ティナハンは特に何も気づかなかったが、ビヒョンは驚いた顔でケイガンを見た。ケイガンという人は、仲間がしでかす無数の馬鹿な行動を詰らない一方で、称賛もしない。彼はそう認識していた。ビヒョンの視線を感じたケイガンがふと奇妙な顔をする。ビヒョンはその表情を見て思った。何か大変な失敗をしでかしたときにバウ城主を見る自分の表情と似ているような……。しかし、その表情はすぐに消え、ケイガンはまた特有の親切ながらも淡々とした口調で説明を始めた。

「限界線というのは測定可能な形態の線というわけではないが、もう偵察隊と出くわす恐れはないから、限界線を越えたと表現しても構わないと思う。もちろん今からは、この無法地帯を愛する北のならず者どもに出っくわすことになるかもしれぬ。が、最低限の常識がある輩なら、レコンのいる一行に近づくことはしないだろう。だから、もう緊張は緩めてよい。ビヒョン、リュンに火をつけてくれ」

平穏な口調のままだったので、最後の言葉の衝撃はやや遅れてもたらされた。ビヒョン、そしてティナハンに背負われていたリュンはほぼ同時に悲鳴のような声をあげた。

「えっ？」

しかし、ケイガンは限界線を越えた記念にリュンを丸焼きにしようと提案をしたわけではなかった。ビヒョンはケイガンの詳細な指示に従い、明るくはないが温かいトッケビの火を作り出し、リュンの体にともした。おかげでリュンは元気を取り戻し、自分の足で歩けるようになった。ティナハンは感嘆しながらも、なぜはなからそういう方法を使わなかったのかと訊いた。ケイガンが答える前に、リュンが言った。

「僕の体を覆っているこの火は、あなた方の体温と同じぐらいです」

「つまり、俺たちと同じってことだろう。俺たちだってどうせ見えたろうし、あとひとつ加わったからって、たいした違いは……」

「わかりませんか。僕の体全部が同じ温度なんです。あなたが頭からつま先まで同じ色の服を着て森を歩いていたら、ずいぶんと目立ちますよね。僕の目に、今の僕はそんなふうに見えてるんですよ」

ティナハンは納得し、改めてケイガンに感嘆した。熱を見ることができるリュンならば、そんな危険に思いが至るのは当然だ。しかし、熱を見ることができないケイガンが思いつくのだ。それは驚くべきことだった。

しかし、前だったら大げさなくらいに感嘆したはずのビヒョンは、口を噤《つぐ》んだままケイガンを見ているだけだった。その眼差しに気づいたケイガンがビヒョンを振り返ると、ビヒョンは彼から顔を背け、ナーニの角《つの》を撫でた。ケイガンは待つことに決めた。そして、ビヒョンもまたケイガンが待っていることに気づいていた。

限界線を越えた日の夜、久しぶりに安らかに眠れることになったティナハンとリュンが前後不覚に眠り込んでから、ビヒョンは焚火の前に座っているケイガンのところへ行った。ケイガンは静かに彼を眺めているだけで、何も言わなかった。夜の五番目の娘に似た星々が夜空を長く横切ったとき、ビヒョンが口を開いた。

「無事にここまで連れてきてくださり、ありがとうございました。私たちのせいで、ご苦労が多かったですよね」

「いや、特に苦労と感じたことはなかったが」

「これまで、三カ月ほどずっと見てきましたが、実に大変な知識をお持ちです。取って喰うことで身に着けるのがやっぱり一番なんでしょうかね。羊のことを一番よく知っているのは羊飼いではなく、やっぱり狼なんですかね」

「とはいえ羊はおそらく羊飼いの知識のほうを評価するだろうよ」

「そして、狼は自分の知識を評価されることよりは、それを活用するほうに関心が高い……ですよね？」

「だろうな」

ビヒョンは急に手を振り回した。それにつれ、ケイガンの前の焚火が荒々しく身をくねらせながら噴き上がる。わずかの枯れ枝と木の葉を集めてつけた火にしては、想像もつかない巨大な炎。それが顔に迫ってきても、ケイガンは無表情にビヒョンを見つめていた。

その火に熱はなかった。ビヒョンは目を丸くしてケイガンを見た。

「逃げませんでしたね。わかってたんですか？　あなたの顔をよく見たかっただけだってこと。それとも、顔が焼けようが構わないと思っていた？」

「何が言いたいのだ、ビヒョン？」

「まず、今の問いに答えてください。どちらですか」

「最初のほうだ」

「最初のほう？」

「そうだ。おぬしが私を燃やすことを望んだならば、私にじかに火をつけたろうからな」

ビヒョンはうれしそうな顔で叫んだ。

「あなた、トッケビは取って喰いません。そうですよね？」

「そうだ。それが？」

「にもかかわらず、さっきのあなたはトッケビの行動を正確に理解してました。つまり、あなたは他の人の立場にたてる人なんです。でしょう？　あなたは人間《キム》でありながら、トッケビの立場にたつことができる。だから、トッケビの行動が理解できる。ということは、あなたがナガについてよく知っているのはナガを食べるためじゃなく……」

　ビヒョンがびくっとしてリュンを振り返る。ケイガンは呑気に言った。

「目覚める心配はない。聞こえないから」

「あ……やっぱりそうだ！　あなたはナガの立場にたてるんです。そうだ、初めて会ったときあなたは言いましたよね。彼らは死にたくないはずだって。それがわかっているって。わかるんですよね？」

「ああ」

「私もです！」

　ビヒョンは自分の胸をどんどんと叩いた。

「え？」

「あの斗億神ですよ！　ティナハンから聞きましたよね？」

「ああ、聞いた。おぬしが火をつけなかったと、怒っていた」

「私も、あなたと同じ理由で斗億神を燃やせなかったんです。神を失った彼らの悲しみが感じられたんです。彼らの悲しみと怒りが感じられるのに、燃やすことなんてできない。そうじゃないですか？」

「おぬしが死ぬ」

「え？」

ケイガンは首を少し傾げてビヒョンを見た。彼の右手がつと前に出る。ケイガンは、ビヒョンがかき立てた火をその手でゆっくりと押さえた。ケイガンの顔に闇が降りる。その闇の中でケイガンは言った。

「他の人の悲しみを感じたら、おぬしが死ぬのだ」

ビヒョンは背筋がゾッとするのを感じ、身震いした。斗億神のピラミッドを出て以来、彼が悩み続けていたこと——その、いかなる言葉でもはっきりしなかったことが、一瞬にして具体化した。ケイガンは、あたかもビヒョンの真似をするように言った。

「そうじゃなかったか？」

そうだった。あのピラミッドの中で、そうだった。盲目的な怒りの前に、その怒りを見ず、その向こうにある悲しみを見たビヒョンは、そうだった。

ビヒョンはうなだれた。

ケイガンが重ねて言う。

「それで、〝我を殺す神〟はおぬしたちに死んでも死なない命を与えたのだろうよ」

ビヒョンはパッと顔をあげた。

「〝我を殺す神〟……？」

「もう寝たほうがいい、ビヒョン。夜も遅い」

翌朝、目を開けたティナハンは、自分がまだ目覚めていないのではないかと思った。周囲の光景が、狂った群霊者の幻想の中でもそうそう見られないほど超現実的だったのだ。

木々が燃えている。正確に言うと、火がついているだけで燃えているわけではなかったが。ありとあらゆる色合いの火が木の周囲で揺らめいており、そのせいで木々は透明な宝石のように見えた。枝の間には極光《オーロラ》のような炎の波が垂れ下がり、火花の翼を持つ小さなカブトムシ、コガネムシ、クワガタ、カミキリムシなどが、並の隙間を縫うように飛び回っている。指ほどの大きさのちっぽけなカブトムシはみな色と形が違い、おのおの騎手を背に乗せている。トッケビやレコン、人間、ナガと思われる騎手たちも見受けられたが、ほとんどは星の入ったガラスの壺、回転する稲妻、鹿の角《つの》を生やした鳥といった奇妙なものだった。なかでも壮観だったのは、ごくごく小さな建物でできた精巧な都市を背に乗せて飛び回るカブトムシだった。ティナハンは太古の遺跡を背に乗せた空飛ぶ巨大魚ハヌルチを思い、胸がいっぱいになった。そのうち、ティナハンはわかった。これがどうしたことなのか。そして見つけた。その万華鏡のような風景の真ん中に正座しているビヒョンの姿を。そのときビヒョンは両手を顔の前で握り合わせていた。両手が開かれる。すると、その中から小さなカブトムシが舞い上がった。そのカブトムシが背に乗せているのは花びらで作られた瓶で、その中にはガラスでできた花が入っていた。ティナハンが呆れているると、リュンが感嘆する声が聞こえてきた。

「火鉢が冷えますね」

リュンは魂が抜けたような顔で周囲を見まわしていた。ビヒョンは色だけでなく、温度の面でも多彩な変化をつけていた。ティナハンとは少し違う風景を見ているとはいえ、リュンが見ているものもまた、想像しがたいほどに超越的な光景だった。そのとき、ふたりの気配に感づいたビヒョンが顔を向けた。明るく笑って挨拶する。

「昨夜の夢はいかがでしたか？」

「夢か。いま見てるような気がするよ。ところで、いったい何をやってるんだ？」

ティナハンの問いにビヒョンは高らかに笑って答えた。

「一杯やりたい気分だったんです。でも、お酒がないので。いかがです？　酔っぱらったみたいな風景じゃないですか？」

ティナハンは首をひねり、いったいなぜ酒が飲みたい気分になったのか訊こうとした。しかし、リュンが先手を打った。彼は酒というものを知らなかったのだ。

「お酒って、何ですか」

ビヒョンの答えはリュンを当惑させた。

「冷たい火ですよ。そこに月を浮かべて飲むんです。ところで、あなた方の世界にはお酒がないんですか？」

「多分……。何なのか想像もつかないところを見ると」

その日の朝、食事が終わり、一行がまた旅を再開しようとしていたとき、ケイガンは一行を呼び止めた。

「ビヒョン、ナーニにリュンを乗せて大寺院に行かれよ」

一行は驚いた顔でケイガンを見つめた。ティナハンが尋ねる。

「なんだ？　そんな必要があるのか？」

「限界線の南では、偵察隊員の目を引くのを避けるためやむなく歩いてきた。だが、限界線を越えた今、いたずらにぐずぐずしていることはない。大寺院が必要としているのはリュンだ。だから、ティナハン、おぬしは少しゆっくり歩いても構わないはずだ。もちろん、おぬしがその気になって駆ければ、さほど遅れることなく到着できるだろうし」

「え？　じゃあ、あんたは？」

「私は、行かぬ」

ビヒョンは目を丸くした。

「行かない、ですって？」

「ああ。おぬしがリュンを乗せて空を飛んでゆくのなら、私はもう必要ないからな。一緒にキーボレンに入り、また無事に出てくることで、私の仕事は終わったようだ。だから家に帰ろうと思う」

「でも、大寺院に行って、謝礼を受け取らなければ」

「謝礼？」

「その……チュムンヌリはですね、私を派遣する代償として、大寺院から金片二百個を受け取ることになっています。ティナハンも、ハヌルチ遺跡の発掘に必要な支援を受けることになってますよね？」

ティナハンはうなずき、ケイガンを見やった。ケイガンは言った。

「私は謝礼のためにこの仕事をしたのではない。ナガを除き、キーボレンとナガについて私よりよく知る者がいなかったから、引き受けたのだ。大寺院には若干の借りのようなものもあるし。それで、私はこのことに参加した。だから、私には受け取る謝礼などない」

「でも、あの……あなたの仕事は、大寺院までリュンを連れていくことじゃないですか？　ここはまだ大寺院じゃないですよ」

「カブトムシにはふたりまでしか乗れないだろう」

ビヒョンはもごもごと言葉を濁し、ティナハンを見た。しかし、ティナハンもまた、何も言えなかった。ケイガンの言うことには反対する理由がひとつも見当たらなかった。この三カ月間の彼の言葉と同じく。ビヒョンがリュンを乗せて飛んでいく。それこそが、最も速く安全にリュンを目的地へ連れていく方法だ。その飛行にケイガンは必要ない。

誰も異を唱えないのはわかっている。そう言わんばかりにケイガンは荷物をまとめた。背嚢《はいのう》を背負い、双身剣マワリを背にかけて一行をサッと振り返る。彼の目が最後に留まったのはビヒョンだった。泣きそうな顔でケイガンを見つめている。

短いため息を吐くと、ケイガンは言った。

「別れる前に、ひとつ話をしたいな、ビヒョン。キタルジャ狩人の昔話だ。構わないか？」

「えっ？　ああ、はい。どんな話ですか？」

「四羽の鳥がいる。兄弟だ。四兄弟の食性はみな違った。水を呑む鳥、血を呑む鳥、毒薬を呑む鳥、そして涙を呑む鳥だった。彼らのうち一番長生きするのは血を呑む鳥だ。では、一番早死にする鳥はどの鳥だろうか」

「毒薬を呑む鳥！」

叫んだティナハンは、皆の視線を集め、意気揚々とした。しかし、ケイガンは首を振った。

「涙を呑む鳥だ」

ティナハンは鶏冠《とさか》を逆立て、リュンはかすかに微笑んだ。血という言葉に身震いしていたビヒョンは、震える声で言った。

「他の人の涙を呑むと、死ぬんですか？」

「そうだ。血を呑む鳥が一番長生きするのは、体外に流してはならない貴重なものを呑むからだ。一方で、涙は体の外に流し出すものだ。流し出すのは、害があるからこそ。そんなものを呑んでいたら、長く生きられないのは当然だ。しかし」

「しかし？」

「涙を呑む鳥が、最も美しい歌を歌うのだそうだ」

リュンとティナハンが曖昧に顔を見合わせる。ところがビヒョンは明るい顔になった。その顔を見ながら、ケイガンはさっさと別れの挨拶をした。

「では、息災で」

一行は慌てたが、ケイガンはサッと身を翻《ひるがえ》して歩き出した。彼らの距離がみるみる広がってゆく。残された一行が別れにふさわしい挨拶を思いついた頃には、ケイガンはもうはるか彼方——声を張り上げなければ聞こえないぐらいのところを歩いていた。丘陵を越えるケイガンの後ろ姿をぼんやりと見つめていたビヒョンは、笑ってうなずいた。ティナハンはぶつくさ言った。

「えい、まったく。面倒な奴らと離れられてうれしそうだな。後ろも振り返らず行っちまいやがるなんて、ちっ！　薄情な野郎だ」

　しかし、リュンとビヒョンは同感しなかった。実は、そう言ったティナハンさえも。この三カ月、ケイガンはただの一度も彼らを鬱陶しがらなかった。並の忍耐力では耐えきれなかったはずだ。ティナハンは、結局正直に言った。

「ああ、畜生……。いざ別れとなると名残惜しいな。奴があれこれ気を遣ってくれてたときは安心だったが、行っちまったからな……。なんだかキーボレンにいたときよりもっと不安だ」

　ビヒョンはにっこり笑い、ナーニに向かって手で合図した。

「また会えますよね？」

「ああ、きっとな」

　ティナハンは、そう信じていた。どう考えてもそうなる気がしていた。


　駆けるのに近い歩みで一行と離れたケイガンは、丘陵ひとつを完全に越えるまで歩みを緩めなかった。

　事は終わった。ハインシャ大寺院が推進するあらゆる奇妙な事案について、満足な説明を加えられる者はいない。ケイガンも説明を求めたことはない。時おりそこの僧侶たちが世界でただひとり、ケイガンにしかできないことを依頼してくるときも、ケイガンはそれが彼にしかできないことだという理由で受諾してきた。任務の重要性をよく説明されたからではない。

　その長い奉仕の歴史に新たなページが書き加えられたわけだが、ケイガンは満足など感じていなかった。なぜそうしなければならないのかもわからない状況で行ったことに満足を感じる必要などないのだから。これからはまた、僧侶たちが彼を呼ぶ必要性が生じるそのときまで、カラボラの小屋でナガを料理する平和な日々を送ることになろう。

牧歌的な殺戮の日々。

ケイガンは、ふと周囲を見まわした。風景が動いていない。足元を見下ろして気づく。彼は歩みを止めていた。そのままじっと立ち尽くす。

風が吹いた。

「血を呑む鳥が一番長生きだ。誰も人に渡したがらない貴重なものを呑むのだから。でも誰も近寄ろうとしない。血なまぐさいから」

ケイガンは腰をかがめ、マワリの柄《つか》を握った。血走った野獣の目であたりを見回す。そして、気づいた。今しがた聞こえてきた声——。それは自分のものだった。ケイガンは呆気にとられた。剣の柄を放すと、その手で自分の顔を包み込む。

「ああ、そう言えば……意味もないことを言ってしまった。あのトッケビに……」

名前はなんと言ったか……。

ケイガンは、トッケビとレコンの名を思い出せないことに当惑したりはしなかった。彼を当惑させたのは、むしろ——リュンの名前をまだ忘れずにいるということだった。ヨスビのせいだろう。

ヨスビの息子だと？　大うつけが！

「ヨスビの息子は俺だ！　いいか!?　お前がヨスビから受けついだのは、自然に排出される体液——しかも、その何滴かに過ぎん。それが、なんだ？　父親だと？　思い上がるんじゃない。俺はヨスビの左腕を食ったんだぞ！」

ケイガンは、荒々しい足取りで歩き出した。そうすれば、リュンの名などさっさと忘れられるとでもいうように。ところが、その名は一向に消えない。マワリを抜き、リュンの名が刻まれた頭の一部を切り取りたい気持ちにかられた。俺がヨスビの息子だ！

「俺の父親たちは……」

もはや我慢ならず、マワリを抜き放つ。しかし、すでに膝から力が抜けていた。マワリを杖がわりにして体を支えようとしたが、双身剣は横に滑った。ケイガンは膝と顎を強打し、地面に倒れ込んだ。そして、彼の手から離れたマワリも彼の後に続き、音をたてて倒れた。

地面に頬をつけ、ケイガンはマワリを見つめた。頬がヒリヒリするが、どうでもいい。そんなことは……。やがて、ケイガンはクッと笑った。その息で土埃が舞い上がる。

「ケイガン、この愚か者が」

「ケイガン、この愚か者が」

「ケイガン……」

俺の名前は何だったか？

「ケイガン？　そこで何してるんです？」

ケイガンは目を開けた。気づかぬうちに気を失っていたようだ。地面を手で突いて起き上がると、彼は声が聞こえてきたほうを向いた。

トッケビが歩いてくる。

――ビヒョン・スラブルだ。

記憶が次々とよみがえってくる。ケイガンは眩暈《めまい》を覚えた。

——ナーニという名のカブトムシを連れている。

ケイガンはよろめき、また座り込んだ。

——おお、なんということだ。忘れていなかったのか？

ケイガンは怖気づいた。

——まさか、他のことも？

「ケイガン、大丈夫ですか？」

——本気で心配そうに尋ねている。

ケイガンは顔をしかめた。

——なのに、あの表情は何だ？　ずいぶん楽しそうじゃないか。おかしいのではないか？　心配しているのに、同時に楽しいなんて。嘲笑《あざわら》っているのか？

そうではなかった。

——じゃあ、また会えたから、それで楽しい。そういうことなのか……？

ビヒョンが言った。

「怪我をされたみたいですね。いやあ、喜ぶべきか悲しむべきかわかりませんね」

「怪我はしてない。ところで、なぜ喜ぶ？」

ビヒョンは顔いっぱいに笑みを浮かべた。

「あなたが遠くに行ってしまう前に追いついたからですよ。次は、なんで付いてきたのかって訊くつもりですよね？」

「ああ、訊く」

ビヒョンは両腕を大きく広げ、悲劇的に言った。

「ナーニがリュンを乗せようとしないんです！　どうしましょう」

口調とは裏腹に、ビヒョンの顔はうれしくて仕方がないと言っていた。


リュンが一歩踏み出した。ティナハンに剝がしてもらった木の皮を嚙んでいたナーニがパッとリュンのほうを向き、角《つの》を突き出す。リュンは怯《おび》えた顔でビヒョンを振り返ったが、ビヒョンは大丈夫だからそのまま進めという手まねをした。リュンは深呼吸をすると、また一歩踏み出した。ナーニが木の皮を捨てて後ずさる。ケイガンは驚かなかった。もう三度目の光景だったからだ。なので、驚きではなく若干苛立った目をビヒョンに向ける。

「手話で訊いてみられよ。なぜリュンを避けるのか」

「もう訊きましたよ、とっくに。答えないんですよ」

「もう一度試してくれ」

ビヒョンは肩をすくめると、ナーニに歩み寄った。トッケビの手が忙《せわ》しなく動く。ケイガンはカブトムシの触覚を凝視した。ふつうなら、カブトムシはその触覚を動かし、意思を表現したはずだ。ところが、ビヒョンがいくら手話で話しかけても、ナーニの触覚はぴくりとも動かない。右手で顎を支え、そのようすを見守っていたケイガンは、ビヒョンのほうを向いた。その眼差しは説明を求めていた。しかし、残念なことにビヒョンには説明の持ち合わせがなかった。そこで、彼は自信なさそうな口調で言った。

「うーん、あ、そうそう。ハヌルチを見たときと似たような反応ですね。カブトムシが絶対にハヌルチに近づこうとしないのはご存じですよね？」

ティナハンが我慢できずに叫んだ。

「ああ、知ってるとも！　そのせいで、俺がまだハヌルチの背中に乗れずにいるんだからな！　だがな、リュンがハヌルチか？」

「反応が似てるってことですよ。カブトムシはね、なぜハヌルチに近寄らないのかと訊いても答えないんです。今とおなじでしょ？」

「これまでひと月以上旅した間柄だ。ナガに慣れてないからってわけではないだろうし、こいつはまったく、理由がわからぬな」

ケイガンはため息を吐いた。残る一行が彼の口元をじっと見る。彼らの頭の中には寸分たがわぬ考えがあった。

ケイガンはおそらくナーニの理解不能の振る舞いを詰ったりぶつぶつ言ったりはしないはず……。案の定だった。

「歩くほかはないな。仕方がない。大寺院にはもう少し待ってもらうとしよう」

ティナハンが満足そうな顔で言う。

「じゃ、また一緒に旅するんだよな、ケイガン？」

「歩くのならば、私が必要だろうから」

皆の顔に安堵が浮かんだ。

「まったく、お前のせいで時間を食ってしまうじゃないか。どうしたんだ、ほんとに」

ナーニにお説教しながらも、ビヒョンの顔は笑っている。ところが、リュンの笑みだけは少し妙だった。ナガの表情を正確に読み取れるケイガンが彼を見ていなかったので、リュンの表情が仲間に気づかれることはなかったが。他の人たちがナーニの異常行動に対する憶測を言い合っているとき、リュンは手を腰の後ろに回し、自分の背嚢の下のほうにそっと触れた。

――これのせいだろうか。

そのとき、背嚢が蠢《うごめ》いた。リュンはぎょっとして悲鳴をあげた。運よく宣《の》りだったので、誰にも気づかれなかったけれど。リュンは一行をぐるりと見回すと、背嚢に触れた手のひらにまた神経を集中させた。しかし、もう何の動きも感じられない。

――おかしいな。確かに動いたのに。

＊

パルム平原から眺めると、パルム山の中腹から頂上のすぐ下まで横たわっているハインシャ大寺院はひとつの寺院には見えない。まずはパルム山の五合目から八合目まで広がっているその巨大な面積のため、そして建物の間に統一性が欠如しているためでもある。そのうえ建物と建物の間にある渓谷や森、峰のせいで、建物の間の連関性が希薄に見える。ということで、ハインシャ大寺院の全体的な姿はあたかも山の斜面に沿って建設された都市のように見えた。けれど、それらはみなハインシャ大寺院というひとつの伽藍《がらん》なのだ。

その不合理な構造のせいで、パルム山の僧侶たちは境内の他の付属建築物まで行く時でさえ、長距離旅行を始めるときの緊張感を感じざるを得ない。もちろん、ハインシャ大寺院の僧侶が大寺院の境内で死亡した場合、それは客死とみなされるべきというのは、さすがに誇張の混じった冗談である。しかし、年若い行者などは、ただ境内の他の地点に行こうとしているのにひっそりとした山中をさ迷っているような気分になる。それは確かだ。寺院生活にもいい加減慣れた頃にはそんな気分など感じなくなるにしても。

ハインシャ大寺院のこんな奇妙な姿は、とんでもなく長く、ありとあらゆる驚くべき事件で点綴されたその寺院の歴史を知らなければ理解が難しい。教団の歴史上、最年少大徳として名高いオレノールは、ハインシャ大寺院の一つ目の礎石が置かれたときから今までのすべての歴史を完全にそらんじており、そのため大寺院のそんな奇妙な姿にむしろ自負を感じるべきと他の僧侶たちに対し主張することもしばしばだった。だが、息を切らせてジュタギ大禅師《だいぜんじ》の庵《いおり》をめざして上っている今のオレノールは、自負心に似た感情を感じるどころではなかった。疲れて倒れるのが先か、庵に着くのが先か、それすら見当がつかない。

〝どこにもいない神〟の加護か、寺院での生活で鍛錬された丈夫な足の筋肉のおかげかは定かでないが、ともかくオレノールはジュタギ大禅師に報告を行うそのときまでどうにか卒倒せずにいられた。

「龍が、目を開けたと、いうことです！」

庵の片隅の菜園を耕していたジュタギ大禅師は、犂《すき》を取り落としてしまった。

「今、なんと申した。龍だと？」

「はい！　龍が目を開けました！」

ジュタギ大禅師は髭をぶるっと震わせ、なんとか息を整えた。大禅師は取り落とした犂を拾い上げた。

「とりあえず、水を飲もう」

大禅師は犂を手にしたままで庵の板の間に向かった。犂と帽子を置くと、小さな台所に入り、手ずから水をひさごに一杯汲んでくると、それをまずオレノールに差し出す。オレノールはそれを押し頂き、咳き込むように水を飲んだ。手ぬぐいで顔を拭《ぬぐ》いながら待っていた大禅師は、オレノールからひさごを受け取って水をひと口飲むと、ようやく口を開いた。

「詳しく説明せよ」

「禅院で参禅中の者に、群霊者がひとりおります」

「なに？　群霊者だと？」

「はい。カシダ寺院の紹介状を持って来たということです。それで参禅できたと……。ところが、その群霊者が昨日、参禅している最中に急に気づいたというのです。自分の中に龍人がひとりいたことに」

「気づいたと？」

「その群霊者も、自分の中に龍人がいることをまったく知らなかったようでして。その龍人はずいぶん前に群霊の一部となり、これまで眠っていたようです。ところが、ふいに目覚めると、アラジ語で龍根が目を開けたと叫んだと言います。一緒に参禅していた行者たちはみな仰天したようです」

驚きながらも、大禅師はあり得ることだと思った。群霊者は自分の中に数千年前に死んだ者の霊がいることに気づいて仰天したりもする。しかし、ふつうはそれより古くない霊魂に知らされてわかることが多い。それほどに、古い霊魂というのは目覚めないものなのだ。いくら群霊の一部となった霊魂だといっても、結局不死ではあり得ないのだし。なのに、目覚めたと……？

「その龍人は、完全に目覚めたのか？」

「いいえ。そう叫ぶとまた眠りに就いたそうです。群霊者は何度も試してみたけれど、その龍人をまた探し出すことはできなかったそうです。おそらく深い参禅をしていたことから、ほんの一瞬目覚めることができたということではないでしょうか」

ジュタギ大禅師は興奮を鎮めながら考えてみた。参禅というのは、自らを忘れていくものだ。群霊者ならば、おそらく忘れるべき自分というものが多いはずだし、そのたくさんの自分をみな忘れたそのとき、最も古い自分が表面に浮かび上がってきたのかもしれない。それらしい推測ではないか……？

「ところで、アラジ語と言ったか？」

「はい。その群霊者は、自分の中のひとりがどんな言葉を使ったのかもわかっていなかったらしいということです」

「で、そなたはそれをどうやって知った？」

「参禅を指導されていたデホラ大師がひそかに教えてくださいました」

大禅師は腿をパンと打った。デホラ大師は古文と古語に関しては博識な人物だ。

「デホラ大師がおっしゃるには、その群霊者はすでに関心を失っており、共に参禅していた他の行者たちも忘れてしまうことだろうということでした。参禅中にはありとあらゆる奇妙なことを叫ぶ者がいますからね」

ジュタギ大禅師は安堵した。

「ならば、今のところ、そのことを知っているのはデホラ大師とそなたと私だけということだな？」

「あと、龍人たちでしょうか。まだ残っているならば、ですが」

「龍人がどこに残っていると申すのだ。龍根を食べねば龍人にはなれぬのだぞ。なのにナガどもが昔、龍花をすっかり破壊してしまったではないか」

「ですが、俗世ではいまだに龍根が見つかったという話が時おりですが囁《ささや》かれたりもしています。そして、実際に昨日、龍根が目を開けたと言いましたよね。ならば、いまだ残っている龍花が少なくとも一輪はあったということです。一輪あったなら、もっとある可能性が出てきますよね。そして、誰かがそれを食べたかもしれませんよ」

オレノール大徳の言うことは正しい。ジュタギ大禅師は思った。無意識のうちに念珠を取り出し、それを数えながら考えに沈む。オレノールは焦燥に耐えかねて言った。

「龍根が見つかったなら、そして、すでに発芽と開花まで済み、目を開けたなら、程なく龍になるはずです。人々に見つかる前に早く見つけねばなりません。でなければ、無知な者どもに生け捕られ、その成長が損なわれ、化け物になってしまうやもしれません。龍を化け物にしてでも王になりたがる輩など、俗世には数えきれぬほどおります」

「しかし、どうやって探す？　龍を感知できる者は龍人以外おらぬ。が、我らが知っている唯一の龍人は深い眠りに就き、目覚めないというのだろう？　仮に他の龍人を探し出せたとしても、龍人は龍根を食べようとするはずだから、やはり助けにはならぬ」

大徳は憤ったように言った。

「こんなとき、ケイガン・ドラッカー様がいらしたらよかったのに……。しかし、あの方は今、来るはずもないナガを待って死地におられるのです。ああ、なんということか……」

「ケイガンはまこと驚くべき人物ではある。とはいえ、いくら彼でもゆで卵からひよこを取り出す才はない。龍人ではない彼が、この広い世界のどこにいるのかもわからぬ龍を、どうやって探し出せるというのだ？　ともかく、そなたの言っていること自体は間違ってはおらぬ。龍根が目覚めたというなら、それを必ずや見つけ出さねばならぬさ。そうだろう？　では、オレノール。ジョタ重大師のところへ行き、各寺院へ送る書札を準備するよう伝えよ」

「どんな内容にすればよろしいでしょうか」

ジュタギ大禅師の念珠が止まった。大禅師は空をかついでいるパルム山の頂――大禅師の庵からは非常に近く見える――をじっと見つめて言った。

「私が夢を見た」

「はい？　夢ですか？」

「そうだ。その夢に、〝どこにもいない神〟が現れた。神は私に伝えられた。困窮に陥った世界を救うべく、遠からず龍の姿で化身すると」

オレノールは呆れ、口をぽかんと開けて大禅師を見た。大禅師は目元の深い皺を歪め、笑みを浮かべてみせた。

「そういう内容の虚報を、僧侶たちをして広めさせよ。そういうことだ」

「え？　虚報ですか？」

「そうだ。たまたま龍を見つけた愚かな輩がそれを好き勝手しようとする事態はとりあえず防がねばならぬだろう。運が良ければ、龍を見つけた者が近くの寺院にその所在を知らせてくるかもしれぬし」

オレノールは思わず嘆声を漏らした。しかし、たちまち顔をしかめる。

「ですが、大禅師様。それは妄言ではありませんか」

「不妄言の契《けい》に背くことだと言いたいのか？」

「どう考えてもそうかと。さきほどおっしゃったことの是非を問う以前に、僧侶たちが驚くのではありませんか？　聖職にある者が先に立って妄言を伝えて歩くなど……」

「ああ、そのことならば構わぬ。僧侶たちにはそれが事実だと伝えよ。さすれば、破戒となるのは私ひとりで済む。そうではないか？」

「大禅師様、なんということを……それは、なりませぬ」

オレノールは激しくかぶりを振った。繰り返し大徳を慰めていた大禅師は、結局、怒りにかられて叫んだ。

「このたわけが！　この世の罪という罪をすべて背負っていくついでにあとひとつ持っていくと言っておるのだ。四の五の言うでない！　龍根が目覚めたと言ったのはそなたではないか。ぐずぐずしておらんと、とっとと行け。尻を蹴飛ばされたいか!?」

そう叫ぶと、大禅師は縁側に立てかけてあった箒を握った。肝をつぶした大徳は、こけつまろびつ駆けていった。

＊

草一株さえも貴重に見える寂しい平野の真ん中の塔は、挫折した望みのごとく立っていた。塔の中に寝そべったリュンは、上を見上げた。塔の上部は完全に破壊されており、そのためそこから丸い空が見える。完全な円ではない。リュンの足のほうの空が若干膨らんでいる。そちらのほうがひどく崩れているからだ。そのあたりの高さは四メートルほど。残っている一番高い部分も六メートルを超えてはいまい。

寝そべっているリュンの周囲には十個余りのトッケビの火が丸く配置されていた。その火の円の外側に片膝をついて座っていたケイガンが低く言う。

「では、行く」

リュンは何も言えず、目だけで答えた。彼の目は、行かないでほしいと言っていたが、同時に早く行ってくれとも言っていた。気持ちはわかる。ケイガンは立ち上がると、塔の西側にある扉に向かった。そこには、ケイガンの防風服がかけられている。ちょうど帳《とばり》のような格好で。それをまくりあげながら、ケイガンはリュンを振り返った。

リュンは空を仰いで震えていた。

塔の外に出ると、強い東風が吹きつけてきた。防風服が揺れて浮き上がるのを巧みに押さえ込み、ケイガンは防風服を整えた。塔の中が見えないように。ケイガンが出てくるのを見て、ナーニに腰かけたビヒョンが待ちかねたように訊いてくる。

「どうです？　大丈夫そうですか？」

「ああ、大丈夫だ」

荒野の上に東風が怒ったハヌルチのように押し寄せていた。ティナハンの羽は完全に逆立ち、風の吹き渡る麦畑のように見えている。彼は肉髯《にくぜん》を撫でおろしながら言った。

「しかし、よかったな。こんなものがあって。しかし、昔の人間は何だってこんな――四方に地平線しか見えない荒野に塔を建てたんだろうな」

ケイガンは扉の真横の壁面に凭《もた》れて座った。吹いているのは東風とはいえ、西向きの扉の近くに吹き付ける風は強い。塔の壁面を伝って流れる過流《うずまき》のせいだ。蓬髪《ほうはつ》を後ろにかき上げながら、ケイガンが言う。

「東風《ひがしかぜ》の塔だ」

「え？」

「英雄王が即位してじきに、英雄王はここに要塞《ようさい》を築くことを命じた。ナガを監視するためだ。当時、ナガは心臓を摘出するすべをまだ知らなかった。そのうえ生きたものを食べるので、密林でしか生きられない弱小種族に過ぎなかった。それで、王の臣下は確信していた。ナガなど、絶対に王国の敵にはなり得ないと。何しろ穀物を食べず、暑い地方から出てこられないのだからな。しかし、英雄王はナガを警戒していた。最終的に王と臣下は妥協し、要塞ではなくこの監視塔を作ることになった。東から吹く風の意味で東風の塔。それから途方もない歳月が流れた今、我々は体感しているというわけだ。英雄王の予見が証明された、しかし楽しからぬ現実を。それを英雄王の慧眼《けいがん》と呼ぶか、それともレコンの野獣的本能と呼ぶかはおぬしたちの自由だ」

レコンの野獣的本能と聞いて、ティナハンは得意げな表情を浮かべた。ビヒョンは、そんなティナハンに向かって笑いかけると、また塔の内側を覗《のぞ》き込む真似をした。

「ナガがひとり、やむない事情でここを利用することになったのを、英雄王も許してくださるでしょうよ。ところで、どれぐらいかかりますかね？」

「ちょっと見当がつかない。私が思うに、かなりかかりそうだ。自分の家にいる女たちは気持ちが安定していることもあり、ふつう三、四時間で済むと聞いている。男たちもさすがに脱皮はどこかの家に逗留してするというが、女よりは時間がかかるらしい。リュンは男だし、ここは家ではない。それこそ、ナガの密林ですらないのだ。そのうえ、今の状況は、彼にとって決して愉快ではないはず。ことによると、ナガの歴史上、最も時間がかかる脱皮となるかもしれぬ。塔の中の火が彼の助けになることを願うしかないな。ともかく我々としては、彼が自分から出てくるまでここで待つほかはない」

人間は、水で体を洗う。トッケビは火で体を焼く。レコンは古くなった羽が抜ける。そして、ナガは、年を経た皮膚を脱ぎ捨てて新たな体を得る。脱皮の時が来た時、リュンは、鱗が落ちるような気分になった。ケイガンだけがある程度予見していたそのことを、同行者――さすがにもう馴染んだとはいえ、それでも不信者であるところの――の前でしなければならないなんて……。

運よく、ナーニに乗って舞い上がったビヒョンが、平野の真ん中にぽつんと立っている塔を見つけた。塔に着くやいなやケイガンはビヒョンに火をつけさせると、残る一行を追い出した。ビヒョンはそれこそじたばたと悪あがきしたが、そんなトッケビの果てしない好奇心は断固として拒まれた。ケイガンが扉の近くに陣取ったのには、ビヒョンが盗み見するのを警戒しようという意図も若干含まれているはずだ。

「我々がすべきことを言っておく。いつになるかわからないが、ともかく……脱皮が終わったら、リュンには大量に食べさせなければならない。言うまでもないだろうが、もちろん生きているものを」

ティナハンは困った顔で周囲を見まわした。

「大量にって……どれぐらいだ？」

「鹿ぐらいの大きさの動物一頭ぐらいは」

「なんてこった。その大きな鹿がどうやってあの腹の中におさまるんだ？　腹がはちきれてもおかしくないぞ。ナガの体の中には胃袋しかないんじゃないか？　骨も筋肉も何もなく……。それはともかく、こんな荒涼とした場所でどうやってそんなでかい獣を見つけるんだ？」

ケイガンはビヒョンを見た。ビヒョンは首をひねっていたが、やがてぎょっとしたように言った。

「ま、まさか、ナーニを？　リュンを乗せようともしないし、何の役にもたたないからっていう非情な……」

「いや、ビヒョン。そんなことは言っていない。あれは食べられない」

え……それは、食べられるんなら食べさせるっていう……？　ゾッとするビヒョンにはお構いなしにケイガンは続けた。

「ナーニに乗って、近くに森か、もしくは動物を見つけられそうな場所がないか探してみてくれ。そうして、私がさっき言ったような動物を一頭狩ってきてほしい。ティナハンも行ってくれ。私はここで見張りをしないとならないから」

ティナハンが後頭部をかく。

「おい、ケイガン。俺はな……最後の鍛冶屋でこの鉄槍を握って以来、こいつに対する信頼をいちども失ったことなど一度もないがな、それでも……こいつで狩りはさすがに無理だ」

ケイガンはティナハンをまじまじと見た。そう言えば、ケイガンは双身剣マワリ一本で牧場を作れそうなほど獲物をとってきたのだった……。それを思い出したティナハンは鶏冠を赤く染め、慌ててビヒョンを引っ張り込んだ。

「それに、ビヒョンだって狩りはできないし。やっぱりキーボレンにいたときみたいに、あんたが行ったほうがいいんじゃないか」

言い終えたティナハンはふと思った。もしケイガンがいなかったら、救出隊の最大の敵は飢餓だったかもしれない――。ケイガンは、塔をちらりと見やった。

「今のリュンのそばには私がいたほうがよいのだが……。まったく自信がないのか、狩りには？」

「うーむ……大虎を倒せと言われればいくらでもやるがな。でも、リュンに食わせるんだから、生け捕りにしなけりゃならんだろう？」

ケイガンは速やかに決断した。

「わかった。ティナハン、おぬしはここにいてくれ。何しろここは四方が地平線だし、かなり時間がかかりそうだ。その間、リュンが助けを求めてくるかもしれない。だが、絶対に塔には入らないでくれ」

「え？　助けを求めてきてもか？」

「そうだ。苦痛に耐えかね、何か言ってくるかもしれぬが――それこそ肉が裂ける苦痛なのだからな――だが、どんなに頼まれても入っては駄目だ。どうせ手を貸すこともできん」

「おお、そうか。わかった」

「では、ビヒョン。出発しよう」

リュンを拒んだナーニはケイガンを泰然と乗せた。そのようすについて、ビヒョンは少し雑談を交わそうとしたのだが、ケイガンに促《うなが》されると諦め、ナーニを舞い上がらせた。東風とカブトムシの羽が起こす風が混ざり合って突風が巻き起こる。ティナハンは思わず目を閉じた。彼がまた目を開けたとき、カブトムシはもうちっぽけな点になっていた。

ティナハンは東風塔に背をもたせかけ、座り込んだ。


遮るものひとつない荒野の上を東風が唸《うな》りながら疾走している。大気は埃で濁り、生気のない太陽は蒼白な円盤となって空をさ迷っていた。雲ひとつないが晴れてもいないその空が、ティナハンは気に入らなかった。世にも美しい氷のようなバイソ渓谷の空に思いを馳せ、ティナハンは東風を詰った。

まったく、糞の役にもたちやがらねえ……。

どこへ行こうが吹いている埃まじりの風のせいで、地平線は波打っているかのように蠢いていた。顎の下の羽毛がひっきりなしに浮き上がって肉髯をくすぐる。ティナハンは何度も羽毛を撫でおろした。

まったく嫌なところだよ。

何時間か過ぎた頃のことだ。ケイガン製の燻製《くんせい》肉を噛んでいたティナハンは、地平線の近くに動くものを見つけた。

初めのうちはそれが地平線に沿って踊る土埃なのか、それとも移動する物体なのかよくわからなかった。それが、半時間ほど過ぎると見えてきた。どうやら移動する物体らしい。ティナハンはそう結論を下した。それからまた半時間ほど過ぎた。その頃には、ティナハンにも難なく判断がついた。東風の塔に向かって歩いてくる数十人の人間——。その時点でティナハンがしたことは、とりあえず燻製肉を左手に持ち替え、右手を鉄槍の上に軽く乗せておくことだった。立ち上がる必要性は感じなかった。たとえ座ったままだとしても、レコンが振るう七メートルの鉄槍は、人間にとっては自然災害に匹敵する。

人間の群れは、じきに互いの表情を読み取れるぐらい近くまでやって来た。何人かは馬に乗っており、残りは歩いている。

——リュンに馬を見せてやったら面白がるだろうに。

全員が武装しているその群れを見ているうちに、ティナハンの頭にある概念が浮かんだ。しかし、その概念を知っている単語に置き換えるのは、ティナハンには若干無理があった。群れが動きを止め、ひとりが前に進み出てくる頃、ようやくティナハンはその単語を思いついた。

——軍隊ってやつか、あれは……？

前に進み出てきた男の姿は見ものだった。威風堂々たる姿に見せかけようと必死なようすがありありとうかがえるが、まぶたが不安げに痙攣《けいれん》している。どこかの遺跡から引っこ抜いてきた鉄柱ではないかと疑われそうな鉄槍を膝に乗せ、こちらをねめつけてくるレコンに向かってくるには、その男の胆力はやや不足していた。ティナハンは友好的な表情を浮かべてはいたが、三カ月ほどキーボレンをさ迷っていた身なりのほうは、どう見ても人が好さそうには見えなかった。

男は、きっかり八メートル手前で立ち止まった。ほほう。なかなか几帳面じゃないか。ティナハンは感心した。背後の一行のほうを一度振り返ると、男はおずおずと口を開いた。

「え、英雄王でいらっしゃいますか」

ティナハンはしばらく絶句していた。彼がようやく嘴《くちばし》を開いたのは、かなり経ってからのことだった。

「いや、そいつはまた……日付を勘違いしてるようだな。そうだな、千五百年ぐらい」

男は泣きそうな顔をした。

「王におかれましては冗談を好まれるというお話は伺っておりますが、私、何分にも愚鈍なあまり理解ができませんで……。畏《おそ》れながら、それはどういった意味でしょうか。この東風《こち》の塔を巡視にいらした……」

「おお？　場所も勘違いしているようだな。こいつは東風《ひがしかぜ》の塔だぞ」

ティナハンは満足げに指摘した。教えてやれるのがうれしかったのだ。ところが、男はぼんやりした顔でティナハンを見つめているばかりだ。しばらくぽかんと口を開けていた男はふいにハッとし、丁重に頭を下げる。ティナハンは面食らった顔で返礼をしたが、男は見向きもせずに仲間のほうへ戻っていってしまった。男は、仲間と短く言葉を交わすと、また戻ってきた。表情がひときわ明るくなっている。

「我らが預言者が教えてくれました。それは、この塔を指す神聖なアラジ語を翻訳した言葉だと。

おかしなことを申し上げ、混乱をきたしました点、深くお詫《わ》び申し上げます。しかしながら、私どもの預言者はですね……、ああ、どうかその者の不忠と無礼をお許しくださいませ……しかしながら、いまだ陛下が英雄王であられますことを信じられず……」

「あのな、もしかして賭けでもしてるのか？　だったらな、その預言者とやらのひとり勝ちだ。金は全額そいつにくれてやれ」

いま目の前にいるのがどんな輩なのか、ティナハンにはだいたい見当がついた。男は真っ青になって悲鳴をあげた。

「英雄王ではないと？」

「ああ、違う。しかしな、今がいつなのかぐらいはきちんと知っておいたほうがいいぞ」

男はぶるっと身震いすると、また戻っていった。若干の騒動と言い争いが起こっているようだったが、東風のせいでティナハンにはよく聞こえなかった。やがて、今度は群れ全体がティナハンに向かって近づいてきた。先頭は、派手な服を着て馬に乗った人間だった。昂然と顔をあげている。さっき男が立ち止まった位置にぴたりと止まった群れは、珍しい見世物か何かのようにティナハンを眺めた。気分を害したティナハンが何か言おうとしたそのとき、派手な服の男が言った。

「お前は旅人か？」

ティナハンが直ちに鉄槍を投げて男の首を跳ね飛ばさずに済んだのは、涼しい顔で同じような無礼な振る舞いをする仲間のおかげだった。危ういところで興奮を鎮めると、ティナハンは言った。

「もしかしてお前、群霊者か？　レコンなんだろ、今？」

「無礼な！　あの者を凌遅刑に処せ！」と叫んだのは、男の隣で馬に乗っている、短髪の老人だった。ティナハンはもはや腹をたてる気にもならず、彼らはもしや群霊者の軍隊ではないか。そんな荒唐無稽なことを考えることで自らを慰めた。そのとき、派手な服の男が言った。

「お鎮まりなされ、偉大なる預言者よ。レコンというものは、生来《せいらい》傲慢きわまりない者どもなのだ。朕《ちん》が誰なのか、あの者に説明してつかわせ」

預言者と呼ばれた老人は、ティナハンを今にも取って喰いそうな目で睨《にら》みつけると、青筋を立てて叫んだ。

「この傲慢無道で不憫《ふびん》な者よ、聞くがよい！　ここにおられるお方は偉大なる英雄王陛下の四十九代目の子孫であられる無敵王陛下でおられるのだぞ！　英雄王の嫡孫の御前でお前は恐れ多くも英雄王の御身を詐称した。それがいかほどの罪かわかっておるのか!?」

ティナハンは、笑うほかはなかった。

「英雄王を詐称？　俺がか？　そいつはすまなかったな。だが、そいつは人間だろうが」

「こやつ！　最後までその無知蒙昧《むちもうまい》な迷信をもって我らを愚弄《ぐろう》するか！　よいか？　よく聞け。我は神のお告げを聞いた。英雄王はレコンではなく、人間であらしゃったのだ！　そんな啓示があったのだから、我はお前が英雄王を詐称していることをすでに悟っていたのだ！」

預言者は口の端に白い泡をためていた。それを見たティナハンは、鶏鳴声《けいめいせい》をあげるのを諦《あきら》めた。ああ、確かに限界線を越えたのだな。そう実感しつつ、ティナハンは背嚢の中からもうひとつ燻製肉を取り出した。

「ああ、そうか、そうか。すまないな。英雄王と錯覚されるほどに威厳ある姿でこのような場所に座っていた点、謝罪しよう。そして、俺の食事を邪魔したのに対する謝罪も求めないことにする。さて、そろそろ立ち去ってもらえると助かるのだがな」

言い終えると、ティナハンは燻製肉をがぶりと食いちぎった。そのとき、ティナハンの耳にかしな音が聞こえた。訝《いぶか》しそうに預言者を見たティナハンは、今の音が空耳ではなかったことに気づいた。預言者は、異様な光を帯びた目で燻製肉を見つめ、もう一度唾を呑み込んだ。

「貴下は……もしや我が無敵王陛下に対し、友情と尊敬の表れとしてささやかな貢物《みつぎもの》を捧げる気持ちがおありか？」

ティナハンは、無敵王と呼ばれた者を見た。そして、そこから読み取った。王国への熱望よりさらに大きな熱望を。

無敵王一行がもしも王国を建設したならば、彼らの建国神話の中に自分が——荒野から忽然《こつぜん》と現れ、砂と土で肉を作り出した神の使者として、記録されるかもしれない。そんな希望など、ティナハンは思い浮かべもしなかった。彼が肉を分け与えたのは、いま少し現実的な（しかし、やはり可能性はない）理由からだった。もしやこの者たちが他の者たちとは違い、王国を建設するのに成功したら、後に資金を借りることができるかもしれないとの判断——。空飛ぶ巨大魚ハヌルチの背を征服するという彼の夢は、とにかく金がかかるものなのだ。

それで、ティナハンは、ケイガンが作っておいた燻製肉を厳粛な表情で〝贈り〟、無敵王という者に感謝の表れとして〝アラジ戦士〟に任命すると提案されたときも、爆笑したりはしなかった。

「アラジ戦士と言ったか？」

無敵王は、ティナハンの口調が気に障るようすだった。しかしぐっと堪《こら》え、燻製肉を咀嚼《そしゃく》した。

「そうだ。朕の祖先であられる英雄王陛下を範《はん》とし、朕もまた、朕のその強大な戦士のことをアラジ戦士と呼んでおる」

ティナハンは、その強大な戦士という者たちが、働きたくなくて家を飛び出して来た若者たちか、または無銭飲食を畢生の野望とするごろつきであり、ただ飯を食らえるという理由で旗幟槍《きしそう》剣《けん》を掲げ、国王陛下だのなんだのというお遊びに付き合っているのだろうと思ったが、それを顔に出すことはしなかった。

「ありがたいが、遠慮しておく。俺にはやることがあるからな。ああ、そうだ。そのことに関して、後々助けを求めるかもしれんが、そのときに余裕があったらちょっと手を貸してもらえると助かるな」

「必ずや、そうする。これ、記録官！　このことを記録しておくように」

肉を咀嚼していたひとりの兵士が自分の荷物をごそごそと探った。ケイガンが獲物を持ってくることが期待されるため、ティナハンは持っていた食料をほとんどすべて与えた。それはかなり量が多く、四十人にもなる無敵王の部下みなに少しずつとはいえ行き渡った。それで、彼らはみな、そこそこ幸せそうな顔をしていた。名前のつづりを訊いてくる記録官に適当に書いておけと言ってから、ティナハンはまた無敵王に質問した。

「ずいぶん長いこと、食ってなかったようだな。こんな食料の調達も難しいところへ、何だってやって来たんだ？」

無敵王は預言者を振り返った。預言者は口に入った髭を引っ張り出しながら言った。

「偉大なる無敵王陛下は、かつてペチレンで皮革の商いをしておられた。英雄王の嫡孫にとうていふさわしいことではないが、陛下は御身の血統をご存じでなかったのだ。しかし、ペチレンに赤い稲妻が走った日、陛下は皮革の間から這い出して来た邪悪な足の生えた蛇を一振りの剣で退治することで、御身の高貴な血統を示された」

「足の生えた蛇？」

預言者は兵士たちに手まねをした。すぐに兵士たちが木の箱のようなものを持ってきた。深呼吸をすると、預言者は箱の蓋を持ち上げた。箱の内部は上質な布で内張りされていた。箱の中を覗き込んだティナハンは、一種の奇形の蛇を見た。四十センチほどのその蛇の首は落とされており、体の真ん中へんに足と言えば言えないこともない突出物がひとつ付いている。ティナハンは、脊椎から尻尾がひとつ余計に出ているのではないかと疑った。そんな奇形は長生きできない。

——もしかして、死んだ蛇を切ったのではないか。

しかし、預言者はその蛇を見るのも怖ろしいというように木の箱から目を背けて言った。

「実に怖ろしいではないか。ご覧になったかな？　なら、もう箱を閉じても構いませんかな。たとえ死んではいても、この邪悪な被造物は生前、目が合っただけでも女を妊娠させ、男には疾病を伝染させたのだ。実のところ、無敵王陛下の娘ごはこの蛇を見たせいで、身ごもられ……」

「えへん、おほん。うむ。もう閉じてもよい」

預言者は話の腰を折られてやや不快げだったが、言われるがままに木の箱の蓋をかぶせた。そうして、また力強い声で言った。

「ともあれ、このよこしまな怪獣を切ることで、無敵王陛下はその名声を高められた。雲水であった私はその噂を聞いて驚き、陛下のもとを訪ねたのだ」

雲水と聞き、ティナハンは、老人の髪がなぜ短いのか納得した。元僧侶であったところの老人は、顎で木の箱を示して言った。

「そして、この蛇を見て、陛下の龍顔《りゅうがん》を拝した瞬間、私はたちまち見抜いたのだ。陛下が英雄王陛下の子孫であられることを。そのときの感激は、今振り返っても胸が熱くなる。私の説明を聞かれた陛下はその日をもって商いをやめ、意志と気概にあふれた若者を選んで武装させると、偉大なる王国を再建するための道に入られたのだ。王の称号を定めるのはさほど難しくなかった。よこしまな怪獣を退治した業績を称え、私は無敵王という号を考え出した。そして、陛下はもったいなくも、私に預言者という身に余る称号を下賜《かし》されたのだ」

預言者と無敵王が熱のこもった目で見つめ合う。ティナハンはと言うと、込み上げてくる笑いを堪えようと空を仰いだ。運よく、その姿は預言者の目に〝天の意が実現する方式の神秘さに感動する〟姿に映った。

「このようにして、王国再建の道のためのあらゆることが備わったが、ひとつ足りないものがある。王国には国母が必要。ところが、陛下は奥方を失われて久しい。しかしながら、私はこの部分において真の天の意を悟った。よこしまな怪獣を遣《つか》わし、英雄王の子孫を現れさせ、私を陛下に導かれ、その王統を確認させたのだからして、天の女人を遣わし、その最後の証拠を示されることだろうと」

「ああ、それで、王妃の候補を探しておられる、と。特別な女なのだろうな」

「その通り。怪獣が現れた日、赤い稲妻が走ったことから、私はおそらく青い稲妻が現れたところで王妃を見つけられるのではと思っておる。しかし、そんな噂は聞こえてこない。あの勇猛なアラジ戦士らは、ひとところに留まることを好まぬし。それで、私は陛下に提案した。英雄王の痕跡を追って周遊することを。英雄王の業績を称え、その精気を受けられるうえに、何らかの兆しが見つかる可能性が最も高い場所であるゆえ」

「それで、この東風の塔に来たってわけか？　英雄王が立てたものだから？」

「そうだ。しかし、ここにも国母となられる女人はおらぬな」

　預言者は話し終え、残念そうにティナハンを見た。その眼差しといったらもう、正体は見抜かれたのだから、女に変身したらどうだと強要するかのようで、ティナハンは能力さえあったらそうしてやりたい気にまでなった。そのときだった。

「たす……けて」

　塔からリュンの声がしてきた。塔に目をやり、立ち上がりかけたティナハンは、ケイガンの警告を思い出し、腰を下ろすと無敵王一行のほうを向いた。無敵王と預言者は、目を見開いて塔を見つめていた。無敵王が先に口を開いた。

「美しい。実に美しい声だ。こんな声は、生まれてこのかた初めて聞く」

　念入りに整えた口調はどこへやら、いつしか無敵王は平凡な商人のように話していた。お里が知れたな、と思い、ティナハンは、思わずげらげら笑ってしまった。それを見た預言者が激怒して立ち上がった。

「この妖魔！」

ティナハンはムカッとしたが、すぐに王を嘲笑うのは失礼だと気づくと、謝罪しようとした。しかし、預言者はティナハンにそんな余裕を与えなかった。ぴょんと跳びあがるように立ち上がると、兵士たちに向かって叫んだのだ。

「勇猛なアラジ戦士たちよ、王を守れ！　ここに妖魔がいるぞ！」

「おいおい、笑ったのは申し訳ない。だが、妖魔だと？　それはあんまりだろうが」

預言者は、ティナハンの言うことなど聞こうともしなかった。状況をまったく把握できていない兵士たちは、面食らった顔を見合わせ、元皮革商人もまた目玉をきょときょとと泳がせてティナハンと預言者を代わる代わる眺めていた。その腕をつかむと、預言者は彼を引きずるようにして後ろに下がった。

「陛下、立ち上がりなされ！　妖魔です。妖魔ですよ！」

無敵王は立ち上がろうとしたが、預言者がとにかく引っ張るので、うまく立ち上がることができない。結局、無敵王は預言者の腕を振り払い、ようやく立ち上がった。息が切れているのか顔を赤くした無敵王は、震える手で服を払った。

「預言者、いったい何を言っているのか？」

「あの者は、妖魔です！」

「しかし、よ、預言者。あの者は我らに食料を分けてくれたぞ」

それを聞いた預言者が無敵王の口に指を突っ込もうとする。仰天した無敵王がなんとかその指を避けると、預言者は足を踏み鳴らして叫んだ。

「吐き出されよ！　早く！　あの者は妖魔です！」

そして、預言者は東風の塔を指さし、ティナハンが絶対に忘れることができないであろう言葉を叫んだ。

「天が遣わされた女人が、あそこにいます。あの妖魔が閉じ込めたのです！　あの妖魔は、陛下が王妃に出会われるのを妨害すべく、土埃と虫を食べさせたのです！」

無敵王の顔が蒼白になった。すばやく指を喉に突っ込むと、食べたものを吐き出そうとする。しかし、預言者はすでに他の命令を彼に下していた。

「陛下！　剣を！」

無敵王は狼狽《うろた》え、腰に差した剣を握った。しかし、彼の手は震えており、そのうえ唾がたっぷりついているもので、手を滑らせてしまった。悪態をつきながらまた剣を引き寄せ、びりり、という服が破れる音をさせながらやっとのことで剣を抜く。兵士たちもようやく険悪な表情になり、おのおの武器を握って立ち上がった。

ティナハンは鉄槍に手を添え、じっと座って待っていた。ようすを見ようという心づもりだった。無敵王のほうも、剣を抜きはしたものの、それをどうしたらよいかわからないという顔だ。駆け付けた兵士たちも、彼らの無敵王に先駆けようとはしなかった。そのとき、またリュンの声がした。

「誰か……誰かいませんか……」

慣れてしまっていてさほど気にしていなかったその声に、ティナハンは今さらながら感嘆した。

なるほど、こいつは女と錯覚してもおかしくないな。一方、無敵王と兵士たちはますます険悪な表情になった。それに力を得た預言者が勇ましく叫ぶ。

「こやつ、妖魔め！　お前の正体は見破られた。とっとと失せよ！」

預言者の叫びとともに、武器が邪悪に、凶悪に、蠢いた。しかし、ティナハンは、瞬《まばた》きもせずに言った。

「仕方ないな。あとひとつだけ大目に見てやろう。説明するから、よく聞け。あれは俺の仲間だ。今体調がすぐれず、あの中で休んでいるのだ」

「仲間？　馬鹿を言うな。なら、なぜ入って助けてやらぬのだ！」

「事情があるのだ。入るわけにはいかない事情が」

説明しながらも、ティナハンは疑わしい気がした。自分の説明が果たして受け入れられるか否か……。果たして、無敵王一行はこの上なく胡乱《うろん》げな視線を送ってきた。預言者が得意になって言う。

「その事情とやらが何なのかはわかるぞ。お前は単に、嘘を吐いているのだ！」

レコンでもないくせに一貫してぞんざいな口を利く預言者に、ティナハンは忍耐の限界を感じた。大禅師でも、レコンに対してそんな態度はとれない。なのに、破戒僧ふぜいがレコンを馬鹿にしているのだ。

「黙って聞いてりゃ、調子に乗りやがって……。ほんとに妖魔に変身してやろうか⁉　え⁉」

ティナハンの言葉のしまいのほうは、ほとんど鶏鳴声になるところだった。無敵王と兵士たちが青ざめた顔で後ずさる。ところが、預言者はむしろ高笑いした。

「おやおや、ようやく本性をあらわされると？」

「本性だと？　笑わせるな。よく聞け！　あれはナガだ！　天が遣わした女なんかじゃない！」

怯えきっていた無敵王さえも、ティナハンの言葉に神経質な笑いを弾《はじ》けさせた。預言者はティナハンに拳を突き付けてみせ、言った。

「馬鹿は休み休み言え。仲間だと言ったと思ったら、今度はなんだ、ナガだと？　ナガが仲間だっていうのか？　なら、そのナガは限界線を越えてレコンの仲間になってくれた、声を出すナガだって言うのか？　頭のいかれた妖魔め！」

ティナハンは鶏冠を震わせ、ついに立ち上がった。

ティナハンが立ち上がるに従い、無敵王と預言者、そして四十人の兵士の顔が舞台の上の喜劇俳優さながら上を向く。元ペチレンの皮革商人は息が止まりそうになった。

――なんてこった。山が動いてるみたいじゃないか！

しかし、甘かった。彼らはさらに上向くことになった。ティナハンは、膝に乗せていた鉄槍をまっすぐに立てて地面に突いた。無敵王一行は、今や首が後ろに折れそうだった。七メートルにも及ぶ槍の先を見上げようとして。

「この不遜《ふそん》な奴らめ。もう我慢できん。いかれるんなら、少しはまともにいかれてろ。お前らのは最悪だ。よし、わかった。お望みならば、**鉄で話そうじゃないか！**」

ティナハンがついに発した鶏鳴声に、兵士の何人かが仰向けに引っくり返る。倒れなかった連中も耳を塞《ふさ》いで後ずさり、馬は暴れた。数十歩も後退した一行の前で、無敵王はわんわんと鳴る耳をとんとんと叩いて言った。

「鉄で話すとは、何のことだ？」

血走った眼でティナハンを睨みつけながら預言者が言う。

「肉ではなく、鉄で話そう。そういうことです。陛下」

「だから、それはどういうことなんだ？」

「舌ではなく武器、ということです。戦おうって言うんですよ、陛下。あの妖魔はまたずいぶんとレコンのふりが得意なようですな。陛下は挑戦を受けたのです」

無敵王の顔が青ざめる。一方、ティナハンは呆れた。預言者と名乗る不埒な人間に挑戦したのに、そいつはずる賢くも、挑戦を受けた相手を無敵王にすり替えたのだ。ところが、ティナハンはそれを説明できなかった。預言者はその理由を知っていた。

「鉄で話すことにしたのだから、あやつはもう口は利けません。先攻も陛下に譲るはずです。挑戦を受けたほうが先に攻撃する権限を得るのです、陛下」

「先攻だろうが、後攻だろうが、レコンとどうやって……」

無敵王はぶるぶる震えていた。下手をすれば後ろに向かって突撃しようと言いそうだ。しかし、預言者は余裕たっぷりに笑っていた。

「ご心配なく。無敵王陛下。いかなる妖魔も、この私にかかれば相手になりません。どうか、お任せあれ」

無敵王は感激の表情で預言者を見た。ティナハンも内心安堵した。預言者が攻撃してきさえすれば、奴をひっつかまえて何発か軽く――ごくごく軽く――殴ってやって、恐れ多くもレコンを馬鹿にしたことを骨の髄から後悔させてやろう。そう目論《もくろ》み、ティナハンはほくそ笑んだ。

しかし、預言者は前に出てこようとはせず、傍《かたわ》らの兵士に何やら耳打ちした。兵士が後方へ駆けていくと、馬に縛り付けてあった何かを持ってくる。それを受け取ると、預言者は冷たく笑い、ようやくティナハンに向かってやって来た。

――お、なんだ、おい、お前！

という声はティナハンの嘴から発せられることはなかった。口が利けなかったからだ。預言者は自信満々な態度で歩いてきて、ティナハンの体は三倍に膨れ上がった。そのとき、またも塔の中からリュンの悲鳴が聞こえてきた。

「お願い、助けて！」

「ご心配なく！　王妃よ！　預言者が妖魔を退治してくれる！　そうすれば、我らは出会えるのだ！」

切々と訴える無敵王の叫びにも、ティナハンは笑えなかった。彼の目は、預言者の手の中のものに固定されていた。逆立った羽毛は今や互いにぶつかり合い、奇怪な音を発している。預言者が嘲笑った。

「この妖魔めが！　恐れ多くも王を籠絡《ろうらく》しようとした罪の代価を支払え！」

そう言うが早いか、預言者は大きな水桶の栓を抜いた。

ケイガンは短いため息を吐いた。

「それで、逃げたというわけか」

ティナハンが無言でうなずく。〝恥を知れ、この大うつけ！　信じて任せたというのに、何滴かの水に驚いて逃げ出すとは〟ケイガンは、そんなふうには言わなかった。ただ、静かに問うた。

「それで、その次は」

ティナハンはなかなか開こうとしない嘴をやっとの思いで開いた。

「遠くから見てた。そいつらは、塔に入っていった。何やら騒動が起こったようだったが、離れていてよく聞こえなかった。それが、少ししてその預言者とやらが俺に向かってわめきやがった」

話しているティナハンの手は、憤りを堪《こら》えられぬと言うようにぶるぶると震えていた。ケイガンは黙って待っていたが、ビヒョンは堪えられずに言った。

「なんて言ったんですか」

「逃げるならただ逃げればいいのに、何だって王妃様をナガに変身させたのか、と」

ビヒョンはため息を漏らし、ケイガンは小さく首を振った。ティナハンは今や肩まで震わせていた。

「呆れて口も利けなかった。それを、また叫びやがった。――この妖魔、お前の邪悪な魔法など、どうせすぐに破られるのだ。陛下の手が触れるやいなや、王妃様の醜いナガの皮が裂け始めた。それこそが、王の血統に生まれついた方の威厳というものだ！　その後、そいつらは担架を作り、リュンもあいつの服も荷物もぜんぶ乗せて、行っちまった。あの忌々しい……あれのせいで、俺は……追いかけられなかった。あれだけは、どうにもならんのだ……」

ケイガンはうなずいて言った。

「実に偶然だな。そのとき、脱皮が始まったらしいな」

ティナハンがうなずく。ビヒョンは本気で感嘆した。

「その預言者とかいう人間《キム》、すごいですね！　そんな才覚があるんなら、なぜ語り部にならないんでしょうね」

言い終えるやいなや、ビヒョンは自分たちが狩ったキツネを振り返る羽目になった。ティナハンが殺意のこもった怖ろしい目で睨んできたからだ。が、ティナハンはすぐに自分を責め始めた。

「みんな俺のせいだ。あのいかれた連中が来るやいなや、追っ払っちまうべきだった。いかれた奴らがやることなんて、いかれたことばっかりだとわかっていたのに。そのうえ人間に挑戦するなんて、俺もいかれちまってたんだろうか」

ケイガンは黙って地面を調べていた。陽は落ちていたが、四十人にも及ぶ人が通ったあとなので、ケイガンはさほど手こずらずに痕跡を見つけ出した。痕跡が続いている方向に目を向けていたケイガンが低く言う。

「リュンが心配だ。脱皮の途中で人目に触れるなど……」

自分を責めていたティナハンは、ケイガンの独り言を聞き、ハッと思いついたように顔をあげた。

「そうだ、さっき訊けなかったんだが、いったいなぜ入っちゃいけないんだ？　俺は、何か大事になるのかと思ってたのに、リュンは担架に乗せられて連れていかれるときも、これといって異常はなさそうだったぞ」

「ん？　ああ。裸を見られることになるからだ」

ティナハンの震えが止まった。信じられないというように聞き返す。

「何だ？　たかがそんな理由で？　それで絶対に入るなと言ったのか？」

「ああ、そうだ、ティナハン」

　ケイガンは真面目な顔でうなずいた。ティナハンが鶏冠をかきむしって絶叫する。

「なんてことだ、畜生！　たかだかそんな理由でか！　そんなことだったら、俺はリュンを連れて逃げればよかったんだ！　絶対に入ってはならぬと聞いていたから、やむなくおいて逃げたんだ！　裸？　裸を見られるぐらい、何だっていうんだ」

　ケイガンは首をわずかに傾げてティナハンを見ると、静かに説明した。

「うまい説明になるかはわからないが、それでも敢えて説明するとしたら、こんな比喩を使うしかないだろうな。貞淑な処女《おとめ》というものは、みだりに肌をさらさぬものだ」

　ティナハンは、ケイガンが冗談を言っているのかと思った。しかし、冗談などというものは、ケイガンにはほとんど期待できぬことだったし、その顔も冗談を言っているようには見えない。ティナハンはほとんど泣きわめくように叫んだ。

「リュンは、男だろうが！」

「そうだ。〝ナガ〟の男だ。よいか？　ナガの男女関係は我々とは違う。もしもリュンが女だったら、裸を見られたぐらいでそんなに絶望したりはしなかったろう」

　ビヒョンがまた嘆声をあげた。そして、ティナハンもようやくケイガンの言葉の意味を悟った。

「ああ、そうか。〝この世の何者よりも低いところにおられる女神〟よ。……えい糞！」

　それからさらにティナハンはかなりのあいだ悪態をつき続けていた。ビヒョンはその悪態を聞きたくないというように、大げさに耳を塞ぐ仕草をしてみせたが、ティナハンは見てもいなかった。結局、ビヒョンはティナハンを放っておいて、ケイガンに質問した。

「あの、ケイガン。貞淑な処女でも、女同士なら構わないんじゃないかと思うんですが。リュンにとって、私たちは同じ男ですよね」

「それで、必ずしも的確な説明ではないかもしれぬと言ったのだ。どう説明すればよいかわからぬが、こう思っておけばよいかと思う。ナガの男が裸を見せてもよい場合とは、ある家を訪れ、その家の女に脱がせてもらったときだけなのだ。それ以外はみな恥ずべき場合だ。ナガの男たちというのは、根無し草のようにさまようものだ。だから、ナガの女が男にそんな頑固な規範を注入したのではないか。私はそう推測している。それをナガの道徳としておけば、ナガの男たちが羞恥を感じずに女に会いたいと思ったら、どこかの家を訪れざるを得なくなるだろう？　密林のあちこちで、自由に遊んだりはせず」

　ビヒョンが口をぽかんと開けたままうなずく。ケイガンは、ひとり天を呪っているティナハンを呼んだ。

「行こう、ティナハン。リュンは今、苦痛と羞恥でさんざんな状態のはずだ。そして、命も脅かされている。早く助けに行かねば」

　ティナハンはびくりとし、悪態をつくのをやめた。

「命って……何のことだ？　それなりに王妃待遇をされてるんじゃないのか？」

「帝王病の罹患者には危険な者が多いのだ。その皮革商人……いや、彼を煽《あお》っている破戒僧のほうか……その者も、侮れぬほどいかれているように見受けられる。脱皮が終わってもリュンがナガのままなのを見たら、そいつはリュンの皮を剝ごうとするやもしれぬ。リュンは心臓を摘出していないのだ。そんなことをされたら死んでしまう」

ビヒョンとティナハンは青ざめた。ティナハンが鉄槍をしっかりと握りしめて言う。

「わかった。ところで、先にひとつだけ確実にしておきたい。そいつらをぶっ飛ばしてリュンを救出した後、そのいかれた老いぼれは俺の好きにさせてもらう！」

反対したところで仕方がないことがわかっていたので、ケイガンは黙ってうなずいた。レコンに対して水を使った以上、その預言者とやらは自分の足で崖から飛び降りたも同然なのだ。崖からの転落は、途中で取り消しが利かないことのひとつだ。ケイガンは、ビヒョンに方向を教えた。ビヒョンは偵察のためにナーニに乗り、空に舞い上がった。そして、ケイガンと復讐に燃えるティナハンは東風の塔に背を向け、闇に沈んだ平野を走り始めた。


ケイガンとビヒョン、ティナハン、そしてナーニが出発してから何時間か経った頃、また別の放浪者が南から東風の塔に向かって近づいていた。

放浪者は、慣れぬ荒野のにおいに不安そうに、鼻をくんくんさせていた。踏み出す一歩ごとに立ち昇るふけのような荒野の土埃も、放浪者を不安にさせる要素だった。しかし、軽いながらもしっかりした足取りのどこにも、その不安は現れていない。感情の最も深い部分で、放浪者は不安を表現することを拒否していたのだ。放浪者は自らが偉大であると考えており、その考えについて他人の賛同を求めたことはなかった。劣った者の同意など必要ないし、そんなものは侮辱に近いと考えていたからだ。それほどに偉大だったがために、放浪者は自らの不安を認めようとしなかった。臼《うす》よりも大きな頭から、並の人間の腿よりも太い尻尾に至るまで、見えるものといったら帝王らしい威厳のみだった。

そうして大虎は荒野を貫き、雄々しく駆けていった。

大虎には名前がなかった。その昔、キタルジャ狩人は、最も怖ろしい大虎に尊敬を込めて名前を付けていた。ムラ麻立干《まりつかん》（集落の首長のうち最上席。いわば大首長）の愛馬を咥《くわ》えて城壁を飛び越えたというかの偉大なビョルビが一例だ。夜空を駆ければ星がすべて消えるということで、その巨大な大虎に〝星をすべて掃く箒《ほうき》〟という意味の名を付けたキタルジャ狩人は、もしもまだ残っていたならば、この威風堂々たる大虎に対しても持ち前の名づけの才を発揮しようとしたことだろう。しかし、彼らはもはや地上に存在していない。そして、大虎は自分自身に名をつけたりしなかった。でも、名前があったら……大虎はふと思った。そしたら、どんな感じなんだろう。そして、背中に乗せたナガをちらりと見上げた。

大虎の背に身を伏せ、ナガは死んだように眠っていた。大虎は思った。自分がもしも名前を持つのなら、そのナガからもらいたいと。

崩れた塔が迫って来た。東風の塔を眺めていた大虎は、その周囲に漂うありとあらゆるにおいに驚いた。かなり多くの人がそこにいたのだ。大虎は耳を後ろに寝かせ、針金のような髭をぴんと張ってあたりを見回した。じきに大虎は、彼らがここを発ったという結論に達した。とはいえ、においが染みついているところには、また人が戻ってくるかもしれない。大虎は、塔を避けたかった。においのうちには、困ったことにレコンのものもあった。この世に怖いものなどない大虎だったが、レコンばかりは厭《いと》わしかった。

しかし、背中の上にいるナガが微動だにもしないのが気にかかる。結局、大虎は気乗りのしない足取りで塔に入っていった。

天井がなく、空が見えるとはいえ、塔は東風を防いでくれそうだった。塔の真ん中に立っていた大虎は、やがて後ろ足を曲げて座った。背中に乗せていたナガがするっと滑り、床に落っこちる。大虎は不安そうに鼻を鳴らし、ナガの首を軽く噛もうとした。子どもを運ぶやり方だ。しかし、ナガの首のあたりの皮膚は虎の子のそれのように柔らかくない。大虎は少し悩んだ末に、前足を不器用に使ってナガの体をひっくり返した。ナガがごろりと仰向けになる。手足をだらりと投げ出したその姿は、死体のようだった。

大虎は、ナガに体をぴたりとくっつけて寝そべった。大きな左の前足を注意深くナガの体の上に乗せる。片方の前足だけだったが、それだけでもナガの体のほとんどを覆うことができた。

半時間近く、大虎は微動だにしなかった。

風を防いでくれる塔の中で半時間近く大虎の体温を分けてもらったナガは、ついに目を開けた。意識はまだはっきりしていなかったが、怖ろしいほどの寒さを感じ、本能的に大虎の懐にもぐりこむ。大虎は好きにさせておいた。それからまたしばらく経つと、ついにナガは完全に意識を回復した。わずかの間、ナガは自分がどこにいるのかわからず混乱した。自分が誰なのかさえわからない。しかし、ナガは焦《あせ》らず、忍耐強く待った。あまりに長い時間、寒さにさらされていたからだろうと思ったからだ。

ついに、ナガは思い出した。自分がサモ・ペイであることを。そして、気づいた。自分が今、手のひらほども長さのある大虎の毛の中に深く埋もれていることに。サモは微笑むと、身を起こした。両足を大虎の腹の下に差し込み、腰に頭を乗せる。その姿勢で、顔を横に向け、サモは大虎の顔を見た。

〈ありがとう、大虎〉

大虎には、宣《の》りは聞こえない。ゆえに何の反応も返ってこなかった。そこで、サモは同じことを肉声で言った。傍らに寝そべっていた大虎は顔を少しあげてサモを見つめると、やがてまた地面に頭を寝かせた。サモはにっこり笑うと顔をあげ、あたりを見回した。自分が崩れた塔の中にいることに気づいたサモは、外に出て確認してみなければと思った。しかし、考えるだけで、彼女は外に出られなかった。今身を起こして外に出たりしたら、そのまま気絶してしまうだろう。今日一日じゅうそうなっていたように。大虎の毛の中に頭と両腕を埋め、サモはわずかの間だけでも体を温める手立てがないか、頭を悩ませた。

〈私もあなたみたいに長い毛を持っていたらよかったのに〉

大虎はやはり反応しない。その姿を見て、サモはこの数日間の悩みをまた思い起こした。

自分が本当に大虎を精神抑圧しているのか。サモには確信がなかった。

キーボレンの果て、広い草原で突然大虎と出くわしたとき、サモはその姿に圧倒された。大虎はそのときゾウの群れと対峙していた。ゾウを狩るつもりなのだろう。それはわかったが、肉食動物らしからぬ奇妙なようすにサモは驚いた。何しろ体が大きいので、茂みの中に身を隠すなど不可能だろう。それにしても、正面に座ってじっと見つめているというのは、とうていふつうとは思えない。さらに、逃げもせずに向かい合っているゾウの群れ。そのようすはもっと異様だった。

岩の後ろに身をひそめたサモが見つめる中、年老いた巨大なメスのゾウが歩み出てきた。そのゾウが群れを率いているようだ。大虎は、待ち構えていたかのようにガバッと身を起こした。メスゾウが先に挑戦の咆哮をあげた。長い鼻を鳴らして吐き出すその音は、天地を揺るがすようだった。大虎は声を出さず、ただ戦闘の構えを取った。

二頭の巨獣の戦いは激烈で悲劇的だった。しかし、サモはその驚異の戦いより他のゾウの反応のほうに驚いた。一カ所に集まっていた仲間のゾウは、戦いが始まると散らばって餌を食べ始めたのだ。メスゾウの背に飛び乗った大虎がその首に噛みつき、鋭い前足の爪でゾウの目を突き、ついにメスゾウが地響きをたてて倒れたときも、ゾウの群れはたいして動揺を示さなかった。大虎もまたそんなゾウたちには見向きもせず、その場でメスゾウの息の根を止めると、その肉を噛み千切り始めた。あたかも各自好む食べ物を前にし、仲良く食事をしているかのような姿だった。サモは事態を察した。メスゾウは、自ら犠牲になるつもりだったのだ。そして、大虎は待っていた。メスゾウが決意を固めて出てくるのを、じっと座って。

〈皆で力を合わせて戦えば追い払うことができたかもしれないのに。なぜそうしないのだろう〉

サモはゾウたちの精神に入り込んだ。ゾウの賢い精神の中にはわかりやすい概念がかなり多く、サモはおぼろげにだが、事情を察することができた。

大虎の腹を満たすのには、一頭のゾウで充分だ。しかし、大虎と戦うことになれば、怒った虎は食べもしないゾウを残らず殺してしまうだろう。そんなことになれば、ゾウはみな死に、大虎もまた飢えることになる。その怖ろしい捕食者と賢い被食者は、とっくの昔に合理的な結論に達していたわけだ。

そのとき、ゾウのあばら骨の間に頭を突っ込んでいた大虎がパッと顔をあげた。そして、サモが隠れている岩のほうをじっと見つめてきたのだ。サモは怯え、岩の後ろに身を隠した。逃げる手立てを考えてみたが、そんな方法はなかった。周囲は開けた草原で、サモは大虎のように速く走れない。サモは、岩の後ろで体をますます縮めた。

ナガであるサモでなくても、虎の足音は聞こえなかったろう。それこそ音もたてずに近づいてきた大虎は、岩の後ろにぬっと頭を突き出した。血に濡れた大虎の巨大な顔と正面から向き合ったとき、サモは無意識のうちに精神抑圧を試みていた。

大虎は彼女を取って喰わなかった。

攻撃もしなかった。ただそっと座った。尻を地面につけて座っているというのに、大虎は彼女を見下ろしていた。

サモはその場に座り込んだ。

大虎は彼女の思い通りに動いてくれた。彼女が概念と意志を送れば、大虎はそのまま行動した。しかし、そんな正確な反応にもかかわらず、サモにはわからなかった。大虎が精神抑圧されているのかどうか。大虎は確かに愚鈍な生き物ではなかった。彼女が寒さで気絶し、何の指示も出せない状況でも、大虎は適切な行動を取って彼女の目を覚まさせた。そんな知的な生き物を抑圧するのは、極めて高度な技を駆使する精神抑圧者の手にも余ることだ。そして、サモの精神抑圧能力は、そんなに高度なものではない。何しろ、ネズミの下ごしらえなどに使っていたのだから。それを思えば、サモが大虎を抑圧したとすれば、それは包丁で大虎を倒したようなものだと言えるかもしれない。でなければ、ナガの表現通り、スレンダーシャフトで龍を倒したと言うべきか。

サモは肉声で尋ねた。

「ねえ大虎、私が本当にあなたを精神抑圧しているのかしら」

大虎は依然として頭を寝かせ、微動だにしない。首を伸ばして大虎の顔を見ていたサモは、大虎が眠っているのに気づいた。サモは笑ってまた大虎の毛の中に身を埋めた。そして、明日のことについて考え始めた。

覚悟していたことだとはいえ、限界線の北の寒さはサモを驚かせた。大虎の背に乗って移動した数時間、サモは気絶していた。明日も同じことが起こるのは明らかだ。なんとか手立てを考えねばならない。でも、何の方法も思い浮かばない。それは、サモには天気を変えようと試みるのと同じくらい荒唐無稽なことに思われた。絶望にとらわれたまま、サモは眠りに就いた。


無敵王のまたの名はトディ・シノークといった。彼が五十四年間、自らの名としてきたのは、実のところそちらのほうだった。ところが、ペチレンの皮革商人トディ・シノークが英雄王の四十九代目の子孫の無敵王に変わるのには一年もかからなかった。無敵王は今やトディ・シノークという名を忘れかけていた。

無敵王は、自分の天幕を眺めた。

無敵王の部隊が保有している天幕は、無敵王が使っているものひとつだけだった。皮革を取引きして貯めた財産をすべて処分したにもかかわらず、無敵王はふたつ以上の天幕を手にすることができなかった。その唯一の天幕も、もとは売り物だった皮を使い、娘とふたりで作ったものなのだ。無敵王は〝その日〟が来れば――つまり、王国を再建し、首都を定め、宮殿を建設した暁《あかつき》には、その天幕を王家の宝として保管しようと思っていた。子や孫に〝これが私の最初の宮殿だったのだ〟と話してやりたかった。しかし、預言者はその話を聞くと、気に入らなそうなそぶりを見せた。王の身分にふさわしい考えではない。彼はそう主張した。神の声を聞くこの神聖な人間を説き伏せることは無敵王には常に手に余ることだった。それで、なるべくその話には触れないことにした。そして、この頑固な老人も、やむなく承諾する日が来るだろう。ひそかにそう思うことで、自らを慰めていた。

そして今、無敵王は子どもたちに話してきかせる物語に肉付けをしていた。〝まさにこの天幕で、そなたらの母君は悪い妖魔にかぶせられたナガの皮を脱ぎ捨て、人間になったのだ〟

夢中になって自分の話に耳を傾ける子どもたちの姿を思い浮かべ、無敵王は満足そうな笑みを浮かべた。唯一の家族だった娘が悪辣《あくらつ》な蛇の子を産むときに死んでしまって以来、子孫のことを考えない日はない。娘を思い出し、無敵王はしばしふさぎ込んだ。しかし、すぐに首を振る。預言者にいつも言われていた。王は意気地のない姿を見せてはならないと。その言葉に従おうと努めてきた無敵王は、今も楽観的な方向へと考えを向けた。

——もうじき王妃ができる。ナーニのような美女だろう。そして、王子と王女が生まれるだろう。また家庭を持てるのだ。

無敵王の熱烈な努力は成功した。実際、無敵王の口元には笑みが浮かんだ。天幕から出てきた預言者は、その笑みを見るとつられて笑った。

「陛下、私です。何か楽しいことをお考えでしたか」

「おお、預言者か。天幕を見ていたら、どうにも楽しくなってな。彼女は大丈夫か」

「はい。今はゆっくり体を休めておられます」

「あの姿は実に忌まわしかったな。ナガはみなあのようなのか」

　預言者は笑った。

「恐れながら陛下、この北部に住む人間のうち、ナガを見たことのある者がおりましょうか。私もびっくりいたしました。事実、あの妖魔がナガという言葉を発さなかったら、私もあれを妖魔の一種だと思い、ナガとは思わなかったことでしょう。しかし、よく見ると、それなりに悪くない見かけをした生き物でしたぞ。ともかく、ナガもまた選民種族ではありませんか。もしもナガが私たちを見たら、私たちが魚のように奇妙な見かけをしていると嫌がることでしょう」

「そうか？　しかし、朕はあんな姿は愛することができそうにない。いつになったら彼女がナガの皮を完全に脱ぎ、ナーニのように美しい姿を朕に見せてくれるだろうか」

「私は妖魔の魔法についてはよく存じておりません。そんなよこしまな知識は、あまり近づくと、しまいに妖魔の誘惑に負けることになりかねない。それで、学んだりはしませんでした。しかし、あの妖魔が逃亡し、こうして王の傍らにお連れしましたから、じきに人間になられることと思います。先ほど私がようすを見たところ、すでに全身の皮膚が剝がれかけておりました」

「うむ、そうか。ところでだ。朕が触ってみたら皮膚が剝がれかけたのだが、ということは、続けて触ってやらねばならないのではないか？　あんなふうにひとりにしておくのではなく？」

「いえ。陛下がその神聖な手であの方を目覚めさせたことで充分です。これからは、あの方がひとりで、自らの努力で自分を見つけねばなりません。あの邪悪な足の生えた蛇が陛下の試練だったように、これは、あの方の試練なのです。試練がなければ、何も得ることはできません」

　無敵王は感嘆し、うなずいた。

「なら、あの妖魔は預言者、そなたの試練だったのか？」

「そうとも言えましょう」

「ところでだ。あの妖魔、大丈夫だろうか。うー、父が生前……」

「正義王陛下のことでしょうか」

かつて父親について尋ねた預言者に無敵王は答えた。絶対に人の金を踏み倒したりしない方だった——。すると預言者は、その場でそんな立派な名を付けたのだった。無敵王は、自分の記憶力のなさを詰りながら訂正した。

「そうだ。正義王が生前、皮革を買いに来たレコンと激しい言い争いをしたことがあった。横で見ていた朕は、血気にあふれる若者だったため、怒りを堪《こら》えきれず、水がめを持ってきてそのレコンにぶっかけようとした。ところが、正義王はすばやく私を押しとどめられた。そして、そのレコンを帰した後、朕を叱ったのだ。レコンが水を最も恐れているからといって、レコンに水をかけるのはこの世で一番愚かなことだ。何の害も与えられないのに、世界で最も怖ろしい復讐者を作り出すことになるのだから——。それが、正義王の説明だった。そのお言葉を考えてみると、朕はそなたが心配になる」

「正義王陛下は非常に賢明なお方だったのですね。そのお言葉は正しいです。しかし、さきほどのあれは、レコンではなく妖魔です。真のレコンならばともかく、そんな妖魔ごときは何度戻ってきても、追い払うことができます」

「実にたいしたものだ！　朕がそなたに出会ったのは、英雄王の加護だ」

預言者は厳かに首を振った。

「いえ、違いますす。運命です。陛下の運命が私を陛下のもとへ導いたのです」

無敵王はほとんど涙を流さんばかりだった。そのとき、預言者がまた言った。

「そして、この剣もまた陛下の運命です」

預言者は、背後からリュンのサイカーを取り出し、恭しく差し出した。それを受け取った無敵王が感嘆の声をあげる。

「これは、サイカーではないか」

「いいえ、違います。これは、天が陛下にその娘を送られるとともに授けられた婚姻の贈り物です。当然、帝王にふさわしい剣であるはず。サイカーなどではなく、かの貴いシクトルに違いありません」

「シクトル！」

無敵王は驚き、サイカーを抜き放った。湾曲したその刃は、夜闇の中でまばゆく光った。元皮革商人が五十四年間に手に触れた剣といえば、皮を切る武骨な小刀だけだった。にもかかわらず、ふいに自分の中に隠れていた剣士の本能が蠢くのを感じた。預言者が頭を下げる。

「そうです。これは、限界線の北にはただの一振りも渡ってきていないという名剣シクトルです」

無敵王は、座っていた場所から立ち上がった。少し前、受け取った剣を両手で握った無敵王は、それで夜空を狙ってみせながら、叫んだ。

「天の神よ！　忘れられていた子孫に下された高貴な意に感謝いたします。その日が来たらこの無敵王は、この剣で千頭の牛を屠《ほふ》り、捧げることを誓います！」

預言者はその前にひざまずき、叫んだ。

「無敵王陛下、万歳！」

無敵王と預言者が感動的な言葉を交わしているあいだ、天幕の中ではリュンが苦痛と羞恥で涙を流していた。指一本もまともに動かせない激しい苦痛自体は、毎年一、二回ずつ経験していたものなので慣れている。しかし、この皮膚を刺す酷寒の地で、こんな恥ずかしい姿で脱皮をしていることは、リュンをこの上なく悲惨な気分に陥れた。トッケビの火をつけるよう配慮してくれたケイガンとは違い、無敵王一行は天幕の中を暖めなかった。人間の基準では涼しい晩だったためだ。リュンは、その寒さだけでも死んでしまいそうだったが、少し前まで彼の傍らに座り、体のあちこちを押しまくりながら、〝じきに剝がれますね。頑張ってください〟などとたわけたことを言ってリュンを辱めた老人のせいで、この上なく惨《みじ》めな気分になっていた。

絶え間なく銀涙を流していたリュンは、ふと鱗が落ちるようなことを思い浮かべた。

――次の脱皮はどこですることになるんだろう。

訪れる家のようなものはない。限界線を越えてきたのだから。帰ることもできない。心臓を摘出していないビエナガなのだから。リュンは次の脱皮もまたこの酷寒の北部でせねばならないことを自覚し、身を震わせた。否、次の脱皮だけではない。生きている間、ずっとそうしなければならない。すべてを彼の立場にたって考え、細やかに保護してくれたケイガンと非情にも引き離されて、リュンは初めて限界線の北の恐怖を骨身にしみて感じていた。

ヨスビは宣《の》うた。〝お別れだ。息子よ〟その宣りだけを残して死んだヨスビのようにはなりたくなかった。それで心臓摘出を拒み、キーボレンを去ったのだった。

　ファリトは宣うた。〝行け！　ディデュスリュノ！〟それで、リュンはこの地——ナガが夢にも考えたくない酷寒の地までやって来た。

　しかし、冷酷な死を避け、友情の完成のためにやって来たこの地で、リュンが見つけたのは死にも等しい寒さと狂信という狂った友情だけだった。リュンは、精神的笑いを弾けさせた。この上なく完璧な喜劇だった。銀涙で頬を濡らし、リュンは狂ったように笑った。

　何よりも滑稽なのは、リュンは自殺することもできないということだった。心臓を摘出していないので、いつでも望めばこの喜劇から脱け出すことができたけれど、リュンはそうできなかった。ファリトは彼に、自分の使命を〝頼んだ〟。リュンの精神を完全に支配した状態で成されたその頼みは、リュンには本能よりも重要だった。

　ファリトは彼の罪悪感に完全なる結び目を作った。それで、リュンは思うさまファリトを呪った。

〈悪い奴！　龍みたいな、トッケビみたいな……！〉

　リュンはまた声をあげて笑った。彼は、ふつうのナガのように罵《ののし》っていた。しかし、トッケビは彼の仲間だったし、龍は彼の背嚢の中にいる。そちらを向く力もなかったので、リュンはなんとか目だけ動かして、背嚢を横目で見た。彼の背嚢は、服と一緒に天幕の片隅に置かれていた。自称預言者の老人は、リュンのサイカーにのみ関心があり、他の荷物は探らなかった。ヨスビの遺品を奪われたことを改めて悲しみながら、リュンは背嚢に向かって宣うた。

〈アスファリタル。それでも、お前が見つからなくてよかった。でも、じきに彼らが僕の荷物を探るだろう。だから、どうか、目を開けてくれ。目を開けて、逃げてくれ。自分のことも守れずに恥ずかしい裸をさらしている僕なんかに、もうお前を保護する力はないんだ〉

背嚢が蠢いた。リュンは驚き、背嚢を注視した。しかし、じきにリュンはそれが自分の目に浮かんでいる銀色の涙のせいで起きた錯覚だったことに気づいた。背嚢は、ぴくりとも動いていなかった。

〈動いたじゃないか！　あのとき、確かに動いた。どうか、目を開けてくれ！　お願いだ！〉

リュンの視野で何かが忙《せわ》しなく動いた。リュンは慌てて瞬きをし、銀涙を目から流し出した。動いたのは、しかし今度も背嚢ではなかった。

天幕の裾が慌ただしくまくり上げられ、そこに預言者が立っていたのだ。濃く影の差した顔で彼を見つめている。彼の顔がそれほどに暗い理由は、明かりを背にしていたためだ。ナガの目に見えるその明かりは、明らかに熱だった。羞恥に身をよじりながらもリュンは怪訝に思った。夜だというのに、なぜこんなに熱いんだろう。

リュンが見た熱は、半分はビヒョンの手になるものだった。そして、残る半分はティナハンが作り出したものと言えた。ティナハンが振るう鉄槍は空気と摩擦を起こして熱され、地面に擦《こす》れるたびに大地から大量の火花を散らせた。中途半端に預言者の真似をしようとした兵士どもが水桶を持って駆け付けてきたが、どこからか現れたケイガンが双身剣マワリを振るい、水桶を破壊した。

武装している四十人の兵士がいたが、ティナハンとケイガンにかすり傷ひとつ負わせられなかった。ナーニに乗ったビヒョンが彼らの頭の上を飛び回り、兵士たちの両目に熱くはないが怖ろしく明るいトッケビの火をつけて回ったからだ。兵士たちは両目を塞ぐ明るい闇に向かいやみくもに武器を振り回したが、仲間の足を切ったり、自分の顎を殴ったりするのがせいぜいだった。ビヒョンはケイガンが教えてくれたその技術に完全に溺れ込んだのだが、それはかなり印象的な形で表現された。兵士たちの両目を塞ぐのに留まらず、彼らの頭にウサギの耳をつけ、背中にカブトムシの羽をつけて、尻にリスの尻尾をつけてやったのだ（時おり魚の尻尾もあった）。とうてい非情な戦場の光景にはなり得ないそのようすに、怒りの化身のように襲撃に飛び込んだティナハンさえもが怒りを燃やすことができなくなった。ティナハンは空を仰ぎ、頼むから、もうこれ以上笑わせないでくれと叫んだが、カブトムシの羽ばたきの音のせいで何も聞こえなかったビヒョンは笑って答えた。

「なあに、まだまだですよ！　何か見たいものがありますか？」

結局、ティナハンは諦め、鉄槍をおさめた。そうして、前が見えなくておたおたしている兵士たちの背後に回り、彼らの後頭部をとんとんと叩き始めた。もちろん兵士たちはばたばたと倒れた。襲撃が始まってからわずか数分弱で、無敵王の野営地にはもはや立っている兵士はいなくなった。無敵王ひとりが驚愕した顔で彼らを見つめていた。

ケイガンは無敵王を完全に無視し、倒れた兵士たちをひとところに集めた。それを見たティナハンは、一度に二、三人ずつ兵士を拾い上げて運び始めた。卒倒した兵士たちが一カ所に集められると、ケイガンはビヒョンに向かって手招きした。すぐさまナーニを着陸させ、やって来るビヒョンに向かってケイガンは簡単な注文をした。

「ビヒョン、火であの者たちの周囲に垣根を作ってくれ。出てこられないように」

ビヒョンはニッと笑うと手を振った。卒倒している兵士たちの周囲に円の形に火が燃え上がる。兵士たちが監禁状態になると、ケイガンはマワリを元どおり背中にかけてから、無敵王に向かって歩いていった。ティナハンとビヒョン、そしてナーニがその後に従った。

無敵王は、王位に就いて以来、最高の勇気を見せた。

腰に差したサイカーを抜き、ケイガンの胸に狙いをつける。ティナハンは爆笑したが、ケイガンは低く言った。

「こんなふうに騒がしくやって来たことについては謝罪しよう。しかし、おぬしらが私の仲間を捕らえているので、礼儀を正す余裕がなかったのだ」

「な、な、な……仲間？」

動転しているのが丸わかりの無敵王の口調になど委細構わず、ケイガンは答えた。

「そうだ。何か誤解をされているようだが、おぬしらが連れ去った者は、私の仲間であるナガだ。彼を返してもらいたい。そして、今おぬしが持っているその剣も、私の仲間のものだから、返してもらう」

さっき目撃した途轍《とてつ》もない威力とまったく似つかわしくないケイガンの落ち着いた口調は、無敵王をかなり混乱させた。しかし、無敵王は徐々に、自分たちが何かとんでもない失敗をしでかしているような感じを受け始めた。そんな感覚は、ついに無敵王自身のこの一年の旅程にも適用された。

元ペチレンの皮革商人トディ・シノークは、倒れた兵士たちを見回し、考えた。俺はいったい今ここで何をしているんだ？　その問い自体は、どんな人生を送る誰にも何度かは訪れるものだけれど、トディ・シノークにとってその問いは格別なものだった。トディの手に握られていたサイカーの刃先がゆっくりと地面を向いた。

「この不埒な者ども！　図々しくも王に命令をするとは！」

叫びとともに、天幕が荒々しく捲《まく》り上げられた。その後ろから現れたのは、預言者だった。それを見たティナハンが野獣のうめきを漏らし、突進しようとする。

「貴様！」

ケイガンがすばやくティナハンの左腕をつかんだ。駆けていく馬をつかまえるほうが簡単だったろう。わずかの間とはいえ、ケイガンは両足を完全に地面から離して引きずられた。ケイガンの存在に気づいたティナハンが歩みを止め、反対側からビヒョンが右腕にぶら下がったおかげで、ケイガンはやっとのことで両足を元どおり地面につけることができた。しかし、今度はビヒョンが大変な目に遭った。ティナハンがビヒョンに気づかず、鉄槍を握った右手をぶんぶんと動かしたからだ。

「やい、この野郎、あれをぶっかけやがったな！　この俺に、あれを！　てめえの骨の数を二倍にしてやる。覚悟しろ！」

吠えていたティナハンは、ふと無敵王が口をぽかんと開けて自分を見ているのに気づいた。ティナハンはケイガンを振り返り、ケイガンは手をあげてティナハンの右腕を指さした。自分の右腕に目をやったティナハンは、そこにほとんど気絶したトッケビがぶらんぶらんとぶら下がっているのを見た。

ティナハンがよろめくビヒョンをまっすぐに立たせるあいだ、預言者ががらがらした声で叫んだ。

「なんと無礼な！　王に命令を下したかと思ったら、今度は脅すとは！　だがな、そんな不届きな振る舞いに怯える王ではないぞ！」

ティナハンは、また鶏冠を逆立てたが、ケイガンが手をあげて彼を制止した。ケイガンは預言者に言った。

「ご老人、そのナガを返してもらいたい」

「何を馬鹿なことを！　この方は、我らが国母であらせられる！　王孫を輩出される神聖なお体の持ち主だ！　見よ！」

預言者は身をひねり、何かを持ち上げた。しばし後、彼が外に出てきたとき、ビヒョンとティナハンはうめきを漏らした。

預言者は、リュンを両腕で抱き、歩み出てきた。リュンの姿はひどいものだった。ほとんど全身の皮膚が艶《つや》を失って粉を吹き、それがまた裂けてひび割れ、腐った木の皮のように捲れあがっている。そのため、リュンはあたかも破れた布切れを適当に剝ぎ合わせて作ったように見えた。

預言者は、勝利感に満ちた声で叫んだ。

「見よ！　よく見るがよい！　この方は今や、お前たちのかぶせた醜悪な皮を脱ぎ捨てておられる。もう手遅れだ。残念だったな」

ケイガンは預言者の言うことに耳を貸さなかった。代わりに、ケイガンはリュンの目を見つめた。目のまわりの皮は、すでにだいぶ剝がれ落ちた状態で、身動きできない体の代わりに、その目がリュンの感情を送ってきていた。宣りを聞くことはできずとも、ケイガンはリュンの心を読み取れた。

「ナガはそんなふうにされるのを嫌がる。ご老人」

「ナガではない！　我らが王妃様だ！」

「そんなにも王を望むか？」

「何だと？」

ケイガンは無敵王にちらりと目をやると、続けた。

「王とはなんだ？」

「何だと？」

「キタルジャ狩人が不当な侮辱をされ、万民会議場を去ってから八百年余り、この北部には王はいなかった。あの愚鈍な自称権能王と、愚かさでは同等のその息子など、名を挙げるにも値せぬ。この地が八百年余りの間、忘れていたその者、そして、この地が八百年余りの間、見つけ出そうと努めているその者、王とは何だ？　言ってみられよ」

「最も偉大なる者だ。万物の唯一の主であり、法則の絶対的守護者であられる！　唯一偉大なるその方に、この地のすべての栄光が集まり、我らはその方を通じてのみ栄光に至ることができる！　あの悪辣なキタルジャの野蛮人どもが下した呪詛なども気にせず、ついに我らがもとへ戻ってこられた方だ！」

「それは違う」

「何を申す！　違うとは！」

「他のすべての者と同様、おぬしも王を知らぬ。それで、あのような者を選ぶような失敗を犯すことになったのだ。おそらく、知っていながら犯す類《たぐい》の失敗かと推察する」

ケイガンは、依然として預言者を見ながら手ではトディを指さしていた。その手が武器であるかのようにトディは後ずさり、挙句に座り込んでしまった。ケイガンは預言者に向かって言った。

「おぬしもあの者が王ではないということを知っているだろう」

「黙れ！　神聖なる王座をこれ以上汚すでない！」

「もうそのぐらいにしておいたらどうだ？　おぬしはかつて、雲水だったそうだな。ならば、ナガの脱皮については知っていたはずだ。あの者が王ではないということを知っているように、おぬしはその者がナガだということもはじめから知っていた。違うか？」

ティナハンとビヒョンは驚いた目でケイガンを見た。ケイガンは、静かに付け加えた。

「そうではないか？」

預言者は青ざめた顔で後ずさった。彼の老いさらばえた腕に、リュンの重みがふいにずしりと感じられた。預言者はあと何度かよろめき、しまいにリュンを取り落としてしまった。

ビヒョンは悲鳴をあげ、駆け出ようとした。しかし、トッケビの足はすぐに止まった。預言者が倒れたリュンの上に身をかがめたからだ。

「近寄るな！」

預言者は、あたかも獲物を押さえつけて睥睨《へいげい》する野獣のように、両手でリュンの胸を押さえていた。険しい目つきで周囲を見まわす。ティナハンが鉄槍を握りしめ、ケイガンをさりげなく盗み見た。ケイガンは、ティナハンの視線をほぼ正確に読み取った。「やるか？」ケイガンが小さくかぶりを振る。預言者は、ひどくしゃがれた声で叫んだ。

「ナガだと？　ナガだと？　よく見ろ、貴様ら！」

預言者は、リュンの皮膚をむしり始めた。

ビヒョンがくるりと後ろを向き、えずき始める。座り込んでいたトディも顔を背けた。すでに分離していた皮は簡単に剝がれ落ちたが、まだ分離が終わっていない皮は血の滴《しずく》を跳ね散らかしてむしり取られた。そのように皮膚をむしられるたび、リュンの体はびくり、びくりとわななないた。あたかも人を生きたまま引き裂いているようだ。ティナハンはまた必死な目でケイガンを振り返った。

――やるか？　頼む、やらせてくれ！

しかし、ケイガンは絶対に首を縦に振らなかった。ケイガンは、腕を組み、リュンの皮をむしり取っている預言者をただ静かに見守っている。

ついにほとんどの皮をはぎ取った預言者は、両手で皮の欠片をぐっと握りしめると、高々と両腕を掲げた。

「目があるならば見よ！　これがナガか!?」

トディは怯えた目で預言者を見た。彼の膝の前にあるもの。それは……あちこち肉がはがれ、赤い血にまみれたそれは、明らかに人間ではなかった。それは、ナガだった。トディは震える声で言った。

「よ、よよ預言者！」

預言者がパッとトディのほうを向く。彼の据わった目には、奇怪な光が滾《たぎ》っていた。

「ご覧あれ、陛下！　王妃様でございます！」

トディは首を振った。

「違う、違う……それはナガだ。人間ではない。人間じゃない！」

預言者は激情にかられたようすでトディを見ると、また地面に横たわっているリュンに目を移した。預言者は、今にも泣きそうな声で言った。

「陛下。わからないのですか。王妃様ではありませんか」

「そなた……そなたはどうかしている！　完全に狂っている！」

預言者は、ひざまずいたままトディににじり寄った。

「どうか、お気を確かに、陛下！　いったい何がその目を曇らせているのですか？」

預言者がトディのほうへ向かうと、ケイガンはすばやくリュンのもとへ行った。うめき声も出せずに彼を見上げているリュンに短い視線を投げると、ケイガンは天幕をつかんだ。ビリリとそれを破り取り、それでリュンの体を覆う。その間も預言者はトディににじり寄り続けていた。

「陛下、陛下！　何たることです！　天より賜《たまわ》った王妃がわからぬなど！」

「寄るな！」

「陛下、どうか……！」

預言者はふいに這うのをやめ、腰を伸ばした。彼は自分の両手に目を落とした。その手には、さっきむしり取ったリュンの皮がいまだ握られていた。右手に握られた顔の部分の皮は、何とも身の毛のよだつことに、歪んだ笑みを浮かべて預言者を見ていた。預言者は怒声を発した。

「不届きな！　こいつのせいか！」

「おい、何をする？」

天幕でくるんだリュンを注意深く抱き上げようとしていたケイガンは、突然のティナハンの叫び声にそちらを向いた。預言者は、兵士たちを監禁していた炎に向かって駆けていた。

「これを燃やすのだ！　この呪わしい魔法が陛下の目を曇らせているのだ！」

預言者は、炎の中に皮を投げ込んだ。

「邪悪な魔法よ、去《い》ね！」

皮がぱあっと燃え上がり、火の粉が散る。その火のついた皮を東風がひったくると、預言者にかぶせた。火の粉が目に入り、預言者が怖ろしい悲鳴をあげる。リュンを抱いているので動けないケイガンは、慌ててビヒョンを呼んだ。

「ビヒョン！　火を……！　火を消すのだ！」

しかし、振り返ったビヒョンはケイガンの腕に抱かれたリュンの血まみれの体を見ると、またえずき始めた。ケイガンはティナハンを呼ぼうとした。しかし、顔を押さえてよろよろとしていた預言者は、すでに火の中に飛び込んでいた。ケイガンに抱かれていたリュンさえもびくりとするほどの鳥肌が立つような悲鳴が響き渡った。

トディは見た。

預言者のだぶっとした服の裾を伝う炎と、また別の炎を。

口の中から、耳から、瞳孔の中から、全身の毛穴から漏れ出す火。

——体の内側から焼けている。

信じがたい光景に、トディは自分の目を擦った。また目を開けて見たが、トディの目にもはや預言者の姿は見えなかった。そこにあるのは、人の形をした火だるまに過ぎなかった。

風のように駆け寄ったティナハンは悪態をつきながら預言者の体を払った。羽毛に火が移り、彼自身も危険だったが、ティナハンは構わなかった。しかし、体を覆った火が消えたとき、預言者はすでに生きてはいなかった。羽毛は焦《こ》げ、灰を頭からかぶった姿でティナハンは地面に座り込んだ。右手で両目を塞ぎ、うなだれる。

両目を開け、呼吸もきちんとしていたが、トディはほとんど意識を失った状態でその光景を見ていた。不思議なことに、頭の中は冷えていた。トディはその瞬間、娘のことを考えた。続いてトディは、娘が愛していた皮革加工場の若者も思い浮かべた。

そして、トディは極めて冷静な精神で訝しく思った。なぜ娘が男と恋に落ちたと思わず、見ただけで女を妊娠させる蛇の話のほうを信じてしまったのか。

しばらくして、彼は気づいた。誰かが彼を見ている。トディはそちらに顔を向けた。

ケイガンが彼を見下ろしていた。二本の腕には血まみれになったリュンが布にくるまれて抱かれている。彼の顔は無表情だったが、目だけは不思議と悲しげだった。こんな目を初めて見る。トディはそう思った。

ケイガンは静かに口を開いた。

「祭りは終わった。家に帰るといい」

兵士たちに支給した武器と衣類のすべてをそのまま残し、残った金もすべて分け与えたトディが最後に処理したのは、足の生えた蛇が入った箱だった。兵士に命じて持ってこさせたその箱を受け取ると、その中を覗き込む。しばらくじっと見ていた彼は、やがてそれをくるりとひっくり返した。

蛇の死骸がぽとりと落ちる。トディはそれを足で踏みしだいた。その間、彼の目からは涙が流れ続けていた。蛇の死骸を形がわからなくなるまで踏みつぶしてから、トディは涙をふくと、箱を持ってこさせた兵士にそれを渡した。

「敷いてある布は絹だし、箱もよいものだ。高く売れるはずだ」

兵士は礼を言い、木の箱を受け取った。とはいえ、彼の目はトディが踏みつぶした蛇に向かっていた。如才ないその兵士は、よい見世物になり得て、ことによると高く売れるかもしれないその奇形の蛇のほうを欲しそうにしていた。そんな兵士の内心を察していたが、トディは何も言わなかった。

トディはまた、ひどい目に遭わせてしまったリュンに自分の馬を贈ろうとした。しかし、ケイガンはそれを遠慮した。傷ついた体で乗馬を習うのは難しいし、家財をすべて整理してしまっているトディが新たな出発をするには、馬の一頭ぐらいは必要ではないかと言って。トディは無言でうなずくと、馬に乗って去っていった。

兵士たちもおのおの気の合う者どうし群れをなし、それぞれの方向へ去っていった。一部、ケイガンに近づいてきた者たちもいた。同行したいと言うのだった。

「あなた方はかなりお強い。何か大事を成し遂げられそうですが、仲間に入れてもらえませんか」

「我らは今、大寺院に雇われて働く身。あなた方を受け入れるわけにはいかない」

「その後でも、何か大事を成し遂げられそうなんですがね。私も剣だけは自信があります。ああ、そうだ。もしや、あなた方のうち誰か、王になられる気はありませんか。私が見るに、あなた方なら可能な気がしますが。あなた方は、そんじょそこらの人間とは何か、器《うつわ》が違うようだと」

「すまぬが、どうにも難しいようだ」

「ちっ！　何なんだよ、もったいぶりやがって。一緒に一旗あげねえかって言ってるだけだろうが。何をそう難しく考える？」

ケイガンは、最後まで静かな口調で彼らを宥《なだ》め、帰した。しかし、ビヒョンが見るに、彼らが諦めることに決めたのには、隣で目を怒らせ始めたティナハンの影響のほうが大きいようだった。そうして、最後までぐずぐずしていた者たちまでみな去ると、ビヒョンは顎をかきながら言った。

「誰も手を貸すとは言いませんね。結局、私たちがやるんでしょうか」

「そうしよう。我らにはカブトムシもいるし」

ビヒョンはうなずくと、ナーニに地面を掘るよう言いつけた。ケイガンも、双身剣マワリを抜くと、さほど躊躇《ためら》うようすもなくそれで土を掘った。ティナハンは鉄槍でそんなことをするのはプライドが許さず、それで、素手で地面を掘った。リュンが休息をとっている間に三人は大きな穴を掘りあげた。その頃には、もう陽も昇っていた。

ビヒョンが後ろに下がって、背を向けている間、ケイガンが注意深く預言者の骸《むくろ》を穴に入れた。ティナハンも手伝って穴を埋める。そして、三人は墓の横に立った。夜明けの太陽が作り出す長い影が墓の上を覆っている。ティナハンが口ごもりながら言った。

「糞野郎が。俺が復讐してやる前に死んじまいやがって。まあ、ともかく、何かひと言言ってやらにゃならんのじゃないか？　ほら、ケイガン」

「別に言いたいことはない。やめておこう」

そして、ケイガンは背を向けた。ビヒョンとティナハンは顔を見合わせると、墓に向かって適当に頭を下げると、立ち去った。

トディ・シノークと他の兵士たちが去ってからだいぶ時間が経っていたが、何しろ広い平野なので、まだ彼らの姿は見えていた。ケイガンは、トディが去った方向を見ていた。ビヒョンがその後ろにそっと歩み寄る。そして、しばらくの間、ケイガンと一緒にトディの後ろ姿を眺めていた。馬に乗ったトディは、一番遠くまで行っていた。もうちっぽけな点にしか見えない。

ビヒョンは土のついたズボンをパッパッと払いながら言った。

「ケイガン、昨日のあなたの質問、私からしてもいいですか」

ケイガンは、顔だけわずかにビヒョンのほうへ向けると、またトディのほうへ目を向けた。承諾の合図と判断し、ビヒョンは言った。

「王とは、いったい何なんでしょう」

ケイガンは答えなかった。ビヒョンは傍らにやって来たナーニの角《つの》を撫でながら続けた。

「城主、領主、麻立干《まりつかん》、酋長、族長。世の中には他の人を支配し、率いる人がいます。でも、王はいません。王になるって言って回る人がいるだけで。まあ、かなり大きな都市を我が物にするのに成功した人もいると聞いてます。もちろん、長続きはしなかったけれど。それらの者たちは、他の人を支配したい野望が人より大きい人たちなのだろう。そう私は思ってました。野心のほうがいいでしょうか。いや、支配欲？」

ケイガンは黙って聞いていた。ビヒョンは顔をぐるりと回し、四方へ遠ざかっていく人々を見回しながら言った。

「まあ、ともかく、それが私の単純な考えでした。王になろうって者たちは、他の人を支配したい者たちだと。でも、そうじゃないですね。まったくもって単純なことですが、これは考えつきませんでした。王になろうって者は、自分に支配されたがっている者どもを持つ人だったんです。その支配されたがっている人たちが重要なんです。それに比べれば、王になろうって人自体はたいして重要じゃない。あなたもそれで、トディさんは飛ばして、預言者を相手にしたんでしょう？」

ケイガンはいちどうなずいた。ビヒョンは続けた。

「そう。他の人を支配しようって気持ちがいくら強くても、誰もその人を王とは思わなければ、そう言って回ることはできない。誰かがいてこそです。彼を王として仰ぎ見る人たちが。そうして初めて、彼はすべてを捨てて、ああやって歩き回ることができるんです。となると、王っていうのはいったい何なんでしょう。私には本当にわかりません。王は、王になりたがっているあの帝王病患者どもの目標でしょうか、でなければ、その帝王病患者を王にしたがる者たちの目標なんでしょうか」

「涙を呑む鳥だ」

「え？」

トディの姿が地平線の彼方に消えていこうとしていた。ケイガンは、その地平線を見ながら言った。

「王は、涙を呑む鳥なのだ。最も華やかで、最も美しいが、最も早く死ぬ」

「王が他の人の涙を呑む人なんですか?」

「あのトディ・シノークは、もう預言者が流していた涙を呑まなくていいから、生き延びるだろう」

ビヒョンはわかったようなわからないような顔で、ケイガンの横顔を見つめた。そのとき、トディの姿が地平線の向こうに消えた。ケイガンは身を翻《ひるがえ》し、リュンのほうへ歩いていった。リュンは地面に座っていた。昨夜、ケイガンが天幕の布を裂いて彼の体にできた傷を包み、服を着せてくれる間、リュンはひと言も口を利かなかった。そして今も、リュンは口をかたく閉ざして地面ばかり眺めている。そんなリュンを見やると、ケイガンはそのまま彼のそばを行き過ぎた。そうして、自分の荷物と一緒に置いてあったキツネを取り上げた。

口と四本の足を縛《いまし》められ、長時間放置されていたキツネは、ケイガンに触れられても暴れなかった。ケイガンはそれを肩にかつぎ、リュンのもとへ戻ってきた。ドサリとキツネをリュンの前に下ろす。しかし、リュンは目もやらず、地面ばかり見ている。

「脱皮をしたのだ。何か食べなくては駄目だ。それを食え。今食っておかないと、死んでしまうぞ」

リュンは答えなかった。ケイガンは、キツネを見ながら言った。

「無理やり食わせたくはない」

リュンがふいに言った。

「昨夜、僕の宣《の》りが聞こえましたか?」

ケイガンは首を横に振った。

「私は人間だ。宣りを聞く力はない」

「あの人間が僕の皮をむしり取ったときの僕の宣りです。それが聞こえませんでしたか？」

「聞こえなかった。なんと宣うたのだ？」

「このまま死なせてください。そう宣りました」

「そうだったのか」

「聞かれたのかと思いました。あの人間が僕の皮をむしっているときも、黙ってやりたいようにさせていたので」

「そんなことはない。皮はほぼ剝がれていた。もちろん、何ヵ所かはまだ剝がれていなくて傷ができてしまったが、お前たちはどうせ傷跡など気にしないだろう？」

「傷跡？」

「お前の皮膚に残った傷の跡のことだ」

リュンの鱗が耳ざわりな音をたててぶつかり合った。ナガに対するケイガンの知識から判断して、それは恥ずかしがっているときに起こる現象だ。ケイガンは、構わずに言った。

「お前のような心臓を摘出していないナガでも、次に脱皮すれば傷跡はみな消えるだろう。それで、傷ぐらいできても構わないだろうと判断した。うかつに助けに入って、あの預言者を刺激するほうがもっと危険だった」

リュンはずっと黙っていたが、やがてぽつりと言った。

「次に脱皮するときも、僕はここにいるでしょうね」

「ここ?」

「北です。僕はもう二度と南に戻れないんですよね」

「心臓を摘出していないから、南へ帰れば死ぬことになるな」

「ナガがこの地で生きていけますか?」

「難しいな、極めて」

「僕はそれを耐え抜く自信がありません」

「お前はそれを覚悟のうえで来たのではないのか?」

リュンはまた黙り込んだ。キツネが死んでいくのを意識したケイガンが、また彼を促《うなが》したとき、リュンは吐き捨てるように言った。

「僕は、友だちの代わりに来たんです」

ケイガンの目が見開かれた。彼らのもとへ向かって来ていたティナハンとビヒョンもびっくりした顔になる。ケイガンは鋭い目つきでリュンを見つめて言った。

「説明しろ」

リュンは、これまで避けていた話をした。自分たちの恥部を他種族にさらけ出すことになると考え、話していなかったのだった。リュンはうつむいたまま、友人のファリトと彼の死、そして自分がそれを引き継ぐことになった事情をすべて説明した。ビアス・マッケローというナガが実の弟を殺したという話をとうてい受け入れられず、何度も聞き返したビヒョンは、結局ナガの女というものは、弟を殺すことをやりがいがあり、有益な趣味生活ぐらいに思っているのではないかと考えるようになった。ビヒョンはもちろん、実の姉に追われているリュンにそれを尋ねたりはしないぐらいの分別は持っていた。しかし、リュンの話がすべて終わると、ケイガンはうなずいた。

「では、お前の姉がなぜお前を追っているのか、想像がつくな」

「はい。心臓を摘出していないからです」

「違う」

「え？」

リュンは驚いた顔でケイガンを見上げた。ケイガンがその顔を正面から見て言う。

「やっとこっちを見たな。ともかく、お前の推測は間違っている。お前たちナガの男はしかし、実に疎《うと》いのだな、お前たちの社会について。まあ、やむを得ぬか。参加することがないからな。ショジャインテシクトルは、家に課される血の対価だ。心臓を摘出していない男を処理するのに、そんな方法を使いはしない。お前は、ファリト・マッケロー殺害の濡れ衣を着せられたのだ」

リュンは驚愕した。

「え、そ……な、なんで僕が？　僕がなぜ友だちを殺すんです？　そんなはずないじゃないですか！」

「だが、お前は現場から逃げ出した唯一の者だ。疑われても当然だ」

「でも、そんな馬鹿な……、それで？」

「そうだ。ペイ家の一員であるお前がマッケロー家の一員であるファリトを殺したのだから、マッケロー家はショジャインテシクトルを要求できるのだ。もちろん、男同士のことに家同志の解決策を使うのは少しおかしなことだが、おそらくお前とファリト、どちらも心臓を摘出する前に事が起きたため、ふたりともそれぞれの家の一員とみなされたようだな。それで、マッケロー家では、お前の姉を暗殺者に指名したんだ。おそらく、そのすべてのことが、そのビアス・マッケローという女の画策だろう。自分の罪を隠蔽するための」

リュンは衝撃を受け、言葉を失った。彼がまた自分の意思を表現したとき、それは宣りだった。

当然ケイガンは反応せず、リュンは慌てて言葉に変えた。

「そ、それは本当ですか？」

「おかしな質問だな。もちろん、推測だ。だが、可能性は高いだろうな」

リュンはそのときようやく疑問が解けるのを感じた。サモからショジャインテシクトルという言葉を聞いたとき、リュンはファリトの死についてはまったく考えが及ばなかった。リュンは、目の前でビアスがファリトを殺すのを目撃した。またリュンとファリトが無二の親友であることは広く知られている。そんな状況で、リュンは自分が殺害の罪を着せられるだろうなどと思ってもみなかったのだ。リュンが怖れたのは、自分が心臓を摘出していないということだけだった。

「そんな馬鹿な……。信じられない」

「ああ、馬鹿馬鹿しく、信じがたいことだが、ともかく、お前は友人の遺志を継ぐ覚悟をしたわけだ。だったら、早く食え。でなければ……」

「うるさいな、黙っててください！」

ケイガンは、リュンの狂暴な叫びに口を噤んだ。リュンは鱗を逆立て、叫んだ。

「姉上が僕を殺そうとしてるんですよ！　それも、僕が犯してもいない罪のために！　この状況で、食べて元気を出せなんて、よく言えますね！」

まじまじとリュンを見ていたケイガンは、指を三本立てて見せた。

「三つだけ言う」

リュンは険しい目つきでケイガンを睨んだ。ケイガンはそれにには構わず、低く言った。

「ひとつ。お前とお前の周囲にいるふたりは、お前が言ったそんなことが起こらぬよう、最善を尽くしている者たちだ。そのおかげで、お前はお前の姉に殺されることなく、ここまで来た。お前の姉もまた、まだお前を殺せずにいる。ふたつ。お前の友が最後に望んだのは、自分の殺害者が処罰されることではなく、使命が完遂されることだった。よって、お前はビアス・マッケローの罪状が明らかになることより、友に任された使命をまず考えるべきだと思う。そして、三つ目。これが一番重要だ」

「……何ですか？」

「早く食わないと、そのキツネは死ぬ」

ビヒョンの喉がゲッという音をたてた。ぼんやりした目でケイガンを見ていたリュンも、しまいに笑みを浮かべてしまった。ケイガンが笑みのかけらもない顔で言う。

「お前がこの地で味わうことになる苦痛に対し、何ら心の準備もできないまま、ここに来ることになったのは、理解した。お前が安らかにいられる唯一の地に戻れなくなった事情も、そして、お前とお前の姉の悲劇も理解した。で、お前はどうする？　あれを食って私たちと共に行くか、それともここにうずくまり、お前を襲った悲劇を呪うのか。どちらも嫌なら、南に戻ってお前の姉の刃《やいば》の前に首を差し出すか？　選択は難しくないと私は思うぞ。リュン・ペイ。お前の選択は、どちらだ？」

リュンは立ち上がり、キツネを食べた。そしてその日、一行は荒野を脱け出し、山脈に分け入った。その日に起きた事件は、ビヒョンがひとつの発見をしたことだけだった。ビヒョンはキツネ一匹を生きたまま呑み込むリュンが、男たちに裸を見せたことを恥ずかしがるということをひどく面白がり、そのことで、冗談を言い続けてリュンを半泣きにさせた。

地面に座り込んだトディ・シノークは、自分の馬を喰らっている大虎を信じられないという表情で見つめていた。

空から落ちてきた――大虎が近づいてくるのをまったく感知できなかったトディ・シノークには、そうとしか思えなかった――大虎は、一撃で馬の頭蓋骨を叩き割ってしまった。トディは鞍《くら》とともにかなりの間空中を舞ってから、ようやく地面と劇的な出会いができた。全身が砕けるような苦痛に襲われたが、悲鳴をあげることもできなかった。とはいえ、悲鳴をあげたとしても、結果は特に変わらなかったことだろう。大虎はトディを完全に無視し、馬を喰らっていた。

心臓が止まりそうな恐怖の瞬間が過ぎると、馬が気の毒になり、ぶわっと涙があふれた。俺のせいでこんなおかしなところに連れてこられて、そのうえあんなふうに悲惨な最期を迎えるなんて……。しかし、いつまでもめそめそしているわけにはいかない。大虎が馬を食っているうちに、なんとかして逃げる手立てを考えねば。とはいえ、馬の骨をも噛み砕き、ガツガツ喰らっている大虎に身がすくみ、立ち上がることすらできそうにない。足の上に乗っている鞍から足を引き抜くことすら、まだできずにいた。やむなくトディは祈った。馬が大虎の腹を満足させてくれることを、切に切に。食後の口直しになんか、絶対になりたくない……。

「あれが馬っていうもの？　面白い見かけをしてるわね」

トディは腰を抜かさんばかりに驚き、声がしたほうを見た。そして、もっと驚いた。

この世に生まれ落ちてから彼が目にする二人目のナガが立っていた。恐怖にとらわれ、ナガを見つめる。寒いのだろうか、ナガは両腕で胸を包むようにして大虎を見ている。

「あれのせいで、ここに駆け付けたってわけね。私の命令なんかきれいに無視して。お腹が減ってたみたいね、ずいぶんと」

昨日のあのナガだろうか？　咄嗟《とっさ》にそう思ったが、すぐに思い直した。いくらナガに慣れていないトディでも、さすがにわかる。そのナガと昨日会ったリュンとでは、無視できない違いがある。このナガは、女だった。

女のナガは、トディを見下ろして言った。

「私はサモ・ペイ。ご覧の通り、ナガよ。あなたは人間よね。ところで、あれが馬なのよね？」

「う、ううう馬です」

「あら？　馬だとばかり思ってたけど、違うの？　それにしても、ずいぶん長い名前よね。馬の親戚ぐらいに当たるのかしら？」

サモが何を言っているのか、トディにはわからなかった。けれど、訊いてみる気にはならなかった。トディの足の上には相変わらず鞍が乗っかっていたが、サモにはそれが何なのかわからず、それで、何か変わった形の拘束器具か何かでトディが足を縛められているのだと思い込んだ。そのせいで、この人間は立ち上がれずにいるのだと。

サモは腰に差していた剣を抜いた。

トディはついに本物のシクトルを見た。

「お助けを！」

サモは驚いた顔でトディを見た。けれど、不幸なことに、トディにはナガの表情を見極める知識の持ち合わせがなかった。それでトディは地面に平伏し、泣きわめいた。

「何でも差し上げます！　どうか、命だけは……！」

サモはトディの言葉にプッと噴き出した。

「嫌ね、何言ってるの。もうあなたのううう馬を死なせちゃったでしょ？」

サモが言わんとしていたのは、だからこれ以上他のものをもらうわけにはいかない。そういうことだった。しかし、トディのほうは、そうは受け取らなかった。

「歩いていけます！　歩いていけますから！　だから、どうか見逃してください。持っているのは何でも差し上げますから。そうだ、これなどはいかがです？　ええ、ええ。私にはもう荷物などいりません。だって、歩いていくのですから。ですから、ぜんぶ差し上げます！　どうか命だけはお助けください。私の命など、あなたには何の役にもたたないはずです！」

そう言うと、サモが何か答える隙も与えず、トディは背嚢を開けた。サモは止めようとしたのだけれど、不信者の持ち物にふと興味を覚え、好きにさせておいた（そして、鞍を横にどけるトディを見て、自分が勘違いをしていたことに気づいた）。やがてトディは大きな毛皮を一枚取り出した。元ペチレンの皮革商人は、慣れた手つきで毛皮をパッと広げてみせた。それはまさに、客に商品の値打ちを熱っぽく説明する商人の姿だった。

「ご覧ください！　この完璧な黒い色を！　おわかりかと思いますが、これは染めたものではありません。もともとこの色だったのです。黒は黒でも、黒豹《ひょう》や黒馬のものとは違います。ご覧ください、この完璧な毛並みを！　お目の高いあなた様にはおわかりのはず！」

サモは目を丸くしてその布を見た。トディは黒と言ったが、サモの目にはそうではない。

「それは……」

「その通り！　黒獅子の毛皮です。触ってごらんください。ほら！　どうぞ、一度。ほら！」

サモはシクトルを鞘《さや》におさめ、毛皮に触れてみた。思った通りだった。毛皮は温かかった。内部から熱が発生しているのだ。

「あなた、なんでこんなものを持ってるの？」

王になった暁《あかつき》にはこれでマントを作ろうと思って大切にとっておいたのだ――。そのトディの説明は、サモを混乱させた。

「王？　あなたが王になるの？」

「いや……お恥ずかしい。荒唐無稽な夢を見てしまいましたよ。五十を過ぎて何をとち狂っていたのだか。誰の咎《とが》でもない。あれは、私のせいだったんです。あの僧が正気でないことを見抜けなかったなんて、どうかしてたんですよ。私が悪いんです。お嬢さん、ああ……奥様でしょうか？　人間、これぐらいの歳になると、自分の来し方に疑念が生じたりもするものなんです。それで、とんでもない馬鹿をしでかしたりね。私がそうでした……」

トディの説明は、当然ながらサモをまったく満足させられなかった。額に手を当てると、サモは言った。

「あなたは王なの？　それとも違うの？」

「違います。断じて」

「ああ、そう。わかったわ……って、実は何が何だかわからないけど、まあいいわ……それはそうと、なかなかいいものね、これ。これをくれるっていうの？」

「もちろんです。差し上げます！」

トディにとって、それは再出発のためのいわば軍資金だった。なので、兵士たちにすべてを分け与えたときも、この黒獅子の毛皮だけは隠し持っていたのだ。バレるのではとひやひやしながらも。しかし、だ。再出発するには、まずはとりあえず命が残っていなければならない。トディは毛皮を高々と掲げ、さあどうぞという仕草をした。

しかし、サモはそれを受け取らなかった。腰のあたりを探ると、大きな包みをてきぱきと取り出す。トディの目が光った。彼の老練な商人の眼力は、サモが取り出したものが何なのかたちまち見抜いた。北部のものとは形が少し違うが、明らかに金片の袋だ。

「それを奪い取る気はないわ。でも、それは気に入った。だから、代価を支払う。あのううう馬の分もね」

これまで密林ばかり通ってきたので、ペイ家を出るときに持って出た金片がそのまま残っていたのだ。が、サモはじきに当惑することになった。

トディは——無敵王ではないトディ・シノークは、確かに商人だった。それはもう、骨の髄まで。たった今までただでやると言っていたのをきれいさっぱり忘れたように、なんと値段交渉に入ったのだ。値段交渉などというものは、サモにとってはまったく馴染《なじみ》のないものだ。馬に舌鼓を打つ大虎を横目で見ながら、サモは少なからず狼狽《うろた》えた。脅かされているのは自分のほうなのでは。そんな気分になったのだ。

早朝、ビヒョンは眠りから覚めた。うーんと背伸びをした彼の目にティナハンの姿が映った。ティナハンは彼に背を向けて立っていた。ビヒョンは起き上がり、歩み寄った。ティナハンは鉄槍を立てて持ち、じっと遠くを見つめている。ビヒョンはあくび混じりに声をかけた。

「昨夜の夢はいかがでしたか、ティナハン。ところで、何を見てるんです？」

ティナハンは何も言わず、手でどこかを示した。いちど目を擦ると、ビヒョンはティナハンが指し示す方向に目を向けた。

山道の下のほうから、人の群れが徒歩で上がって来る。ざっと数えても五十人ほどはいるかと思われるその集団はみな人間で、武装している。ビヒョンは驚いた顔でティナハンを見た。

「ケイガンとリュンを起こしますか？」

「いや、放っておけ」

「え？」

ティナハンは答えず、前に向かって歩き出した。ビヒョンはおろおろしながらも、とりあえずティナハンの後に続いた。

ティナハンは彼らの五十メートルほど手前で足を止めた。山道の中間に立ったティナハンは、鉄槍を高々と聳《そび》えさせて彼らが近づいてくるのを待った。ビヒョンも迷いながら隣に立つ。

ティナハンとビヒョンを見つけた群れは、しばらく何やら揉めていた。やがて先頭の者が何やら合図を送り、群れは足を止めた。そのまま警戒するようにティナハンとビヒョンを見ている。群れの内部では意見が交わされているようだ。やがて、集団の中から髭を長く伸ばした老人が進み出てきた。奇妙な形に捻《ね》じれた杖をつき、背後には武装した人間がふたり付き従っている。

ティナハンに近づいてきた老人は、敵意はないというように何も持っていない手をあげてみせた。ティナハンも左手で老人の動作を真似てみせる。山道を上ってきたせいで荒くなった呼吸を整えてから、老人は言った。

「これはどうも、旅のお方」

「何がどうもなのかわからんが、ああ、どうも」

「私は独眼の予言者と申す者」

ビヒョンが首をひねった。ティナハンも疑わしそうに老人の両目を見ながら言う。

「両目ともあるぞ」

自称独眼の予言者という者は、そういう答えが返ってくることは予想していたと言わんばかりに優雅な仕草で左目を指さした。

「この左目は、現在を見ることはできぬ。代わりに未来と過去を見る。そういうことで、独眼の予言者と名乗っているのだ」

「ほほう、未来と過去を見られると。じゃあ、あんたがそいつらの頭目なのか?」

「そうではない。我らの指揮官は別におられる」

そう言うと、老人は恭しい仕草で一行の真ん中を指し示した。誰を示しているのかは、難なくわかった。人よりはるかに華麗な服装をし、白馬にまたがった人間がおり、老人の手が自分を指し示すや顎を傲慢に突き上げてみせたからだ。事態を察して辟易《へきえき》した顔になったビヒョンとは違い、ティナハンは真面目な顔で質問した。

「何者だ？」

老人は、口にするのもおこがましいというように声をひそめた。

「賢明王陛下であらせられる」

ビヒョンはティナハンに言おうとした。とっとと戻ろう。ところが、ティナハンはひどく驚いたように言った。

「賢明王陛下？　ほう……。てことは、王様か？」

「先ほど、この目が未来と過去を見るとお伝えしたろう。私はあの方を見るやいなや、あの方、そのうえご先祖の過去まですべて見通した。その果てに何が見えたか、あなたには見当もつきますまい。英雄王陛下、その人だったのだ。あの方は英雄王陛下の五十五代目の子孫であらせられるのだ」

「それは本当か？」

ティナハンはパンと手を打った。

老人は慈悲深い笑みを浮かべ、うなずいた。

「もちろんだ。世界にそれ以上に確実なことがないと言えるほど、明らかな真実だ。あの方は、偉大なる賢明王陛下であらせられる」

「ほほう、そうか、そうか……なんて言うと思うか、この**たわけ！**」

山の上にいたケイガンは、響き渡った雷のような鶏鳴声に驚き、立ち上がった。双身剣マワリを引き寄せて握ると、声が聞こえてきたほうへ目を向ける。山の下のほうを見たケイガンは、ますます驚いた。ティナハンが例の物騒な鉄槍を頭の上でぐるぐる回しているのだ。頭の上でつむじ風が巻き起こりそうな勢いだ。なんとか事態を把握しようと努めるケイガンの耳に、またもティナハンの怒声が聞こえてきた。

「自分の足でやって来るとは、こいつはありがたい。このくそったれどもめが。俺が何者なのか教えてやろうか？　他でもない、王を取って喰う妖魔だ、この野郎！」

ケイガンはため息を吐くと、マワリを置いた。そして、人間たちが悲痛な叫びをあげて石ころのように空に舞い上がる光景から目をそらすと、静かに朝食の支度を始めた。ティナハンが意気揚々とした声で「祭りは終わった。さあ、家に帰るがいい！」と叫んだときも彼は吹き出したりはせず、その騒動の中でもぐっすり眠っているリュンを揺り起こした。

第5章　鉄の血

ひところ、恐怖と尊敬の対象だった偉大なる黒獅子旗は、もはや戦場ではためくことはできなかった。王宮の壁にかかった絢爛《けんらん》たる黒獅子旗は、王に威厳を付与するものではなく、受け継いだ権威と豊穣を浪費した不憫《ふびん》な後裔《こうえい》を咎《とが》めているようだった。健全な反省は訪れず、無益な恐怖と凄絶《せいぜつ》な絶望感だけが王座と王国を支配した。これほどに暗鬱だった時代、王の役にたちたいと差し伸べられた手があったのだが、かの勇猛なキタルジャ狩人の万民会議への出席がまさしくそれだ。しかし、知性を持ち合わせているのかさえ疑わしい彼《か》の賢明王は、大胆にもこの勇猛な者たちを侮辱し、嘲弄《ちょうろう》した。それで、キタルジャ狩人はその侮辱に対し、答えるのさえもったいないと言わんばかりに、万民会議の会議場から退場してしまった。しかし、彼らの美しい故郷キタルジャに戻る前、ひとりの狩人が王都の空に向かい、彼《か》の有名な呪いを叫んだ。

「もう王はいない。そして、王がこの侮辱に対し謝罪しない限り、これからも王は出てこないだろう！」

そして、北部にはもはや王は存在しなくなった。九十年余りもの間、孤独に戦ったキタルジャ狩人もまた消えた今となっては、昔の侮辱を清算することさえも不可能となった。

——ラス『王国の没落』

ビアス・マッケローは怒っていた。

心臓がないナガを殺す方法はひとつだけだった。彼女がすでに一度試みた方法——あの心臓塔の司書ユベックスを殺したときのように、全身をバラバラに切断する方法こそが、確実な唯一の方法だ。が、その方法は、カリンドルのように自分の家にいる女には使えない。それ以外だと、骨まで焼く、水に落とす等々、考えるだけで嫌けがさしてくるものばかりだ。それでも、ビアスはあきらめようとはしなかった。というよりむしろ、その巨大な不可能性に対する怒りまでもカリンドルのほうへ向けた。わかりやすく言うと、たやすく殺せないがために、ますます殺したくなった。そういうことだ。

一方、カリンドルのほうは、そんなビアスに対する嘲弄の度を日増しに強めていた。〝高名な薬術師なんだから、いちど男のあれも調剤してごらんになったらいかが。そうすれば、楽に子どもが産めるでしょう？　不可能に挑もうとするなんて、無駄な苦労よ〟といった愚弄に至っては、最年長者のソメロさえもカリンドルを戒めざるを得なかった。

〈いい加減になさい。年長者への礼儀を守れっていう宣《の》りじゃない。いい？　あなたたちが家の雰囲気を乱すから、男たちが寄ってこないのよ。もともと逗留していた男たちだって出ていっちゃってるでしょう。男はね、あなたたちの言い争いの是非なんてどうでもいいの。安らかに憩《いこ》え

るところにいたいのよ〉

実際、マッケロー家の訪問者数は激減していた。しかし、カリンドルはそんなことに構っていなかった。

〈じゃあ、外に出て連れて来れば。私みたいに〉

〈そんな恥ずかしいことをするのはあなただけで充分。これを最後の警告と思って、私の宣りをよく聞きなさい。ビアスとこれ以上角突きあわせるのはやめて。家の雰囲気を悪くするようなことも〉

〈警告にはふつう脅迫の文句が付くものじゃない？　それも準備してあるの？〉

〈もちろんよ。私の宣りに従わないなら、あなたを偵察隊に送る。そうすれば、あなたの大好きな家の外を思うさま歩き回れるわよ〉

カリンドルは憤った顔でソメロを見た。実のところソメロにそんな権限はない。家の一員を偵察隊に送るのは、家長の権限だ。しかし、ビアスとカリンドルがいがみあっているうちに、ソメロはもともと家長のドゥセナから得ていた信頼をますます堅固なものにしていた。ソメロが「それが一番適切な対処」とひと言宣りさえすれば、ドゥセナは従うだろう。

カリンドルはやむなくうなずいた。ふたりの騒動を止めたソメロがドゥセナから称賛を浴び、この最年長者への信頼がますます篤《あつ》くなったのは言うまでもない。

ビアスは怒りでどうにかなりそうになった。彼女の目に、カリンドルは仇《かたき》にしか映らない。男を奪っていくことで子どもを産む機会を剝奪《はくだつ》するだけでは飽き足らず、彼女の敵に利をもたらしているのだから。野心や権謀術数などとは縁遠い、備えているものは人徳のみと言われているソメロへの家長の信頼がカリンドルのせいでますます篤くなった。みなカリンドルが画策したことなのだ。

〈そう。私は思ってたの。ソメロが介入してくれたらって。もっと早くしてくれたらよかったけど、それでもまあね……満足してるわ〉

カリンドルはネズミをつまみながら宣うた。マッケロー家に残った数少ない逗留者のひとりであるスバチは感嘆して宣うた。

〈いや、実に……女の世界は複雑ですねえ。では、あなたはソメロ・マッケロー様を家長に推す考えなんですか？〉

〈そうね。まあ、ビアスが家長にならないことを願っているからだけど〉

ネズミたちが箱の中を狂ったように駆けまわっている。それを見ながらスバチが宣うた。

〈あなたが自ら家長になるっていうのはどうなんです？〉

〈私にはね、家長の実子っていうこと以外に何も武器がないのよ。最年少だし、まだ子どももいないし〉

〈子どもがいないのは、他の方たちも一緒でしょう〉

〈そうね。それで、あなたに頼みがあるの〉

〈頼み？〉

カリンドルの手がすっと伸びてきた。スバチはぎょっとし、後ろに下がった。しかし、その手は箱の中のネズミに向かった。捕らえたネズミをスバチに差し出し、カリンドルが宣うた。

〈じきにソメロが妊娠可能期を迎える。そのとき、彼女のところに行ってほしいのよ、スバチ〉

スバチはネズミを受け取るのも忘れ、カリンドルを見つめた。戸惑い、と同時に心のどこかで裏切られたような思いをかすかに味わいながら。

〈私をあの方に譲り渡すと？〉

〈そうよ。彼女に子どもを作ってあげて。そうすれば、ドゥセナ様のソメロへの信頼はますます堅固になるわ〉

〈でも、それをなぜ私がするんです？　私だって、この家を出ていけるんですよ、他の男たちと同じように。あなたに命令される筋合いはないんです〉

スバチが受け取らなかったネズミをカリンドルは自分の口に持っていった。

〈あなたが望んでいるものをあげると言っても？〉

〈私が望んでいるもの？〉

〈しらばっくれないのよ、スバチ。望みがあるでしょう？　だから、〝我が家を出る〟ことはないのよね。悪いわね、何なのかわからなくて。男っていうのが何を望むものなのか、私にはわからないのよ。だから、単刀直入に訊くわ。望みはなに？〉

スバチはしばし精神を閉ざしていた。どうしよう。訊いてみてもいいだろうか。しかし、とスバチは思った。それは危険すぎる。でも、今を逃したらもう機会は巡ってこないかもしれない……。スバチは注意深く宣りを選んだ。

〈望みなどありません。ただ、教えていただければと思います。私があなたの頼みを聞き届けなければならない理由を〉

〈私が頼んでいるから〉

〈そうじゃなくて……。さっきあなたはおっしゃいましたよね。ビアス・マッケロー様が家長になるのを望んでいない。だから、ソメロ・マッケロー様に私を譲ると。じゃあ……ビアス・マッケロー様が家長になってはいけない理由は何なんですか？　教えてください〉

〈私を殺そうとしているから〉

〈あなたがそう仕向けたんですよ。彼女を怒らせ、挙句にあなたを殺そうとするように……そして、その過程で大きな失敗を犯すよう誘導されている。なぜそんなことを？　あなたが自ら家長になりたいから、というのならわかります。ですが、そうじゃない。あなたはなぜビアス・マッケロー様を破滅させようとするんです？　納得できる理由を教えていただければ、あなたの言う通り、ソメロ・マッケロー様のもとへ参ります〉

カリンドルは黙って彼を見つめていたが、やがて冷静に宣うた。

〈ムカつくからっていうだけで弟妹を殺すような女よ。排除する理由としては充分じゃないかしら〉

スバチはハッとした。ビアスの弟妹――。それは、カリンドルとファリトのふたりだ。そしてカリンドルはいま〝殺す〟と表現した。〝殺そうとする〟と言ったなら、その弟妹というのはカリンドル、〝殺した〟ならファリトだ。でも、〝殺す〟だったら？　スバチは必死に適切な宣りを探した。

〈そうですね。互いにそんなことを一度も考えたことのない姉妹がいるでしょうか。姉妹というのはつまるところ、家長継承のライバルでしょう？〉

そう言って、スバチは待った。ビアスは考えただけじゃなく、すでにいちど血縁者を殺した——。そういう宣りを。ところが、カリンドルは彼が望む宣りを送ってはこなかった。

〈でも、今あなたも言ったように、私は家長継承なんて望んでない。そして、この二十八年間私を見てきたビアスは、私についてあなたよりはるかによく知ってる。彼女はね、私が家長継承のライバルじゃないってことを承知してるの。ライバルでもない妹を殺そうとする。それは、危険人物だっていう証拠になるんじゃないかしら〉

くそっ！　緊張で逆立つ鱗《うろこ》を宥《なだ》め、スバチはゆっくりと首を振った。

〈誤解されたのかもしれませんよ。あなたがあの方を嘲弄されたから、そのせいで。ビアス・マッケロー様は、あなたが家長になろうと決心したのだと思っているんじゃないでしょうか。ああ……これではぐるぐる回りになってしまいますね。では、あなたの宣りを整理してみましょうか。あなたはさっき宣られましたよね、ムカつくという理由で弟妹を殺す女は危険だ。だから怒らせた。それはちょっとおかしいのでは……？〉

カリンドルは薄笑いを浮かべた。

〈そうね。あなたの宣りは正しいわ〉

スバチは努めて泰然と振る舞った。ネズミをつまみあげ、それを呑み込みながら宣る。

〈ビアス・マッケロー様に向かうあなたの嫌悪がそのように辻褄《つじつま》が合わないものなのでしたら、あなたの頼みを聞き入れるわけにはまいりません〉

ちょうどネズミを呑み込もうとしているところなので、うまいこと表情を隠せる。そのことにスバチは感謝した。彼の顔はいま期待と不安で塗りこめられているだろうから。ことによると、カリンドルはこのまま精神を閉ざしてしまうかもしれない。自分は所詮あちこちの家を渡り歩く男だ。人に知られたら危険な秘密など教えてくれるわけがない。

「スバチ」

スバチは危うくネズミを吐き出すところだった。目を丸くし、まじまじとカリンドルを見る。

カリンドルはうなずき、耳を指さして見せた。

「そう。肉声で話してるの。聴力に集中なさい。あなたも肉声で答えるのよ。いいわね？」

目を白黒させながらネズミを呑み込むと、スバチは言った。

「ど、どうして？」

「誰かに聞かれると嫌だから」

どうにか呼吸を落ち着かせ、スバチはうなずいた。

「自分の名前なのに、あなたの声で呼ばれると、ずいぶん美しく聞こえます。ずっと嫌だ嫌だと思ってきた名だったんですが」

カリンドルは、にっこりと笑った。

「スバチ、あなたがどう受け取るかはわからないけれど、私はいまこの上なく正直に本心を語っているの。ビアス・マッケローが家長になったら私は死ぬ。何が何でも隠し通さなきゃならない彼女の秘密を私が知っているから」

スバチは鱗が逆立つのを感じた。その秘密というのはもしや弟を切り殺すのを楽しむこと……？　そう尋ねることはさすがにできなかったからだ。

「それは……そんなに危険な秘密なんですか」

「そうね……まあ、そんなことにはならないと思いたいけれど、もしも彼女が私を殺すのに成功したとしたら、それは彼女の初めての、そして同時に三度目の殺人になるはずよ」

スバチは心の中で万歳を叫んだ。


守護者セリスマは首を傾げた。

〈初めての、そして同時に三度目だと？　何のことだ、それは〉

〈決まっていますよ。女を殺すのは初めて、男まで含めたら三度目ということです。ファリト、あと守護者ユベックス〉

セリスマは精神的な失笑を漏らした。

〈それを、そういうふうに区別するってわけか。まこと、たいした女だな。ということは、殺害者はビアス・マッケローだ。そうだな？〉

〈おっしゃる通りです。つまり、リュン・ペイはファリト・マッケローの代行者になれます。神名を持っていますから。ひとつ問題になるのが、彼がいま暗殺者に追われていることです。カルがそれを防ぎに行ってはいますが、殺害者がリュンではないことをまだ知りませんので……〉

スバチが残念そうに宣ると、セリスマは笑った。

〈そこはカルを信じるほかあるまい。ビアスが殺害者かもしれないと最初に疑ったのはカルだろう？　ことによると、とっくにビアスが殺害者だという証拠をつかんでいるかもしれぬぞ〉

だったらどれほど……。そう言いたげに守護者セリスマを見ていたスバチの表情がふと変わった。セリスマの笑み――。どこか含みが感じられる……。明るく笑うと、セリスマは宣うた。

〈そうして、もうハテングラジュに戻っているかもしれぬぞ。今ごろはどこかの寝台で疲れた体を休めているのかも……〉

スバチは守護者の寝室に通じるドアに駆け寄り、それを大きく開いた。寝台にはカルが横たわり、ぐっすり眠り込んでいた。

しばらくして、カルは目を覚ました。限界線から休むことなく駆けてきたカルは、まだ疲れの残る顔で、これまでにあったことをかいつまんでスバチに説明した。スバチはサモの推理に感嘆し、その行動に驚いた。

〈じゃあ、サモ・ペイは弟が殺人者ではないことを知りながら、弟を楽に死なせてやりたいがために暗殺者の指名を受け入れたってことか？〉

〈彼女自身がそう宣うたわけではないが、俺はそう思う〉

〈そいつは困ったことになったな。リュンはどうなったんだ？　限界線は越えたのか？〉

〈多分な。俺がペイと別れたのは限界線の少し手前だった。彼らが限界線を越える前にペイが追いついた可能性はあるが、リュンを手にかけるのは、どうかな……難しいんじゃないか。レコンもいるし、トッケビもいるから。そのうえ、伝説の中の人物だとばかり思っていたナガ殺戮者もな〉

〈しかし……その斗億神《ドゥオクシニ》の化け物とナガ殺戮者の話は……本当なのか？　どうにも信じられないが〉

〈本当だ。この目で見た俺だって、まだ自分の目が信じられないがな。ともかく俺はその案内人一行がサモの妨害を振り切り、限界線を越える可能性が高いと判断した。それでサモと同行して

妨害するのはやめ、ここに戻ることにしたのだ〉

〈で、ここに着くやいなや、まずは眠っておこうと思った、と？〉

カルはいささか恨めしそうに笑った。

〈おいおい、俺が駆け続けた距離を考えてくれよ。だが、お前の非難にも一理はあるな。早く為すべきことをせねば〉

そう宣ると、カルは守護者セリスマを見た。セリスマは考え込む表情で宣うた。

〈そなたらふたりがしたことについては、まことに感謝の言葉もない。しかし、悪いが今はそなたらではなく、他の者のことを考えざるを得ぬな。リュン・ペイだ。我らの計画について確かに聞かされてもいないのに我らに代わって動いてくれているあの若者を思うと、胸が痛んでな。それも、血のつながった者から命を脅かされながらだ〉

カルはうなずいた。

〈作戦が終了した後で彼を限界線の南に連れ戻す手立てはないでしょうか。彼は、地上のあらゆる存在から感謝されるに値することをしているんです。何かしてやれることはないのでしょうか〉

〈まずないだろうが……希望を持ち、前向きに考えてみるとしよう。とりあえずは火急のことからだ。なすべきことをせねば〉

カルはうなずくと、立ち上がった。しばらくして戻ってきた彼の手には蛇壺があった。彼が外しているうちに床はスバチの手で片付けられ、広い空間が確保されている。

カルは床に蛇を放すと、彼らが自由に動けるよう、スバチと共に退いた。守護者セリスマは床を這う蛇に精神抑圧をかけ始めた。

　床を滑るように這う蛇を見ていたオレノール大徳が歓声をあげた。

＊

「計画は復活しました！」

　ジュタギ大禅師《だいぜんじ》は安堵のため息を吐いた。限界線を越えてくることになっていた神名を持つ修練者がハテングラジュを発つこともできずに死んでしまったという知らせを伝え聞いたとき、大禅師はこの上ない絶望感を抱いた。ところが、思いも寄らぬ人物が思いがけずファリトの遺志を継ぎ、計画を復活させたのだ。オレノールはほとんど跳びあがるように喜んでいた。

「本当に驚きました。完全な資格を備えたまた別の者がファリトの友人の中にいて、そのうえ沈黙の都市から逃げ出すことを考えていたなどと。そのうえ、ケイガン様とすでに出会ったというのですから……！　実に、〝どこにもいない神〟の思《おぼ》し召しとしか言いようがありませんね」

「私たちにも精神抑圧というものができたら、もっといろいろ話が聞けるだろうに、残念だ。このリュン・ペイという若者のことがどうにも気にかかってな。まあ、あちらが資格充分と言っているのだから、それで満足せねばな……ああ、そうだ！　半月ほど前に限界線を越えたと言ったか？　そうか、そうか……！」

　怖ろしく遠く離れたところにいる対話の相手が何の意思表示もできないことを考慮し、守護者セリスマはくどくどしいほど詳細に話をし、蛇語の伝達を終えた。おかげで疲れ切った蛇たちをオレノールはいちいち壺に戻してやらねばならなかった。その間、ジュタギ大禅師は考え込んでいた。ふとオレノールを見た大禅師は、大徳の沈鬱な表情に気づき、声をかけた。

「どうかしたのか、オレノール？」

「ああ、大禅師様……消えかけていた計画の火種にまた火が付いて、そのうえ予想もつかない追い風を受けて力強く燃え上がっている、それはもちろん喜ばしいことです。ですが、その裏に悲しみがあまりに多い気がします。そのビアス・マッケローという女はいったいどんな女なのでしょう。正気とは思えませんが。それに、そのサモ・ペイという女。彼女も理解できかねます。ナガたちはみな彼女のことを立派な女だと言いますが、実の弟を殺すのがそんなに立派なことなのでしょうか、ナガにとっては？　それではビアス・マッケローと同じではないですか」

「状況が違うではないか。ビアスは無価値な弟が自分を怒らせたという理由で殺したのであり、サモは愛する弟が死よりも大きな苦痛を受けるのを見ていることができぬから殺そうというのだ。弟を見るふたりの観点は正反対だろう」

「しかし、ふたりとも相手の意思は配慮しておりません！　ビアスがファリトの意思とは関係なく彼を殺したように、サモもリュンの意思を尋ねもせずに彼を殺そうとしています。だって、わかりませんよね？　リュン本人は苦痛にあえぎながらも生きたいと思うかもしれないでしょう」

「その通りだ。そして、そなたが指摘したそのことは、私たちにも同様に適用される問題だ。今回の計画だけ見ても然《しか》りだ。万一この計画が露呈したら、俗人たちは自分たちにとってそれほど重要なことを、頭を丸めた坊主が何人かで、自分たちの意思も確かめずに左右していると考え、憤慨するかもしれぬだろう？」

オレノールは自信たっぷりに答えた。

「帝王病患者でもない限り、そんな者がいるはずはありませんよ。むしろ、拍手を送るはずです」

しかし、その答えは大禅師をして頭を抱え込ませた。

「ああ。そなたが我が一番弟子だとは。この坊主が背負っていく罪はまことに重いな……」

「え？」

大禅師は叫んだ。

「愚か者が！　ならば、リュン・ペイもサモ・ペイに拍手……いや、ナガなのだから水滴か？　それを投げるかもしれぬではないか！」

オレノールはぽかんと口を開けたが、すぐにおろおろと申し開きを始めた。

「で、ですが、それは状況が違うのではないですか？　サモは弟を殺そうとしています。ですが、私たちはすべての命を救おうとしています」

「そなたがすべての命に訊いてみたのか？　生きたいか訊いてみたかと言っておる！」

今度こそ、オレノールは完全に絶句した。若い大徳はただ口をぱくぱくさせ、大禅師を見ていた。その顔を見た大禅師は、怒りが解けてゆくのを感じた。いつもそうだった。大徳がそんな顔をすると……。大禅師は念珠を数えた。

「オレノール、そなたの心の中で最も確かなものを疑い、最も明らかなものを放棄せよ。サモ・ペイは弟の苦痛を取り除くために弟を殺そうとしている。私たちは、すべての生命を救うために計画を進めている。その違いは、そなたが思うほど大きくはないはずだ」

「大きくないと？」

「大きくないどころではなく、同じことだ。死を強要するのも、生を強要するのも」

庵《いおり》の軒先にぶら下がった風鈴がちりんと鳴った。大禅師は念珠をおろしながら言った。

「死と生はひとつだからだ」

「そうでしょうか」

「だからこそ、我々は罪を背負っていくのだ」

オレノールは深く理解し、うなずいた。大禅師が微笑んで言う。

「それに、罪を背負っていこうとする者など、我ら坊主以外に誰もおらぬ。さて、計画が復活したのだ。準備を再開せねばならぬな。遅くともひと月のうちには到着するだろう。ジョタ重大師を訪ね、鉄血庵を空けてほしいと頼みなさい」

「鉄血庵で大丈夫でしょうか」

「あそこが適当だ。他の人たちを寝泊まりさせるにもよく、寺院の他のところとも充分に遠いからな。しばし待て」

ジュタギ大禅師は振り向き、竹片をひとつ取り出した。オレノールは注意深くそれを受け取った。

「そこに準備すべきものが記されている。そなたが責任を持ち、調えるように。ひとりでは大変だろうから、行者を何人か使え。誰か気骨のある者を、そなたが選んでな。彼らにはすべてを伝えるのだぞ。心から仕える気のない者には任せられぬから。私も時には行くが、責任はそなたにある。その重大さは言わずともわかっておるな？」

責任が肩にずしりとのしかかってくるのをオレノールは感じた。竹片を注意深く広げ、目を落とす。そして、思わず眉をひそめた。

「……血も、撒《ま》くのですか?」

「そなたはトッケビではないだろう。血を撒くのぐらいなんだ。山の裏の密猟者どもを何人か捕まえて締め上げれば獣の骸ぐらいいくらでも調達できるはずだ」

オレノールは僧侶の身で血を撒く自分の姿がうまく想像できなかった。それに無道な密猟者に会わねばならない。それを思うと冷汗が出そうになった。パルム山の僧侶たちと密猟者の間には長い反目の歴史がある。とはいえ、今ではほとんど伝説となっているのだが、それを現在に受け継いでいる人物がいる。それがオレノールなのだった。まだ分別がなく、自信満々だった行者時代、仲間の行者たちを引き連れてパルム山を歩き回り、密猟者をひっとらえるのを日課のようにしていたオレノールの武勇伝は、行者の間で語り継がれているほどだ。その結果、密猟者が改心し、僧侶になったとでもいうなら美談と言えようが、そんなことはなかった。彼らは大寺院で怪我の治療をすると、とっとと帰っていった。そして、極悪非道なオレノールの噂を広めた。ということで、密猟者は大寺院の住職の名は知らずとも、〝いかれた坊主〟オレノールの名は知っている。そんな密猟者に頼み事などしたら、どれほど嘲笑されることか。やりきれないといった顔でオレノールはぶつぶつ言った。

「そうですよね。僧侶以外に罪を背負っていく者などいない。ええ、そうです。神を殺させるわけにはいかない。そのためなら何でもしますよ」

四方にはためいていた羽毛がゆっくりと舞い落ちる中、ティナハンは両手をぱんぱんと打ち合わせた。

「祭りは終わった。さあ、帰れ！」

「あれ、病気ですよね、もう」

ビヒョンがリュンの顔を見て言う。リュンは困ったように笑ってうなずいた。

ふわふわと舞い落ちるティナハンの羽毛の下に、ぶちのめされた人間たちが悲惨な姿で倒れている。恨みの眼差しとうめき声は、ただティナハンに注がれていた。そんなことには委細構わず、ティナハンは嘴《くちばし》をカチリと鳴らすと地面に突き立てておいた鉄槍をすっと抜いた。高慢な足取りで仲間のもとへ戻ると、膨れ上がった羽毛を落ち着かせ始める。その前にはケイガンが座っていた。

ビヒョンとリュンは興味津々な顔を今度はケイガンに向けた。ビヒョンが病気と表現した活動にティナハンが猛進している間、ケイガンは他のふたりとは違って何の興味も関心も示さず、静かに草をむしっていたのだった。ティナハンが気まずそうに言う。

「ああ……そういえば、五分もかからないって言ったっけな。うむ……五分、かかってないよな？」

ケイガンはゆっくりと顔をあげた。

「終わったなら、出発してもよいか？」

「ああ、もういい」

地面に倒れてうめいていた〝鉄拳王〟――素手で珪岩を砕く、まことに王に似つかわしい怪力の所有者ということで、王として推戴されたという。そのことを聞いたティナハンは、殴ってみろと言って自分の嘴を差し出した。両ひざに手を突き、嘴を差し出してくるレコンに、鉄拳王は無謀にも拳を振るった。今後、彼がまた王になりたいと思ったら、今度は片手王と称することになるのではないか——は、苦痛にあえぎつつもどこか訝《いぶか》しげにティナハンを見ていた。今しがた自分と自分の軍隊を大破した斗億神のごときレコンが、ちっぽけな人間の顔色を窺《うかが》うのがどうにも納得しがたかったのだ。それに気づき、ビヒョンは話して聞かせてやりたくなった。腹はいっさいたてず、親切さは無限大に発揮するケイガンの性格が、なぜレコンを狼狽《ろうばい》させるのかについて……。しかし、ケイガンがすでに歩き出していたので諦《あきら》めた。

戦いは終わったが、ティナハンの興奮はまだ完全に鎮まっていなかった。先頭に立って歩いているケイガンの顔色を窺いながらも、ティナハンは勢いづいてビヒョンとリュンを相手におしゃべりをしていた。

「俺はな、帝王病にかかった奴らが気の毒だと思ってた。それで、別に気にしていなかったんだ。実際、わずかではあるが同族意識も感じてた。空飛ぶハヌルチに乗ることも王になることも、挑戦ってことじゃ同じだろ？　そうさ、挑戦なんだ。だがな、これからは黙ってないぞ。俺の目の前をそんな奴らがうろうろするのは絶対に見過ごさんぞ。これは確かだ。そんな輩《やから》はぶちのめして、家に帰してやるのがむしろ親切ってもんだ」

リュンは今ようやく少しずつ理解し始めたことを確かめてみた。

「つまり、その帝王病っていうのはほんとの病気じゃないんですよね？　王になりたがる人をからかって言ってるわけでしょ？」

「そう、その通りだ」

「北部にはそんな人が多いんですか？　まあ、確かに、さっきのあれがもう四回目ですよね。そんなにたくさんの人がなんだって仕事も放り投げ、無駄な夢を追って放浪するんでしょう。僕にはわかりません。それに、付き従ってる人たちはまた何です？　王の家来になりたい人ですか？」

ビヒョンは喜び勇んで説明しようとした。しかし、口を開く前に思いが至った。ケイガンの説明を、自分はまだ理解できていない――。ビヒョンは口を噤《つぐ》み、誰かの家来になるという概念がほとんどないティナハンは肩をすくめたので、リュンの問いは回答を得られなかった。

案内人のケイガンにすべてをほぼ委《ゆだ》ねて旅していたので、ティナハン、リュン、ビヒョンは自分たちが今どのあたりにいるのかよくわかっていなかった。ケイガンは砂漠や荒野、渓谷、高山など、一行に負担になるような地形を避けた旅程を組んでいたので、旅は順調でもあった。しかし、ケイガンには心配なことがあった。楽な旅程は、必ずや人々の都市にぶつかることになる。ケイガンは数日の間、そのことについて頭を悩ませたが、結局残る一行に意見を求めることにした。彼らは真剣な顔でケイガンの説明を聞いていたが、内心では〝賛成！〟と叫ぶときを待っていた。

「明日か、遅くとも明後日までにはジャボロに入ることになる。ジャボロを統《す》べるセド麻立干《まりつかん》についての世評は様々だが、彼が何代にもわたり自らの土地を守って来た強勒で手腕のよい士族の後裔であることに異を唱える者はほとんどいないだろう。つまりは安定した土地だということだ。少々変わっているという評価もあるにはあるが」

ビヒョンがうれしそうに言った。

「あっ、セド麻立干は知ってますよ。昔、会ったこともあります。我らが城主様がトッケビの冠《かんむり》を賞品にして相撲をしたことがあるんです。そのとき、チュムンヌリにいらしたんですよね。そんなにお年を召した人間《キム》が、なぜあんなおもちゃを欲しがるのか不思議でしたけど」

ティナハンはククッと笑った。トッケビの冠は、トッケビにとっては玩具に過ぎないかもしれない。しかし、他の者にはそうではないのだ。

「かなり無残なことになって帰っていったろうな。そうだろう?」

「ええ。体格のよい人間《キム》も何人か連れてこられてましたがね、みんな土俵のはるか彼方まで弾《はじ》き飛ばされて」

そう言うと、ビヒョンは長年の疑問をまた提起した。

「そう言えば、あなたはどうやって一人勝ちができたんです、ケイガン?」

「もうかかってくる相手がいなくなったのだ」

常識的な定義で答えると、ケイガンは話を続けた。

「ともかくビヒョン、バウ城主の側仕えのおぬしがいるのだ。セド麻立干が我々を冷遇することはないだろう。たとえ、さっきおぬしが言った楽しからざる思い出があるとしても。しかし、リュンについて説明するのは、さて……多少面倒かもしれぬ。いたずらに疑われるかもしれず。だから、もし野外で寝起きするのにうんざりしているのでなければ、その地を避けることもできる。だが、ジャボロには寺院がある。麻立干のところには行かなくても、寺院には立ち寄って、何か指示が届いていないか訊いてみるのは悪くないと思う」

三人は、待ってましたとばかりに声をそろえた。

「賛成！」

ケイガンは特に何も言わず、先に立って歩き始めた。

ケイガンの予想通り、彼らは翌日の午後、地平線にかかっている城壁を目にした。ケイガンは背嚢《はいのう》から防風服を取り出すと、リュンに着させた。さらに砂漠を旅するときに使っていた布でリュンの顔と頭をすっぽり隠す。ティナハンは、そんなリュンを人間のように見えると評し、ビヒョンはつけ髭と偽の眉毛、義足、眼帯、かつら、義手などの〝些細な〟手を加え、完璧を期したほうがよくないかと熱心に提案した。ケイガンは、ビヒョンの意見に真摯《しんし》に耳を傾けてから、丁重に受け流した。

「斗億神に見せる必要まではないと思うが」

その日の夕刻、一行はジャボロに近づいた。

シグリアト山脈の南端部がプンテン砂漠から吹き付ける熱風を防いでいる地点に位置するジャボロは、城壁に囲まれた巨大な都市だった。リュンは、そのようすに非常に驚いた。なぜ人が都市に出入りしにくいように、あんな大きな塀を築いたのか。そう質問するリュンにビヒョンとティナハンがそれぞれ説明したが、ケイガンの説明がやはりいちばんまとまっていた。

「キーボレンの密林と同じことだ。友情なくして入ってくるなということだな」

ケイガンの説明は的確だった。しかし、おかげで一行の雰囲気が少し微妙になった。そんな雰囲気を変えるため、ビヒョンは心から驚いたふりをして城壁の一部を指さしてみせた。

「ほらほら、リュン！　あれを見てくださいよ。何だかわかります？」

リュンは、ビヒョンが指さしたところに目を向けた。城壁の上のほう、整然と並んでいる石の間に若干奇妙な石が混ざっている。形は城壁を成している他の石と同じだ。しかし、その色合いや材質が違い、よく目についた。ビヒョンは感嘆しながら言った。

「あれはね、わざとやってるんですよ。あの場所を示すために違う色の石を入れてるんです。大虎ビョルビがムラ麻立干の馬を咥《くわ》えてあそこを飛び越えたんだそうです。話には聞いてましたけど、ほんとにああいうふうになってるんですね。もともとあった石にはビョルビの爪の跡がついているんですが、それは麻立干宮に保管されているらしいです。そうですよね、ケイガン」

ケイガンはうなずいた。リュンが城壁を見上げて訊く。

「でも、なぜ真ん中あたりに混ぜてあるんですか？　その大虎が城壁を突き抜けたってわけじゃないでしょ？」

「ビョルビがあの城壁を飛び越えた後、ムラ麻立干は怒って城壁をもっと高くしたんです。それで、あの石があんなふうに城壁の真ん中あたりに挟まってるってわけです。それにしても、あの高さを越えたんだから……うわあ！　いったいどれぐらい高く飛んだんでしょうね」

ティナハンが自信たっぷりに言った。

「ふん。なんだ、それぐらい。片足でも跳んでやるぞ。やってみるか？」

おや、じゃあやってごらんなさい。そんな困った提案をビヒョンがする前に、ケイガンが首を振った。

「よしたほうがいい、ティナハン。ジャボロの人たちを不愉快にさせる必要はない。彼らだって、心の内ではあの城壁がカブトムシに乗ったトッケビやおぬしたちレコンには何の役にたたないということを知っている。でも、口に出して認めはしない。おぬしに敵意がないとしても、苦労してあんな城壁を築いた人の目の前で、それが何の役にもたたないのを見せつけてやるのは明らかに無礼なことではないか？　正門から入ろう」

ケイガンがティナハンを止めたのは、実に望ましいことだった。それは、正門を守っていた兵士たちの態度から明らかになった。彼らはトッケビが含まれる一行なら特に敵意を持つ必要はないと考えたうえに、ティナハンが城壁を飛び越えなかったことに非常に感銘を受けたようすだったのだ。

「ジャボロにいらしたことを歓迎いたします。常識のある方々のようで、うれしいです」

ティナハンが首をひねると、兵士たちのうちリーダーらしき男がすぐに説明を付け加えた。

「ここを訪れた他のレコンの方々は、あの城壁を軽々と飛び越えられましてね。困っていたんですよ。もちろん、私たちのような人間が木の根っこや岩などを飛び越えるように、何気なくやっていることだというのはわかりますが、あの城壁の建設者である私たちとしては、いささか気分のよくないことですので。そのうえ、城壁の真裏には、城壁にしがみつくように暮らしている貧民たちがいます。彼らがびっくりしますのでね。ふいに小屋の天井を破ってレコンが落ちてくると。第一、そんなふうに飛び越えられたら……」

ケイガンは、果てしなく続きそうな兵士のおしゃべりを止めた。

「では、お疲れ様です」

そして、ケイガンが通り過ぎようとしたときだった。兵士がふいに手を伸ばし、ケイガンを押しとどめた。ケイガンが怪訝《けげん》な顔で兵士を見ると、兵士は笑って言った。

「銀片六枚です」

「何のことです?」

「ああ、さっき申し上げようとしたのですが、最後まで言えませんで。そんなふうに飛び越えられたら、通過税を徴収できないと言おうとしたんです。追いかけて受け取らなければならないんですよ、そういうときは。面倒なことです」

ビヒョンは呆れ顔でティナハンを見た。ティナハンはすでに腹をたて、鶏冠《とさか》を膨らませている。

ケイガンが淡々と返した。

「私の記憶では、ジャボロは山賊や有料路のように通過税を取ることはなかった気がするのだが」

「あ、ええ。つい先ごろから徴収し始めたんですよ。ひとり当たり銀片六枚」

「さあて。賢い身の処し方ではないと思うが。そんなことをしたら、旅人がジャボロを避けるようになってしまうのではないか? そうなって困るのは、ジャボロのほうではないかな」

「私の知ったことではありませんよ。命令を受けたので、従っているだけです。そして、私が威厳王から授けられている権限のうちには、通過税を払わずに無断で入ろうとする者を処罰するのもあります」

他の兵士が武器を握った。しかし、レコンを前にしては、それは自分たちの立場を理解してほしいという痛ましい仕草にしか見えなかった。不幸なことに、ティナハンのようすは彼らにとって慰めにならなかった。威厳王という名を聞くやいなや、ティナハンは肩を思いっきり怒らせたのだ。ケイガンは、そんなティナハンを軽く手で制すると、リーダー格の兵士に尋ねた。

「すまないが、その威厳王という名はあまり聞いたことがないのだが。ジャボロを統治しているのはセド麻立干ではなかったか？」

「セド麻立干におかれましては、数年前に逝去《せいきょ》されました。その後、氏族の推戴《すいたい》を受け、ジグリム・ジャボロが麻立干の地位に就かれました。しかし、ジグリム・ジャボロは麻立干という名を捨てられ、王になられました。そして、王命で、ジャボロに入る者から通過税を徴収することにされたのです」

ティナハンは怒髪衝天《どはつしょうてん》といった顔で主張した。ジャボロを迂回しよう！　ビヒョンもほろ苦い表情でティナハンに同意した。ところが、ケイガンは懐から金を出し、通過税を支払った。そんなケイガンを、ティナハンとビヒョンはどうなってるんだ、という顔で見つめていた。すんなり通過税を徴収できたのに喜んだ兵士は、ケイガンに尋ねられるがままに寺院の位置を詳細に教えてくれた。ケイガンは兵士に黙礼すると、一行を城壁の内側に導いた。

ジャボロの城壁の向こうの風景は、リュンを息苦しくさせた。リュンにとって、こんな形態の都市は想像もつかないものだった。ぴったりくっついた家々、汚い道路、好き勝手につくられた建物。都市のどこからも一貫性やバランス感覚といった美しい要素は見出せない。しかし、何よりも、リュンを驚かせ、悲しませたのは、その建物がほとんど木でできていることだった。周辺に人があまりいない隙を狙い、リュンはビヒョンに訊いてみた。あの木々はみな然るべき葬儀を済ませているのか。思った通り、ビヒョンはかぶりを振った。

「ただ切って、使うだけですよ。でも、そんなに悲痛な顔をしないでくださいよ」

ビヒョンはリュンの表情にずいぶんと慣れてきていた。

「生きたものしか食べないあなた方の食習慣は、他の三種族にとっては怖気をふるうものに見えるかもしれませんよ?」

リュンは困惑顔で納得した。

「僕のせいで、ひどく不愉快ですか?」

「いいえ。私は大丈夫ですよ。もちろん、まだ正面から見る自信はありませんけどね。でもケイガン、なぜあんなふうにお金を浪費するんです?」

ビヒョンの問いに、ティナハンがまた憤りを爆発させた。

「そうだ! ビヒョンの言う通りだ。ここが有料路か何かだとでも言うのか? いくらでも、ただで通り過ぎることができる。なのに、なんで無駄金を使う? 銀片二十四枚だなんて。あんた、金持ちなのか?」

先頭に立って歩いていたケイガンは、道を確かめながら言った。

「私はそれほど裕福な人間ではない。だが、必要なときに使えるだけは持ち歩いている。もちろん、都市に入らずに迂回することもできた。でも、寺院に寄って、いくつか確かめておいたほうがよさそうだったから」

「何を確かめるんだ?」

ケイガンは黙り込んだ。そして、そろそろティナハンが苛立ちを覚えてきた頃、ケイガンはふいに堰《せき》を切ったように話し出した。

「もちろん、ジグリム・ジャボロが、他の帝王病患者とは違って王になる可能性があるとは思っていない。だが、王の害悪はあるかもしれぬ。ジャボロ氏族が何代にもわたって築いてきた財産と力があるゆえ」

「王の害悪？」

「ジグリム・ジャボロが通過税を取っている——それも旅人を怒らせるほどの高額を取っているということは、彼が戦争資金を集めているという意味に解釈できる。戦争を仕掛けるには相手が必要だ。このあたりで彼が征服するようなところはペチレン、シュラドス、メヘムぐらいだろう。でも、みな私たちが選択できる経路上にある。彼が万一、領土拡大戦争を起こす考えならば、我々はそこを避けねばならぬ。もちろん、リュンを連れていった後、戻るときも有用な情報になるはずだ」

「なんてこった！　いかれてんのか、そいつは！　戦争だと？」

ケイガンは冷静にうなずいた。

「ティナハンが懲《こ》らしめた者たちは、実際は大きな害を為すこともない穏健な悪戯《いたずら》者に過ぎぬ。活用できる武力と財産を持った帝王病患者のほうがはるかに危険だ」

それを聞いてティナハンは嘆いた。そのとき、リュンが、どうにもわからぬという口調で言った。

「北にもナガがいるんですか？」

ビヒョンとティナハンは、面食らった顔でリュンを見つめた。ケイガンが訊き返した。

「今、限界線の北にいるナガはお前だけだと思うが。なぜそんなことを訊く？」

「戦争っておっしゃいましたよね。その王という人間が戦争を起こそうと思ったら、ナガが必要じゃないですか？」

ティナハンとビヒョンはなぜ戦争を起こすのにナガが必要なのかと訊き返し、その問いはリュンを混乱させた。しかし、ケイガンはリュンの問いを理解した。リュンが知っている直近の戦争は、おそらく大拡張戦争だろう。そして、ナガ同士は戦争をしない。ケイガンは核心を突いた答えを返した。

「人間は、人間同士で戦争をするのだ」

リュンはますますわけがわからないといった顔でケイガンを見た。

「なぜです？」

「穀物を食べるからだ。穀物を植えるには、土地が要る。より多くの土地を持っていれば、それだけ多くの穀物を得られる。それで、他の人間が住んでいる土地を奪おうとして戦争をするのだ」

「そんな馬鹿な……」

「お前たちもそうだった」

「え？」

「お前たちには、生き物が多く住む密林が必要だった。それで、大拡張戦争を起こして、限界線以南のすべての土地を占領し、そこに密林を作ったのだ」

リュンは狼狽《うろた》えた。

「でも、それはお互い生き方が違うからやむなく引き起こしたことです！　僕たちナガは、他の人の密林を奪ってまでそこに住む動物を得ようとはしません」

「ナガはあまり子どもを産まない。それが世界の半分を領土としているのだ。そのため動物が不足したりはしない。しかし人間は子をたくさん産み、穀物を植える土地は足りない。だから、戦争をするのだ。そのうえ、誰かが王になれば、必ずと言っていいほど戦争が起こる」

「なぜです?」

ティナハンは、ケイガンが王の征服欲や統治欲についての話をするだろうと期待した。しかし、ケイガンの答えは完全に突拍子もないものだった。

「王が、人々の涙をすっかり呑んでしまうから、人々は涙のない非情な者になってしまうんだ。それが、王の害悪だ」

ケイガンの言うことをビヒョンは何となく理解したが、他のふたりは皆目《かいもく》理解できなかった。彼らはまた説明を求めようとしたが、いつしか寺院に着いていた。それで、ケイガンの説明を改めて聞くことはできなかった。


城門を守っていた兵士たちのリーダー格は、ダガート・シュライトといった。彼はいま幸せいっぱいだった。というのは、威厳王が城門通過者に課した通過税は、銀片五枚だったのだ。なのにあの間抜けな旅人はひとり当たり六枚の金を支払い、従って、ダガートの手元には四枚の銀片が残ったのだった。もちろん共謀者である他の兵士たちと分け合わねばならないが、そうしたとしても、ダガートを幸せにするに充分だった。他の兵士たちもまた楽しげな顔で言った。

「おーい、早く城門を閉じようぜ。もう陽も沈んだんだし」

彼らの言わんとしていることはもちろん、早く城門を閉めて、さっき手に入れた不労所得で密やかな余興を楽しもうという意味だった。ダガートは上機嫌で笑いながら城門を閉める準備を整えた。そのとき、兵士のひとりが手招きした。

「ちょっと待て。何かまだ来るぞ」

他の者もその兵士が指し示したところを見て、薄暗くなった地面の上を何かが動いているのを確認した。それは明らかにジャボロに向かってきていた。ダガート・シュライトと兵士たちは、城門を閉じる速度を緩めた。彼らが遅い時間に都市の懐に入ろうとする旅人を配慮したものか、でなければ、銀片四つより五つが提供する余興のほうに関心があったのかはわからない。ともかく、彼らはのんびりと城門を閉じていた。そのとき、ダガートが眉をややひそめた。

「あれは、レコンか？　ずいぶん速いな」

それを聞き、兵士たちも眉をひそめた。もしもレコンが城門を無視して城壁を飛び越えたら、彼らはそのレコンを追って城壁の周囲を駆けまわらねばならない。そして、決して友好的ではあり得ないそのレコンから通過税を取り立てねばならないのだ。今日の幸運が、もしや不快な不運で終わることになるのではという嫌な予感にとらわれ、兵士たちは顔を見合わせた。

しかし、彼らに近づいてくるのは、不快な不運ではなかった。怖ろしい災難だった。

兵士たちは、自分たちの目を疑った。徐々に大きくなるその姿は、明らかに四つ足で駆ける動物だ。兵士たちはもう一度顔を見合わせ、仲間の顔から恐怖を読み取った。

間違いない。家ほどもある体、くっきりした縞模様、土埃を巻き上げながら地面を蹴る強靭な四つ足。ダガートが喉も裂けよと叫んだ。

「お、おおお、大虎だ！」

「閉めろ！　城門を閉めろ！」

兵士たちは城門に体当たりした。巨大な城門がひどく軋《きし》みながら閉まっていく間、兵士たちは城門など放って逃げ出したいという葛藤を何度も感じた。大虎の姿は残忍なほどの速度で大きくなってくる。しかし、ついに兵士たちは、城門を閉じた。ダガートがかんぬきをかけたまさにその瞬間、怖ろしい衝突音がした。兵士たちは、何歩か後ずさり、うちひとりは尻餅をついた。鋭い爪が城門を引っ掻く音を聞きながら、彼らは城壁を増築したムラ麻立干に心から感謝した。

しかし、ダガートは少し違うことを考えていた。閂をおろす直前、彼は狭い扉の隙間から大虎の怖ろしい姿をまともに見た。彼は思おうとした。大虎の背中の上に見えたもの——。それは黄昏時の陽ざしが作り出した幻想だろうと。しかし、彼の本能はしきりと主張した。それは黒い毛皮のマントで身を包んだ人であると。

ビヒョンは実感していた。鶏冠の先の先まで怒りに満ちたレコンというのがどんなものなのか、それこそ身に染みて。ジャボロ寺院の住職であるゴダイン大徳から城門通過税は銀片五枚だと聞いたとたん、ティナハンは暴れ出した。城門を守っていた兵士どもを一突きにしてやると言い張って聞かない。ビヒョンとリュンは宥めてほしそうにケイガンを見たが、ケイガンは湯呑に目を落とし、淡々と言った。

「純真な人たちだ」

ゴダイン大徳は疲れた顔で言った。

「その通りです。王？　とんでもない。あのようすを見ればおわかりでしょうが、まだこの城内の人たちは、王というものが何なのか、よくわかってもいないのです。真の王ならば、下の者たちのあんなふざけた真似を、絶対に許さないはず。それに、下の者たちもやはり、そんなバカげた手管を弄《ろう》することなど考えなかったでしょう。今、威厳王の兵士という輩の紀綱は山賊や荒野をうろつく帝王病患者のそれよりましとは言えません」

ケイガンはうなずくと、ようやくティナハンを見た。

「ティナハン、もういいから。私はあの金をジグリム・ジャボロの兵士の水準がどのぐらいなのか見極める代償と考えている。城門を守れということで送り込まれた兵士たちの水準があの程度なのだから、他の者は見るまでもない。ところで、ゴダイン大徳も純真でいらっしゃる」

ティナハンはぶつくさ言いながら座り、ゴダイン大徳は面食らった顔でケイガンを見た。ケイガンは笑みも浮かべずに言った。

「大徳の本心を見抜くために派遣された王の間者が、必ず間者だと名乗るわけではない」

「はは。この坊主が王にとって、何の脅威になるものですか。ジグリムが間者など送るわけがありません」

「脅威ではなく、助けです。ジグリム・ジャボロが少しでも頭を使えるなら、大徳と手を結んだほうが有益だということを考えつくはずです。私は先日、破戒僧ひとりが付き従った帝王病患者を見かけました。その破戒僧は、優れた知識でもって多くの権威と論理をその者の身にまとわせてやっていました。早晩、大徳も似たような提案を受けられるかもしれません。王のために知恵を捧げよという」

さほど重要ではなさそうに聞いていた大徳は、じきに心配そうな顔になった。

「では、いかがいたしましょう。どうか、ご高見をお聞かせください」

「私は、ひと晩の宿をお貸しくださったことへの謝礼として、その点を指摘しただけです。後のことは、大徳のお心のままになさればよいこと」

「どうか、この未熟な坊主にひと言いただければ幸いです。ジグリム・ジャボロは自らを威厳王などと僭称し始めて以来、我が物顔に振る舞っております。傍若無人も極まります。そんな者が、私に提案をしてきたら、私は怖ろしくて、答えることすらできないことでしょう」

ケイガンは眉を軽くひそめた。ビヒョンが見るに、余計なことを言ってしまったと悔やんでいるように見えた。しかし、またケイガンが口を開いたときには、いつものように単調で、親切な言葉が流れ出た。

「まず、私の質問にお答え願いたい。ジグリム・ジャボロは戦争を準備中ですか？　金を集めているのを見て、そんな疑いが浮かびまして」

ゴダイン大徳は驚いたように言った。

「はい。兵士を集め、怖ろしい武器を作り出しております。もちろん、あなたやティナハン様のあの武器よりも怖ろしいものは見かけておりませんが」

「いつ頃戦争が起こりそうですか？」

「噂はいろいろありますが、秋ごろという話がそれらしく聞こえます。収穫した穀物が積まれているはずですから」

「それは、あまり助けになりませんね。ジグリム・ジャボロはそれより早く、もしくは遅く、戦争を起こしたほうがよい。収穫した穀物を守ろうとする者からそれを奪おうとするより、土地を奪っておいて、穀物を収穫するほうがよいから。どこを攻めるという話はありませんか」

「ああ、それは、比較的はっきりしています。メヘムとジャボロの間の長い怨恨がありますから。

かつて麻立干がいたときも、メヘムとジャボロは何度も戦争をしています。威厳王は、今度こそメヘムを征伐し、王としての自らの立場を高めようと考えているようです。そのため、メヘムのほうでも戦争の備えをしていると聞いています」

「わかりました。メヘムですね。ならば、助言をいたしましょう。門を閉ざされませ」

ゴダイン大徳は驚いた。

「門をですか？」

「はい。そうして、寺にこもられませ。古代の真の王たちも、寺院が門を閉ざすのについては尊重していました。それで、古代、逃げた罪人を保護するために寺院が門を閉ざしたりもしたのです」

「それは存じております。しかしそうしたら、私どもは大寺院からも孤立してしまいます」

「ジグリム・ジャボロの王の真似事は、長続きはしないはずです。人々が言うように謝罪を受けるべきキタルジャ狩人がいないからかもしれませんが、私の考えでは、賢明なジャボロ氏族がじきにジグリムに待ったをかけるものと思われます。ですから、そのときまで耐えられればよい。もちろん、これは私の提案に過ぎません。私の考えでは、最も安全な方法ですが、決定は大徳がなされることです」

ゴダイン大徳は仕方なさそうにうなずいた。挨拶を交わす前、ケイガンはまたティナハンを驚かせるほどの布施《ふせ》をし、客室を暖めてほしいと頼んだ。こんな季節に暖房とは……。大徳はずいぶんと驚いた。

寺院の行者たちも訝しがったが、とにかく客室に暖房は施してもらえた。行者たちがみな引き上げるのを待って防風服と布を脱いだリュンは、床があたたかいのに気づいて目を丸くした。ビヒョンに温突《オンドル》（床全体を暖める暖房装置）の原理を聞かされ、リュンは顔を曇らせた。

「木を燃やして暖める、ですって？」

ビヒョンは慌ててケイガンを見た。ケイガンが淡々と言う。

「ビヒョンも休まなければならないだろう。お前の体にトッケビの火をともし続けていたら、ろくろく寝ることもできないのだ。ビヒョン、リュンの体からトッケビの火を取り除きなさい」

リュンは慌てて言った。

「でも、木を燃やしたくはありません。僕なら大丈夫です。冷たい部屋でも……」

「明日の朝、お前を起こすのが面倒だ。危険かもしれないし」

ビヒョンが注意深くリュンの肩を持った。

「あの、ケイガン。これまで別に大変でもなかったですよ。オンドルは消して、これまで通りリュンに火をつけたらいけませんか」

「せっかく休めるところに来たのだ。今日一日はゆっくり休むといい。案内人として勧めているのだ。それとリュン、もう薪《たきぎ》になっている木を燃やすのだ。よけいなことは考えず、休め」

リュンは不満そうな顔でケイガンの決定を受け入れた。ビヒョンが彼の体からトッケビの火を取り除く。城門通過税とお布施を払っていたことから、ケイガンはもしや金持ちなのかと考え始めたティナハンは、彼にハヌルチ遺跡に関心がないかと尋ね始めた。しかし、ケイガンは別に関心はないと答え、旅程について思案し始めた。

ケイガンがメヘムを迂回する旅程とその次の旅程についての考えをだいたいまとめたとき、リュンと話をしていたビヒョンが訊いてきた。

「ケイガン、すみませんが、さっきのお話、もう一度してくれませんか」

「どの話のことかな？」

「あなたが住職にされたお話です。謝罪を受けるべきキタルジャ狩人がいないっていう。それで、王が帰ってこないんですよね？」

ケイガンはため息を吐いた。

「私はそんな矛盾には別に関心がない。ただ、広く知られている言葉だから、引用しただけだ」

「矛盾？」

「一般的にそう言われている。キタルジャ狩人に謝罪しなければ王が戻ってこられないのだが、謝罪を受けるべきキタルジャ狩人がいないから、王は二度と戻ってこられないと。しかし、キタルジャ狩人が残っていたとしても、それは依然として、理屈に合わぬ呪詛だ。よいか？　キタルジャ狩人に謝罪しなければ王が戻ってこられない。でも、キタルジャ狩人に謝罪する人は王しかいない。辻褄《つじつま》が合わないだろう？」

しばし考えたリュンとビヒョンは、じきにそれが矛盾だと気づいた。

「ほんとですね。なんでそんな理屈に合わない呪詛を？」

ケイガンは、寝具を引き寄せながら言った。

「キタルジャ狩人は、矛盾に特別な力があると信じていた。それで、彼らは誰かを呪う時、常に矛盾の形態で呪ったのだ。そして、ティナハン。話はわかった。でも、どうもハヌルチ遺跡に対する特別な好奇心のようなものが発動しない。今のところは、私たちの関心事を私たちの旅自体にのみ限定しておきたい。よろしいか？　では、寝るといたそう」

ジャボロ氏族が自分の名を取ってジャボロを建設したのか、ジャボロの名を取ってジャボロ氏族と名を定めたのかは、ジャボロ氏族の人たちも正確に知らない。ジャボロは古都だが、ジャボロ氏族も非常に古くからある氏族だ。そして、同じ名を共有する都市と氏族は歴史もまた共有する。悠久の歴史の間、ジャボロを治める麻立干は、常にジャボロ氏族から輩出された。それは、あまりにも古くからのことなので、誰も他の方法があることを考えられなくなってしまった伝統だ。実際に、ジャボロを統べる人はジャボロ氏族から出なければならないという規則らしきものはどこにもなく、それを認めた麻立干もまたいない。しかし、麻立干が死ねば、葬儀に出席したジャボロ人は、麻立干の思い出をしのびながらも、その現実的な関心は自然にジャボロ氏族会議のほうへ傾いた。氏族会議が遅延したりすると、人々は不安がり、ジャボロ氏族に催促するほどだった。そして、ついにジャボロ氏族が彼らの首長を選出すると、人々は当然のように、彼をジャボロの次期麻立干とみなした。もちろん、この悠久の伝統が挑戦を受けたことが一度もないわけではない。しかし、伝統に反旗を翻《ひるがえ》した抵抗者は、ジャボロ氏族よりはむしろ自らの氏族の反対を受け、抵抗の意志を喪失した。ジャボロの人々は、それがあまりにも〝大人げない〟と考えた。「王が戻ってくるならともかく、ちゃんとやっている人たちをなぜ煩《わずら》わせる？」ジャボロ人たちのこんな反応は、潜在的抵抗者をして野望を放棄させ、実在的な抵抗者をして屈辱と怒りの中、ジャボロを去らせてきた。

そして、人々はセド・ジャボロが死去し、ジグリム・ジャボロがジャボロ氏族の新しい首長に選出されたとき、伝統を断絶させなかったジャボロ氏族に喝采を送った。しかし、ジグリム・ジャボロは、彼を首長に選んでくれた氏族の首長たちと、彼をジグリム麻立干と呼ぶ準備をしていたジャボロの人々を失望させ、当惑させた。ジグリム・ジャボロが威厳王と名乗り始めると、ジャボロの人たちは目の前が真っ暗になるような気分を味わった。

氏族の年長者らとジャボロの尊敬されている有志たちが直接訪れ、ジグリム・ジャボロを説得したが、ジグリム・ジャボロは意を曲げなかった。その時点で、ジグリム・ジャボロとジャボロの人たちの間に正面衝突が起こらなかったのは、ジャボロの人たちが伝統に対して抱いていた信頼のためだった。長老にしろ有志にしろ、結局はジグリム・ジャボロが数百年間守られてきた伝統の意味を悟り、自らの失敗を反省するだろうと確信していた。人々のそんな態度は、ジグリム・ジャボロをますます怒らせた。

「たてがみをつけ、体を黒く塗っても、猫は黒獅子になれない。そう言いたいのか！」

ジャボロの人々は答えなかった。彼らは沈黙したまま、あたかも聞き分けのない息子が世の中の怖さを悟るのを待つ親のように、ジグリム・ジャボロの機嫌を取りつつじっと待った。

よって、城壁の上で、ジグリム・ジャボロの伯父であり、大将軍――威厳王以外に他の人がそう呼ぶと、怒り狂いはしたが――であるキタタ・ジャボロが笑いながら言ったとき、彼が意地の悪い楽しみを満喫していることは、皆の目に明らかだった。

「威厳王陛下。陛下の王権に対する最初の挑戦ですね。あのちゃんちゃらおかしい挑戦者を手ずから処理なさいますか？」

威厳王は、馬鹿ではなかった。しかし、体面を傷つけず、かつ適切な答えとなるような言葉を思い浮かべることはできなかった。それで、威厳王は、何も答えず、城壁の下をうろうろする大虎を睨《にら》みつけた。キタタ・ジャボロをはじめとする他の人々も、威厳王の反応よりは大虎のほうに好奇心を感じていたので、やはり城壁の下を眺めていた。

ビョルビとムラ麻立干の話を聞かされて育った彼らにとって、彼らの城壁の下に居座る大虎の姿は格別だった。それは、物心ついてから忘れてしまった幼い頃の幻想がふいに現実になって戻ってきた光景だった。その姿だけでも大きな衝撃だったというのに、黒い毛皮のマントに身を包み、大虎の背に乗っている騎手の姿は、彼らにはもはや理解不能な存在だった。その人の存在のおかげで、威厳王は適切な対応を頭からひねり出せた。

「大虎だけならば構わぬが、人がいる。よって、とりあえず言葉をかけねばならぬ」

あながち的外れではなかったので、人々はしばし揶揄と嘲笑を留保した。威厳王は、咳ばらいをしてから叫んだ。

「あなたは誰なのか！　この地に好意を持って来たのか、憎悪を持って来たのか。それから、何ゆえその危険な生き物に乗っている？」

黒いマントで全身と頭まで隠した騎手が顔を少しあげた。

「私はサモ・ペイという。ここには好意も憎悪もなくやって来た。私の要請がどのように受け入れられるかにより、ふたつのうちひとつを選択するつもりだ。そして、この大虎と私の関係は、私の要請とさほど関係がない」

人々は、またも衝撃を受けた。威厳王などは、それこそ顎が外れそうに口をぱかりと開けた。

「おお、なんという声だ！　女か？　いや、女でも、そんな声は出せそうにないが？」

キタタ・ジャボロもまた甥の言葉に同感だった。キタタは王に助言した。何か霊妙な存在なのやもしれぬから、言葉に気を付けるようにと。威厳王はそれを受け入れた。

「快く聞こう。サモ・ペイ、いかなる要請なのか、話してみよ」

「あなたたちの塀の向こうにナガがひとりいる。彼を引き渡してほしい」

威厳王は当惑し、彼の大将軍のほうを見た。キタタは王の命令を待たず、即座に城門を守っていた兵士を呼びつけた。しばし後、ダガート・シュライトを含め、多数の兵士が王の前に駆け付けてきて平伏した。キタタがさっそく尋ねる。

「そなたらが今日、城門を守っていた者か？　ナガがこの地に入ってきたというが、事実か？」

「そんなはずはありません！　もしも、そんなことがあったなら、すでに報告したはずです。閣下」

「えい、そなたらは、ナガがどういう外見をしているのかも知らぬだろう」

「はい？　ああ。ですが、どんな人がナガではないということは、存じております。今日、城門を通過したのはみな人間かトッケビかレコンでした。ナガはおりませんでした」

威厳王は、当惑した顔でキタタを見つめた。キタタもまた訝しげに外のサモを見た。しかし、キタタを含め、そこにいた人たちはみな、あれほど美しい声で話す者が何か誤解をしているのだと思いたくはなかった。また兵士たちのほうを振り向いたキタタは、彼らのひとりが若干おかしな顔をしているのに気づいた。キタタは、その兵士に大股で近寄り、出し抜けに言った。

「王にでたらめを告げたりしたら、命はないと思え！　確かにナガがいなかったのだな!?」

指名された兵士はダガート・シュライトだった。ダガートは腰が抜けそうになった。

「あの、あの、じ、じじ、実は、正体が確かにわからぬ訪問者が一名、いるにはおりました。あの大虎がやって来る直前に南門から入った者たちですが、四名でした。人間、レコン、トッケビがおり、残る一名は、砂漠の人間たちが身に着けるだぶだぶした服を着ていました。しかし、体軀はふつうの人間と同じぐらいでした。それで、人間だろうと思った次第で」

キタタは呆れた。

「確認しなかったと申すか？」

ダガートは何やら聞き取れない言葉をしどろもどろに並べ立てた。キタタは彼を詰《なじ》る気にもなれなかった。キタタは目の前にいる若者たちをよく知っている。それこそ鼻水を垂らした子どもの頃から。とうてい節度ある厳格な兵士とは呼びがたい者たちだった。ジグリム・ジャボロが王という地位にふさわしくないのと同じくらい。

しかし、威厳王のほうは、部下たる兵士のいい加減さに激怒した。王にすさまじい悪態をつかれ、ダガートは狼狽した。

「しかし、ナガのはずはないでしょう。ナガの天敵はトッケビだと聞いています。ですが、その一行にはトッケビがいたんです。それに、ナガはこの地では凍えてしまうのではないですか？その者は、服こそぶかぶかしたものを着ていましたが、震えてはおりませんでしたが」

「馬鹿をぬかすな！　ならそなたは、トッケビを倒すために語り部三人を連れていくのか！　この焼きごてで、目玉を焼いてやろうか。ええ!?」

ダガートは肝をつぶし、目をしっかり押さえて尻餅をついた。

「すみません、ジグリムおじさん！」

決定的な失言だった。とうてい偉大な王とその屈強な兵士の間で交わされる会話とは思えない場面を目撃してすでに顔をひくひくさせていた人々は、ついに爆笑してしまった。威厳王が狂ったように怒り、剣を抜いてダガートを切り殺そうとするのをキタタ・ジャボロが慌てて押しとどめる。

「お鎮まりください、陛下。まだ自らの任務に慣れておらぬ兵士どもでございます。王のご寛大さを示されるのが、はるかに威厳ある態度でございましょう。そして、あとひとつ申し上げることがございます」

王の威厳という言葉に、威厳王はふいごのような息の音をさせながらも、剣を振るうのはやめた。

「何だ、大将軍？」

「取るに足らぬ者に過ぎずとも、王の地に入って来たならば、王の保護を受ける権利があります」

威厳王は、面食らった顔で伯父を見た。

「ナガを保護せよと？」

「そうではなく」

キタタは〝この間抜けが！　お前がよくも王だなどと〟という言葉を危ういところで呑み込んだ。

「保護しようが処罰しようが、それは王の権限だということです。あの者に、王の地に入った者を引き渡せと要請する権限があるのか、尋ねてごらんなさい」

興奮をおさめた威厳王は、何とかキタタの言葉を理解した。ダガートをいちど険しい目で睨みつけてから、威厳王はまた城壁の下に向かって言った。

「王の地に入った者に対する責任は、みな朕《ちん》にある。ナガがいるのかいないのかはまだわからぬが、そなたが如何《いか》ようにして、そのナガを引き渡せと申すか？」

サモは少しして答えた。

「また？」

「またたと？　何がまた、と言うのだ？」

「また王なの？　この地には、スズメよりも王のほうが多いようね」

腹をたてたのは、今度も威厳王ひとりだった。他の人たちはというと、あらゆる手段を動員して笑いをこらえていた。威厳王が激昂して叫び出す直前、サモはやや柔らかな口調で言った。

「それでも、あなたは少しそれらしく見えるわね。こんなに大きな塀を持つ王は、まだ見たことがない。あなたの名前は塀王でしょう。そうじゃない？」

「威厳王だ！」

「威厳王？　そうなの。わかったわ。あなた、さっき王の責任に関して言っていたようだけど、正直何のことかよくわからないの。でも、そのナガを引き渡せと言える権利は示せる」

マントの下からサモの二本の腕が出てきた。闇の中、人々は鱗に覆われたその腕を見て、サモが何か鎧《よろい》を着けているのかと思った。しかし、サモがフードを跳ね上げるや、人々は悲鳴をあげた。フードの下から鱗に覆われた顔が現れたのだ。いちども見たことはなくとも、その顔が意味するところを彼らは知っていた。

「ご覧の通り、私もナガなの。これは、ナガ同士のこと。不信者とは関係ない。説明になった？」

サモのその威厳ある言葉は、しかし、それに見合った待遇を受けられなかった。威厳王は青ざめた顔で叫んだのだ。

「この化け物が！　ここがどこだと思っておる！　限界線を越えるなど、気が狂ったか⁉　早く、あの化け物と大虎を射よ！」

兵士たち三、四人がおずおずと弓を手にする。一方、キタタは困惑していた。

「ナガは口を利きません。あれは、ナガではないはず」

「ならば、もっと怖ろしい化け物だろう。直ちに射よ！」

サモは呆気にとられたように城壁の上を見ているだけで、何の対処もしなかった。威厳王の命令を受けた兵士たちが矢を放つ。

矢は地面にぶつかって跳ね上がった。しかし、大虎もサモも身動きひとつしない。兵士たちの粗悪な腕前に憤り、威厳王は手ずから弓を取って矢をつがえた。王が射た矢はサモに向かってまっすぐ飛んでいった。ところがその矢は、サモのマントの中から現れたシクトルによって弾き飛ばされた。威厳王は猛々しく悪態をついたが、サモは彼を見据えているだけで、何も言わない。彼女はただ、左手を差し出し、大虎の大きな頭を軽く突いた。

大虎が後退し、闇の中に駆け出した。威厳王は再び叫んだ。

「逃がすな！　城門を開き、追撃せよ！」

「逃げようとしているのではありません。陛下」

キタタの言葉の意味がわからず、威厳王は目をぱちくりさせた。が、そのとき彼は見た。闇の中から青白い火がふたつ、城壁の上を睨んでいる。その背筋の凍りそうな光景に怯《おび》えるあまり、大虎がまた出現したのに威厳王が気づいたのは、それからだいぶ経ってからのことだった。

大虎は駆けた。

威厳王やキタタが何らかの指示を下す前に、稲妻のように駆けてきた大虎は、城壁の二十メートルほど手前で大地を蹴って跳躍した。常識が通じないその恐るべき跳躍は、人々の目にはほとんど飛行のように映った。レコンの跳躍に慣れた兵士たちは頭を抱えてうつぶせたが、他の人たちは茫然として動くこともできなかった。キタタだけが威厳王の肩をつかんで後ろに押しのけ、もう一方の手で剣を抜き放った。

城壁の少し手前で大虎は気づいた。城壁を越えるのは難しそうだ。そこで大虎は虚空で身を返し、後ろ足で城壁を蹴った。轟音とともに城壁が振動する。再び地面に着地した大虎は、うなじと肩の毛を思いきり逆立てて城壁の上を睨んだ。城壁の上の人々は今にも失禁しそうな恐怖にかられた。よく聞こえないほど低い声で大虎が唸《うな》ったのだ。

威厳王は、キタタに押しのけられ、地面に頭から突っ込んだ姿勢そのままでぶるぶると震えていた。キタタは甥の尻を蹴り上げてやりたい気持ちをこらえ、胸壁に歩み寄った。剣を突き出して叫ぶ。

「馬鹿な真似をするでない！　大虎は、二度とこのジャボロ城壁を越えられぬ！」

サモはキタタを見ると、また大虎の頭を見下ろした。大虎は、城壁に向かって獰猛に唸っていて、サモが送る概念になど耳も傾けない。我慢強く概念を送り続ける。すると、ついに大虎がひらりと身を躍らせ、後ろに向かって跳んだ。

離れた場所に退いた大虎は、またも城壁めがけて突進した。キタタは舌打ちした。無意味な真似を……。大虎のジャンプは、さっきよりも低い軌道を描いている。キタタが胸壁に手を突いて叫ぶ。

「越えられぬ！　絶対に！」

ところが、サモは城壁を越える気はなかった。

虚空に浮かんだ瞬間、サモはシクトルを逆手に握った。やり投げのように剣を肩の高さまで掲げる。大虎が城壁にぶつかる直前、サモは大虎の背を蹴って跳びあがった。そして、城壁の隙間にシクトルを深々と突き立てた。石と金属がぶつかり合う摩擦音がし、大虎はもう一度城壁を蹴って飛び降りた。その虎の背を見て人々が動揺する。地面に降りた大虎の背には誰も乗っていなかった。キタタはじめ数人の豪胆な者たちは、慌てて胸壁の向こうへ頭を突き出した。

サモ・ペイは城壁の中ほどに突き立てたシクトルにぶら下がっていた。なんという才覚……。サモの妙技にキタタは唸った。とはいえ、城壁の中ほどにぶら下がって、何をどうしようというのか。そのとき、狼狽えたような悲鳴が聞こえてきた。キタタは大虎に目を移した。

そして、血が凍るような恐怖を覚えた。

大虎は、三度目の助走をしていた。騎手がいないのでひときわ身軽になった大虎は、凄《すさ》まじい勢いで大地を蹴った。虎からサモ・ペイに視線を移したキタタは口をぽかんと開けた。彼女は両足を城壁に突っ張り、背を差し出すようにしていたのだ。

大虎はサモの背を蹴って、さらに高く跳んだ。

大虎としては、できるだけ爪を引っ込めていたのだが、それでもサモにとっては脊椎が砕けそうな衝撃だった。薄情にもシクトルは壁から抜け、サモは跳ね飛ばされた。空を飛び、数十メートルも先に落ちたサモは、ごろごろと地面を転がった。その悲壮な姿を、しかし、キタタは見届けてはいられなかった。

数百年ぶりにジャボロ城壁を越えてきた大虎が、彼に向かって咆哮したからだ。

ティナハンは、ぎょっとして起き上がった。鉄槍を握ろうとしたが、それは部屋の外にある。怒りが込み上げた。寺院のちっぽけな部屋には七メートルに及ぶティナハンの鉄槍を持ちこめなかったのだ。そのとき、戸が開く音がした。ティナハンは羽毛を逆立て、そちらへ目を向けた。そして、安堵する。開かれた戸口からケイガンが外に飛び出していくのが見えたのだ。ティナハンはその後に従った。庭に飛び出したケイガンは、遠くに目を凝らした。戸の外に立てかけておいた鉄槍をつかむと、ティナハンはその傍《かたわ》らに歩み寄った。

「なんだ、あの声は?」

「大虎だ」

「大虎?」

「そうだ。聞き間違えようがない。しかし妙だな。ビョルビの攻撃以来、ジャボロはいちども〝虎患〟に遭ったことはないのだが。城楼を見てみろ。火がずいぶんと灯されてる。おぬしの目には、何が見える?」

ティナハンは、城門の上に築かれた城楼に目を凝らした。

「人間どもが動いてるな。武器を持った奴らもいる。だいぶ狼狽えてるようだ。だが、戦ってるわけじゃない。ただ、おろおろして駆けまわっているだけのようだ。おや？　人に支えられてる奴もいるぞ」

ケイガンは眉をひそめた。

「支えられていると？」

「ああ。でなきゃ、あんな変な歩き方はしないだろう。遠くてはっきりはわからんが。おおかた外に大虎がいるのを見て、驚いて気絶したんじゃないか？」

ケイガンはしばし悩んだ末に言った。

「嫌な感じがする。服を着よう。他の人たちを起こそう。一時間ぐらい待ち、何事もなければ、また寝ることにして」

一時間待つまでもなかった。半時間ほど経った頃、一群の兵士たちが寺の表門をどすどすとくぐった。足音と号令に驚いた僧侶たちが駆け出てきたが、兵士たちを率いるキタタ・ジャボロは彼らなど見向きもせず、まっすぐ客室をめざした。兵士らの勢いに怯え、僧侶たちが退く中、キタタは客室まで一気に駆けた。ところが、そこで意外な場面に遭遇し、足を止めた。

客室の縁側にひとりの男が腰かけていた。両ひざの間に奇妙な姿の双身剣を立て、その鍔《つば》に両手を添えた男は彼らのほうを見た。男の隣には体格のいいレコンがおり、竿《さお》と見まがうばかりの鉄槍を立てて持ち、傲慢な表情でやはり彼らを見ている。その姿は、兵士たちはおろかキタタさえも怯《ひる》ませた。それでも彼は兵士を並ばせ、必死で声を落ち着かせて言った。

「私はジャボロの大将軍キタタ・ジャボロと申す。あなた方は何者か？」

男が答える。

「私はケイガン・ドラッカー。こちらはティナハン。旅人だ。いったい何事か？」

「先ほど、一頭の大虎が城壁に上がった」

ケイガンは首を傾げた。

「大虎は、ジャボロ城壁を越えられぬ。ビョルビ以来、いかなる大虎も越えられなかった。ビョルビ自身だとしても、ムラ麻立干が増築した城壁には上れないと私は思うが」

「私もそう信じていた。しかし、ナガの女が現れ、この目で見ても信じられぬような才を発揮して城壁の上に上がらせたのだ。大虎はどうやらそのナガに操られているようだった。兵士らを退けた大虎は威厳王陛下を咥え、また城壁を下りていった。大虎を操っていた女は我らに要求している。陛下を返してほしくば自分が追っているナガを引き渡せと。まったくもって信じられぬ。ナガも言葉を話せるとは思わなんだ」

「知っている。ナガはもともと言葉が話せるのだ。あまり話さないだけで」

「知っていると？　ならば、本当にそなたらの一行のうちに……」

ナガがいるのかと訊こうとしたキタタは言葉を呑み込んだ。ケイガンの背後の戸が開き、鱗に覆われたナガが歩み出てきたのだ。驚いたキタタと兵士の視線には構わず、ナガは顔を強張らせて城門のある方角へ目をやった。

そのとたん、ケイガンとティナハンが前に飛び出してきた。

庭の真ん中に並んで立ったケイガンとティナハンはそれぞれの武器を突き出して兵士たちを阻《はば》んだ。その尋常でない恐ろしい武器――双身剣と鉄槍を向けられ、キタタと兵士らは肝をつぶして後ずさった。キタタが手にした剣を固く握りしめて言う。

「何をする！」

居並ぶ兵士たちに向け、マワリの刃先を少しずつ動かしていたケイガンは、しまいにマワリをキタタに向けた。ふたつの刃先に狙われたキタタは息が止まりそうだった。マワリの刃先の後ろから、そのふたつの刃先に似たケイガンの両目がキタタを睨み据える。

「ナガは、渡せぬ」

キタタはぎりぎりと歯を食いしばると、手をあげた。兵士らがその合図に従い、おのおの武器を前に突き出す。数十人対ふたりの対峙だったが、キタタは自分たちの利点などひとつも思いつかなかった。奇妙な剣を携えたケイガンはともかく、柱のような鉄槍を持って笑っているレコンはほとんど悪夢だ。やむを得ぬ。キタタは究極の選択をした。

「水を」

ティナハンの体がたちまち三倍に膨れ上がる。突っ立った鶏冠はあたかも斧のごとしだ。兵士らは怖れをなしてさらに何歩か後ずさる。ケイガンは首を振った。

「愚かな真似はやめたほうがよい、大将軍。世にも怖ろしい死を迎えることになるぞ」

いつの間にか駆け付けてきていた僧侶たちも、恐怖の表情でかぶりを振る。そのとき僧侶たちの間からゴダイン大徳が駆け出てきた。そして、なんとキタタに駆け寄った。

「キタタ、やめろ！　あやつには、そんな価値はない！」

キタタはティナハンに視線を据えたままで大徳に言った。

「あやつ？」

「ジグリムのことだ！」

「ジグリムに王の価値がないという意味に聞こえるが、ゴダイン？　しかし、お前が言うところの〝あやつ〟は我が氏族の首長だ。ジャボロの麻立干でもある。価値はある」

ゴダイン大徳は絶句した。ケイガンがほろ苦い表情を浮かべて言う。

「どうやらおふたりは親しいご友人のようだ。悪いことは言わない。ご友人の言うことを聞くべきだ、大将軍。おぬしが死を覚悟したからといって、変わることは何もない。ティナハンを追い払いさえすれば望むものを手に入れられるとおぬしは信じているようだが、多分そうはならない。申し訳ないが」

「あなたひとりでこの兵士の相手をしようというのか？」

「そうは言っていない。ビヒョン！」

キタタは、ナガの後ろから歩み出てくる大柄なトッケビを見て、緊張した。しかし、トッケビが危険な存在だとはキタタには思えなかった。だが、ケイガンはビヒョンに血を見る必要がない立派な戦闘技術を伝授していた。ビヒョンはケイガンの合図に従ってトッケビの火を作り出し、何人かの兵士の目を惑わせた。兵士たちが悲鳴をあげる。キタタは気が遠くなるのを感じた。ビヒョンがトッケビの火を消す。

「不可能を認められる者は賢明だ。大将軍、諦められよ」

ケイガンの言葉にキタタは膝ががくりと折れるような気分を味わった。そのときだった。リュンが口を開いた。

「行ってみたいです」

ティナハンは虚を突かれた表情でリュンを振り返った。一方、ビヒョンは顔に同情の色を浮かべてみせた。しかし、ケイガンは無表情のままリュンを見た。

「どこに行ってみたいのだ？」

「姉上に会いたいです、ケイガン」

キタタは希望に満ちた顔でケイガンを見た。少し考えてから、ケイガンはうなずいた。しかし、彼がリュンの要求を承諾したのは感傷的な理由からではなかった。

「私も気になるからな。ここまで来られたなら、また付いてくるかもしれぬし。いったいどんな能力なのか、確かめておかねば」


城楼に跳び上がったビヒョンは、他の人たちの意見も訊かず、直ちにトッケビの火を作って夜空に放り投げた。そのため、ビヒョンはティナハンにかなり嫌みを言われる羽目になった。とはいえ、トッケビの火の下に現れた光景からはティナハンでさえも目を離すことができなかった。

城門からさほど離れてもいない場所だった。体が家ほどもある大虎は、地面に腹ばいになっていた。まるで、のんびり眠っているかのようだ。だが、大虎の口からは威厳王の体が飛び出していた。仰向けになった威厳王の首から下はすっかり見えている。しかし、その頭は大虎の口の中に入っていて見えなかった。死体を咥えている――。誰の目にもそう見えた。しかし、彼の震える手足を見たティナハンは、威厳王が生きていることがわかった。

「生きてるな。頭を咥えられてるだけだ」

ビヒョンは、この怖ろしい断頭台に挟まっている威厳王に同情した。大虎の口の中に入っている威厳王には、いま何も見えていないことだろう。ただ、首を押さえる歯の感触と顔を濡らす大虎の熱い唾が、威厳王を究極の恐怖に陥れているに違いない。ビヒョンは口を塞《ふさ》いで呻《うめ》いた。

ティナハンは暗殺者を見つけようとした。しかし、見当たらない。最初のうちは、リュンもサモがどこにいるのかわからなかった。しかし、しばらくしてリュンは気づいた。大虎の体の一部分の温度が少し高い。リュンはそこに目を凝らした。リュンが何かのおぼろげな輪郭を見極めようとしているとき、ケイガンが言った。

「ケイガンだな」

リュン、ビヒョン、ティナハンはきょとんとケイガンを見た。ケイガンが腕組みをして言う。

「ケイガン。黒獅子のことだ。黒獅子の毛皮をまとっているのだ。あそこ、大虎の肩の間に横になっている。縞模様と見分けがつきにくいが、よく見ればわかるはずだ。あれのおかげでここまで来られたわけだ」

ティナハンも、じきにサモがどこにいるのかわかった。ケイガンは、リュンの姿を見て茫然《ぼうぜん》としている城楼の上の人たちに、サモがどのようにして威厳王を攫ったのかと訊いた。人々の説明を聞いた一行は口をあんぐりと開けた。サモのいるほうへ目をやり、ケイガンが軽く首を振る。

「わかってはいたことだが、お前の姉は実に油断のならぬ人物だな。大虎の台になるなど、とても思いつかぬことだ。体が真っ二つに折れなかっただけでも幸運と言わねばなるまい。それにしても、黒獅子の毛皮はまたどこで手に入れたものか……」

リュンはもはやこらえきれずに宣《の》うた。

〈サモ！〉

大虎の黒い縞模様の一部が蠢《うごめ》いた。それがすっと起き上がり、大虎の体から突き出して、黒いたん瘤のようになる。それが左右に分かれると、その内側からサモ・ペイの顔が覗《のぞ》いた。サモはリュンに向かって宣うた。

〈リュン〉

リュンはうれしさに鱗を逆立てた。実に久々に聞くナガの宣りだ。リュンはそのとき気づいた。自分がいかに会話に飢えていたのか。言葉を交わす相手はたくさんいた。でも、言葉はリュンにとって自然に交わせるものではなかった。少しでも正確に聞き取ろうと常に神経を尖らせていなければならないのだから。もちろん楽ではない。きちんと座ったサモは、大虎の頭越しに威厳王を見ると、ふっと笑った。

〈この不信者は、自分を威厳王と呼んでるわ。どう名乗ろうと私には関りがないことだけれど、私はこの者に出会ってこのかた、威厳なんかいちども感じたことがないのよね。困ってしまうわ。それで、その呼称は受け入れがたいってことをご本人に理解してもらえたらと思うのだけれど〉

リュンは泣きそうな顔で笑った。

〈彼は人間です。毎日毎日、死を怖れながら生きているんです。ナガの目から見た威厳というものを彼に望むのは難しいのではないでしょうか〉

サモはしばし精神を閉ざしてから、また宣うた。

〈あなたもそうだったの?〉

〈え?〉

〈あなたも毎日毎日、死を怖れてたの?　私のせいで?〉

リュンは答えられなかった。サモは静かに宣うた。

〈かわいそうな、私の弟〉

〈僕は大丈夫です、サモ。仲間はみんないい人たちだし、精一杯、僕のことを守ってくれています。僕は、姉上のことを心配してました。あのピラミッドの中に姉上を残してきたときは、もうどうにかなりそうだった……〉

サモはまた微笑んだ。

キタタ・ジャボロはじりじりしていた。城楼に上がった四人はさっきから口を噤んだまま動きもしない。結局、キタタは彼らの沈黙に割り込んだ。

「おーい、すまぬが、いったい何をしている？　そのナガとにらめっこでもしているのか？」

ビヒョンが答えた。

「ああ、今ですね、ここにいるリュンとあちらのナガは、宣りを交わし合っているんですよ。私たちには聞こえませんけどね。退屈でしょうけれど、もう少しだけ待ってもらえますかね」

「王が危険に陥っておられるというのに、待てなどと……」

「あのナガはリュンの姉なんです。そして、ただリュンを殺すという目的で限界線を越え、ここまで追ってきたんです。どうです、理由になりますかね」

キタタは口をぽかんと開けて、ビヒョンを見た。

〈あの大虎は、どうやって精神抑圧したんですか？　姉上が、そんなにすごい精神抑圧ができる

なんて知りませんでした〉

〈あなたも知っての通り、私の精神抑圧なんてネズミを動けなくするぐらいが関の山よ。実は私にもわからないのよね。この大虎をどうやって精神抑圧できているのか。実のところ、抑圧しているのかどうかも確信できない。私が送る概念に適切に反応してはいるけれど、時々、ふっと思うの。この大虎は、そうしたいと思ってそうしているみたいだって〉

リュンは、曖昧な表情を浮かべた。そのとき、サモがシクトルを抜いた。

リュンはシクトルに驚いたが、同時にサモの動きに力がないことが気にかかった。大虎に蹴られて数十メートルも吹っ飛んだという体だ。元気いっぱいなわけはない。しかし、サモは冷静に宣うた。

〈降りてらっしゃい、リュン〉

〈サモ〉

〈前に宣うたでしょ？　これは、ショジャインテシクトルなの〉

〈僕は、ファリトを殺してません！　ファリトを殺したのは……〉

〈ビアス・マッケロー〉

リュンは衝撃を受けた。サモは腕を大虎の背に乗せた。シクトルを握っているのも辛いようだ。

シクトルの感触が大虎を緊張させ、その緊張は大虎の顎を強張らせた。威厳王の手足が痙攣《けいれん》し、跳ね上がる。が、大虎はすぐに顎の力を抜き、威厳王を安心させた。

〈わかってるわ、リュン。ビアスがファリトを殺したんでしょう。そして、あなたはファリトの最後の頼みを聞き入れた。それで、この不信者の地までやって来た。そうでしょう？〉

〈どうして、どうして知ってるんです？〉

〈それは、説明が面倒ね。簡単に宣るわ。ファリトの仲間のひとりと会ったの。彼が教えてくれたいくつかの事実を考慮した結果、わかったのよ〉

〈じゃあ、ショジャインテシクトルが成立し得ないってこともご存じですよね！〉

〈リュン、もう始まってしまってるの〉

〈えっ？〉

サモは毛皮を首もとに引き寄せながら宣うた。

〈ショジャインテシクトルは、もう始まってる。始まったからには、途中でやめることは許されない〉

〈無実の僕を……僕が潔白だってことを知りながら、それでも殺すんですか？〉

〈リュン、この地にいる限り、あなたは生きのびられない〉

リュンは、胸壁の上に手を突いた。逆立った彼の鱗が石にぶつかり、不快な音をたてる。無敵王と恥辱にまみれた脱皮の記憶がよみがえり、リュンは呻吟《しんぎん》した。サモは続けた。

〈ナガはキーボレンで生きなければ。それは、絶対的な法則よ〉

そう言うと、サモは唐突に口を開いた。

「城壁の上の人間どもに告ぐ」

出し抜けに聞こえてきた声に、キタタはほとんど跳びあがらんばかりに驚いた。兵士たち共々、慌てて城壁の下を見下ろす。一方、ケイガンは下を見ることはせず、ティナハンに目配せをした。ティナハンがかすかにうなずいて見せる。

サモはシクトルをまた持ち上げ、リュンを指した。

「そのナガを、下に下りさせて。でなければ、大虎に命じて王の首を噛み千切らせる」

ケイガンはリュンの腕をサッとつかみ、引っ張った。ふいのことだったので、リュンは引っくり返るまいとして後ずさりした。そこへティナハンが待ち構えていて、すばやくリュンを捕まえる。一方、ケイガンは、リュンを引っ張った手をそのまま背後に回すと、マワリを抜いた。身を返したキタタが見たのは、危機から脱したリュン、そしてマワリを握り鋭い瞳で睨んでくるケイガンだった。キタタは絶望にとらわれながらも剣を抜き放った。ケイガンがかぶりを振る。

「やめろ。無意味なことは」

白い髭をぶるっと震わせ、ケイガンを睨んでいたキタタは、ふいに左手を横に伸ばした。そうして、隣に立っていた兵士ひとりを引っさらった。兵士は当惑しながら引きずっていかれ、キタタは彼を背後から抱きしめたまま、兵士の首に剣を突き付けた。

「みんな動くな！」

しばし、困惑したような沈黙が城楼の上を覆った。ティナハンは呆れた顔でキタタを見た。

「おい、それは……人質を取ったつもりか？　しかし、自分のとこの兵士だぞ、そいつは」

他の兵士たちはもちろんのこと、キタタに捕らえられた兵士さえも呆気にとられた顔で大将軍を横目でちらちら見ていた。

「大将軍……？」

しかし、キタタは目を血走らせ、ケイガンを見つめている。

ケイガンは唇を噛んだ。強大な氏族の智慧《ちえ》を継承し、自らの経験でそれを研磨してきたキタタ

・ジャボロだ。決して取るに足らぬ人物ではなかった。ふつうなら想像すらできない冒険に挑むほどに。大将軍は兵士の耳に口をよせ、囁《ささや》いた。
「前もって、許しを請うておく。ハクレン、私を許してくれ」

「大将軍？　いったい何をし……」

「トッケビ！　仲間の目に火をつけろ！　そうせねば血を浴びることになるぞ！　ここを切れば血が噴き出して、お前のところまで飛ぶはずだ！」

ティナハンは、あっちゃーという顔でビヒョンを見た。蒼白になっているトッケビの顔を見て不安にかられ、鶏冠を逆立てる。


ケイガンは目から火花を散らしてキタタを睨み据えた。少し離れたところに立っていたゴダイン大徳は、ほとんどわめいていた。

「やめろ！　やめるんだ、キタタ！」

「動くな！　ゴダイン！」

前に駆け出そうとしていたゴダイン大徳が足を止める。そして、その場で地団駄を踏んで叫んだ。

「狂ったのか、お前は！　トッケビを刺激したらいかん！　アキンスロウ峡谷やペシロン島の二の舞になるぞ。下手をしたらみんな死ぬ！　ジャボロが地上から消滅するかもしれないのだ！」

「世にもわくわくする冒険だ。違うか？」

そのときになって、ようやく事態を把握した兵士たちの顔からサッと血の気が失せた。キタタに捕らえられているハクレンなどは、ほとんど気絶寸前だ。ティナハンは、鉄槍を少し横に移し、急いで言った。

「おい！　聞けよ、この馬鹿！　ジグリム・ジャボロは王じゃない。それに、ジャボロにはジャボロ氏族だけがいるわけじゃないだろう。お前の氏族のひとりに過ぎん奴のために、ジャボロの人間全体の命を犠牲にしようってのか？　そんなおふざけをする権限はお前にはないだろうが！」

　キタタ・ジャボロはひっきりなしに倒れかかるハクレンの体を無理やり引き上げながら言った。

「その通りだ。甥っ子のために全ジャボロ人を危険にさらすのは、間違っているさ。王でもない、また選出すればそれまでの麻立干に過ぎぬのだから。そう、おっしゃる通りだ。しかし、私は問いたい。その冷たい計算をなぜ、我が甥にだけ強《し》いる？　その南から来た鱗に覆われた化け物のために、甥であり、ジャボロの麻立干である者を危険にさらすのは正しい計算なのか？　血のつながった者を殺そうとしているあの化け物のために？　権限についてならば、こちらも言っておきたいことがある。我が氏族でもなく、ジャボロの人間でもないあんたがたには、我々にジグリム・ジャボロを放棄せよと要求する権限などない！」

　ティナハンは、言葉に詰まった。

「俺の仲間のことを、化け物呼ばわりするな」

　やっとひと言返すと、ティナハンは困った顔でケイガンを見た。ケイガンはマワリの両の刃先をキタタにぴたりと向け、微動だにしない。キタタはまた叫んだ。

「トッケビ！　早く言う通りにしろ！」

「その必要はない」

ケイガンは、マワリを背後に戻しながら言った。マワリはまた輪っかにかけられ、ケイガンは腕を組んだ。そして、ケイガンはティナハンにも鉄槍を下ろさせた。ティナハンは暗澹《あんたん》たる表情で鉄槍をさかさまに持ち上げると、力いっぱい地面に突き立てた。鉄槍は城楼の石の床に深々と突き刺さった。武器を人に渡しも地面に投げもするまいとして取った行動だったが、その姿はキタタと兵士たちの度肝を抜いた。鉄槍を突き立てたティナハンは、ケイガンと同じように腕組みをした。ビヒョンは安堵のため息を吐いたが、目を怒らせて敵を睨みつけているティナハンのようすに身がすくむのを感じた。ケイガンが静かに口を開いた。

「武装は解いた。リュンを下に下ろせと言っているのか？」

「そ、そうだ！」

「しばし、話をさせてくれ」

そう言うと、ケイガンはリュンに歩み寄った。耳打ちをしようとして考えを改める。リュンに聞こえるような声で話したら、他の人にも聞こえてしまう。ケイガンはリュンを胸壁のほうへ導いた。そして、片手をリュンの肩に回すと、もう片方の手の人差し指で胸壁にすばやく字を書いた。

ケイガンの温かな指が触れたところには温もりが伝わる。冷たい石の上に浮かぶ文字をリュンは読んだ。

——下へ降りろ。

えっ……？　リュンは戸惑い、ケイガンを見た。ケイガンの指がまた動く。

――降りて、お前の姉を殺せ。

逆立ったリュンの鱗がケイガンの手のひらを刺した。それには構わず、ケイガンは書き続ける。

――お前の姉は今、身動きするのも辛い状態だ。降りて、ショジャインテシクトルに応じろ。そして、殺せ。

「そんな、滅茶苦茶な……うぷ！」

ケイガンの手のひらがリュンの口を塞ぐ。その手を振り払うと、リュンは殺気だった目でケイガンを睨みつけた。しかし、ケイガンはまったく表情を変えずにリュンを見ている。やがて、またケイガンの手が動き始めた。

――限界線を越えたのだから安全だと思ったのは失敗だった。ナーニがお前を乗せてくれたらよかったのだが。黒獅子の毛皮があるから、お前の姉はもうどこまでも追ってくるはずだ。彼女が弱っている今が好機だ。こんな機会は二度と巡ってこないぞ。降りていって、殺すんだ。

「できません、僕には！」

――字を書け。大虎は心配ない。お前の姉が死ねば精神抑圧から解放されるだろうが、おそらく、そのまま逃げ去るだろう。ここは大虎にふさわしい土地でもないし、万一のことがあれば、ティナハンが鶏鳴声《けいめいせい》で……。

リュンはケイガンの手を横に押しのけ、怒った仕草で文字を書いた。熱を見ることはできずとも、リュンの指の動きからケイガンはその文を読んだ。

――大虎を心配してるんじゃない！　姉上を殺すなんて、できないって言ってるんです！

――じゃあ、お前が死ぬか？

リュンは身を強張らせた。ケイガンの手が冷酷に動く。

――お前の姉は、いつまでも追ってくるぞ。お前が死んでもよいのか？

――僕が死にます！　えい、僕が死ぬ！　それでいいだろう⁉

――そうか。では、ビヒョンとチュムンヌリは報酬をもらえないな。

呆気に取られた顔で、リュンがケイガンを見つめる。ケイガンは無表情に手を動かし続ける。

――ティナハンは支援を得られなくなるな。大寺院は失望することだろう。

「あなた、あなたって人は、どうしてそんな……」

――ファリト・マッケローの死は、まったく意味のない、単なる騒動に成り下がるわけだ。

目の前が真っ暗になる思いにリュンはよろめいた。そんなリュンの脇をケイガンがつかみ、力いっぱい引きずりあげる。リュンはあえぎ、ケイガンの両腕をつかんだ。ケイガンの腕にぶら下がったまま、リュンは人間の顔を見つめた。

鱗で覆われたナガの顔よりも冷たい顔だった。


苦痛と疲労でがっくりとうつむいていたサモ・ペイの耳には城門が開く音が聞こえなかった。が、大虎には聞こえた。大虎はごく小さな声で唸り、その口に挟まった威厳王は手足を痙攣させた。大虎の体の振動を感じたサモが顔をあげる。

ジャボロの城門が開いた。サモは無理やり目の焦点を合わせようとした。けれど、人間らしき白いものがぼんやりと見えるだけだった。リュンの姿は見えない。実はさっき宣《の》りを交わしていたときも、リュンの姿は見えていなかった。彼女はただリュンの宣りを聞いていただけだった。

サモはリュンを探した。

そのとき、城門がまた閉まった。奇妙な姿かたちをした人間が前に進み出てくる。サモはその人間を見た。依然として目の前はぼやけ、苦痛で吐き気までしてくる。嘔吐をやっとの思いで堪《こら》えたサモは、辛そうに目を開けた。

そして、サモは気づいた。人間ではない。彼女に向かってゆっくり歩いてくるのは、リュンだった。

――なぜ熱いんだろう。

リュンの体は、頭の先からつま先まで熱を帯びていた。サモは混乱したが、すぐにトッケビを思い浮かべた。サモは感嘆した。

――ああ、リュンの体にトッケビの火をつけてるのね。それで、さっきは見えなかったんだ。

リュンの動きから見て、その火は熱すぎたりはしないようだ。リュンが寒さに苦しまずに済んでいたことに感謝し、サモは城楼の上に目をやった。ケイガンとティナハンが見下ろしている。ビヒョンはまた、心配そうな顔でキタタのほうをちらりちらりと窺っている。キタタはいまだハクレンの首に剣を突き付けていた。何をしているんだろう、あれは……。サモにはわからなかったが、どうでもいいことだった。

ゆっくりと歩いてきたリュンは、二十メートルほど手前で足を止めた。

〈来ましたよ、サモ〉

〈うん〉

サモは大虎の背から降りようとした。ところが、体が言うことを聞かない。サモは結局大虎の背中でつるりと滑り、真っ逆さまに地面に落ちた。リュンは青ざめ、駆け寄ろうとしたが、大虎が耳を後ろに寝かせて警戒の態勢をとった。大虎の口に咥えられた威厳王が無様にもがく。やむなくその場に立ち止まり、リュンは宣うた。

〈サモ！　大丈夫ですか？〉

サモは、片手でシクトルを杖がわりに地面に突き、もう片方の手で大虎の毛をつかんでやっとのことで立ち上がった。大虎の脇腹に寄りかかって立ったサモは、シクトルを持ち上げると横ざまに何度か振った。腕がちゃんと動くかどうか確認するような仕草だった。そうしてシクトルを何度か振るったサモは深呼吸をすると、まっすぐに立った。

〈サイカーを抜きなさい、リュン〉

〈サモ、僕はファリトを殺してません。姉上も、僕の潔白をご存じだって言ったでしょう？〉

〈証拠がないわ〉

〈証拠なんか必要ないでしょう！　今ここにいるのは、姉上と僕です。他の人を満足させる証拠なんか、いらないでしょう。あいつらは……あいつらはね、愛する人の胸に剣を突き付けたりしてない。今そうしているのは僕らふたりなんですよ！　僕たちが、なぜ何の関係もないあんな奴らを満足させなければならないんです？〉

サモはまたよろめいた。どうやら左足を骨折しているようだ。サモは右足に体重をかけた。おかげで、前に駆け出すことができない。サモはシクトルを持ち上げ、リュンの腰を指し示した。

〈リュン、サイカーを抜いて〉

〈サモ！〉

サモは憤って宣うた。

〈いったいここで何をするって言うの！　このおぞましい土地、骨まで凍り付きそうな寒さと王だとか吹聴して回るいかれた人間どもばかりのこの鱗の逆立つ土地で！〉

〈僕は、ファリトの遺志を継がなければならないんです。ここで、やることがあるんです〉

〈それは何なの、いったい！〉

〈僕もわかりません。ファリトは、ナガの敵が心臓塔にいるって言いました。人間と力を合わせてナガの敵を倒さなければならないんだって……〉

サモは痛みで過敏になった精神で、荒々しく宣うた。

〈ナガの敵？　心臓塔にはナガの心臓と守護者がいるだけよ！〉

〈なら、守護者がナガの敵なんでしょうね〉

サモは呆れ返った。

〈何ですって？　守護者が？　彼らは女神の夫よ？　何を馬鹿なことを〉

〈宣られた通り、心臓塔には心臓と守護者しかいませんから。ファリトは確かに言いました。ナガの敵が心臓塔にいると。だから、守護者こそがナガの敵なんでしょう〉

〈ナガという種のために奉仕している人たちに向かって、なんてことを……〉

〈女の世界に生まれ、何者にもなれない男だから、塔に入った者たちです！　ナガの社会を最も憎悪している人を探せと言われたら、ナガ都市のどこにいても、すぐに探し出せるでしょう。一番高い建物、どこにいても、目に入る建物に歩いていけばいいから！〉

サモは体の重心を失い、大虎の腰をつかんだ。リュンは今や熱弁をふるっていた。

〈もちろん、そうじゃない人もいるでしょう。本当に女神の夫になりたくて、ナガのために奉仕したくて守護者になった人たちが。でも、ナガを憎悪し、不満と憎悪で自らを苦しめている者もまた、明らかにいるはずです！　ファリトを虫けらのように殺したビアス・マッケローのことを考えてみてください！　虫や動物にも劣ると言わんばかりの女たちからの視線に疲れ、憎悪しか残っていない者たちがあそこにいるんです！　そいつらがナガの敵なんです、きっと。僕らの敵なんですよ！〉

〈リュン、いったい何を馬鹿なことを……〉

〈その敵が父上を殺したんです！〉

サモは、呆れ顔でリュンを見た。当惑が一瞬にして消え失せる。弟は迷信にとらわれている。サモはそう判断せざるを得なかった。

〈ヨスビのことを言ってるの？　ヨスビは病気で死んだのよ〉

〈心臓を摘出したナガが病気で死ぬ？　つい今しがたまで何ともなかったのに、急に全身から血を流して死ぬ病？　そんなの、あり得ないでしょう！〉

〈おかしな……そうね。おかしな伝染病だったわ。それで、彼の持ち物はみな燃やしてしまったでしょう？〉

〈姉上だって信じていないじゃないですか、そんなこと！〉

〈何ですって？〉

〈伝染病だっていう宣りを信じていないじゃないですか、姉上も！　それで、このサイカーを残しておいたんでしょう？〉

リュンは、サイカーを抜き、その刃先を指した。その瞬間、サモは心を決めた。対話を中断し、大虎の腰を腕で突くと、前に飛び出す。

よろけながら駆けてくるサモ。その手に握られているシクトル――。リュンは驚いて後ずさった。ただでさえ危うげだったサモの最初の一撃は地面を打った。リュンはサイカーを前に突き出しながら宣うた。

〈サモ！　やめてください！〉

しかし、サモはまた身を投げ出すようにシクトルで突いてきた。リュンはそれを避け、サモはべたりと地面に腹ばいになった。

「やれ！」

ティナハンの叫びが聞こえ、リュンは城楼を見上げた。それを見たティナハンは罵声《ばせい》を浴びせかけてきた。剣で戦っている最中に、後ろを振り向くなんて、馬鹿か、お前は……！　リュンは前を向いた。サモは左の肘を地面に突き、体を支えてリュンを見上げていた。どうやら立ち上がれないようだ。

リュンは手を差し出した。

ティナハンがまた粗野な悪態を浴びせてきた。

「頭が煮えちまったのか！　何をやってる！」

ティナハンは、今にも鉄槍を握って城壁の下に飛び降りそうな勢いだった。ケイガンがすばやくティナハンの腕をつかみ、キタタ・ジャボロを指さす。キタタとビヒョンを順に眺めたティナハンは、嵐のようなため息を吐いた。

サモはリュンの手を見つめるだけで、それを取ろうとはしなかった。苦痛の呻《うめ》きを漏らしながらも、ついに自分の足で立ち上がる。何度かぐらついた挙句にようやくまっすぐ立ったサモは、シクトルを前に突き出した。その刃先は嵐の中の葦《あし》のようにぶるぶる揺れている。リュンはサイカーを構え、しかしその場に突っ立ったままで宣うた。

〈姉上、姉上には休息が必要です。体が元どおりになるまで安静にしていないと……〉

〈心配いらないわ。すぐに休めるようになるから〉

〈そんな体じゃ無理です。普段なら、もちろん僕が姉上にかなうわけがない。でも、今は無理です。姉上、どうか……無茶しないでください〉

必死に宣うていたリュンは、サモの顔に広がるかすかな笑みを訝しそうに見た。その笑みはしかし、じきに消え失せた。シクトルの震えを押さえようと、サモは両手で剣を握った。

〈これはショジャインテシクトルなの。やめることも、一時中断することも、後戻りすることもできない〉

馬鹿な。リュンは思った。サモは今、神聖な使命を遂行するのはおろか、まともに歩けもしない状態だ。彼が見るに、サモは今すぐ横になって休まねばならない怪我人だった。

そして、そう思ったのは、リュンだけではなかった。

威厳王ジグリム・ジャボロは長い時間、絶え間なく流れ落ちる熱い唾液とひどい悪臭、そして鋼鉄のような歯から成る、極めて狭い世界の中に監禁されていた。恐怖は時間の感覚を歪めただけでなく、威厳王の肉体的感覚をも歪めた。威厳王は、自分の首から下の存在が何か質の悪い嘘のように感じていた。自分に本当に体があるのか、腕や足というものがあったのか、疑わしかった。

そんな彼に、恐るべき告発の時が迫ってきた。

威厳王は、ふいに慣れてもいない四肢を持った人間となり、これまで閉じ込められていた世界から追放された。手をあげて顔を拭《ぬぐ》うのが自然な反応だろうが、威厳王には自分の手がどこにあるのかもわからなかった。それで、その場に横たわったまま、遠ざかる大虎の顎を見ていた。気が遠くなるほど大きな顎だった。

威厳王を口から放した大虎は、リュンに向かって咆哮した。

突然の咆哮に、リュンはよろめき後退した。城楼の上でも一大騒動が起こっていた。しかし、ティナハンは鶏冠を猛々しく押し立てた。リュンが危険だと判断した彼は、躊躇《ためら》うことなく鶏鳴声を発した。

「黙れ、この、**猫め！**」

大虎はひどく癪に障ったようすで身を低くし、城楼の上を睨みつけた。言葉が聞き取れたわけはないが、高らかとした鶏鳴声は、大虎を怒らせるのに充分だった。激昂した大虎がまだ威厳王の上にいるのを見たキタタは、今すぐハクレンの頸動脈を切るぞとティナハンに向かってわめいた。しかし、ティナハンは、嘴をカチリと鳴らした。

「あの育ちすぎの猫畜生、リュンに手出ししたら目にもの見せてやるぞ。ジャボロが吹っ飛ぼうがどうなろうが、俺は飛び降りるからな！　ビヒョンなんぞ知らん。ケイガンとリュンを抱えて逃げりゃ、それまでよ!」

　キタの顔は青ざめた。そして、まかり間違えば、血を浴びることになるかもしれないと怯えていたビヒョンもまた凍り付いた。ティナハンの提案を聞き、さも魅力的だというように顎を撫《な》でているケイガンのようすはそのふたりに——そして、ハクレンに——どうにも嫌な予感を抱かせた。

　運よく大虎はリュンに飛びかかりはしなかった。大虎はすばやくジャンプし、サモの傍らに着地した。大虎の大きな頭が近づいてくるのを見て、サモはイラついた宣りを発した。

〈どうしたのよ、大虎。あの人間を咥えているように言ったでしょ!〉

　大虎は引き下がらなかった。首を横に寝かせ、サモを噛もうとしてくる。サモは驚いて横に跳び退き、リュンも精神的悲鳴をあげた。大虎がまたもサモの腰のあたりを噛もうとする。そのとき、姉弟は気づいた。大虎の動作がまったく荒々しくないことに。近づいてくる大虎の口を押し返す仕草をしてサモは言った。

「大虎、私を連れていこうって言うの? やめて。これは、ショジャインテシクトルなの」

　大虎がまじまじとサモを見つめる。宣りではなく肉声なので聞こえはする。でも、意味はわからない。とはいえ、サモには大虎の気持ちがわかった。サモは大虎の喉の毛をつかむと、宣うた。

〈私は大丈夫よ、大虎。ほんとに大丈夫。心配しないで〉

「逃げろ!」

　大虎はパッと顔をあげた。リュンは大虎に向かってまた叫ぶ。

「大虎! 姉上を連れて逃げろ! 人がいないところで姉上を休ませてやってくれ。お願いだから！」

けなげな叫びだったが、リュンは致命的なミスを犯していた。サモを指さしたつもりで、指ではなくサイカーを突き出していたのだ。きらめく刃を見た大虎は、耳を寝かせて低く唸った。人間たちにも聞こえなさそうなその低い唸り声がリュンに聞こえるはずがなかった。


「ああ……あの間抜け！」

ティナハンは首を振ってため息を吐いた。そんな彼に、ケイガンが急いで言う。

「飛び降りろ！　リュンを助けるんだ！」

ティナハンは戸惑い、ケイガンを見た。彼が飛び降りたら、キタタはハクレンを殺すはずだし、切られた頸動脈から噴き出す血はビヒョンの頭のタガを外すだろう。ついさっきの叫びは怒りに任せてつるりと口から出たものに過ぎず、ティナハンには平常心を失ったビヒョンがジャボロを火の海にする前に逃げ出す自信などなかった。そんな事情をケイガンに説明しようとしたティナハンは、じきに息が止まりそうな光景を目にした。

ケイガンが滑るように動いている。そうしてビヒョンの背後に回ると、ビヒョンの膝の裏側を力任せに蹴り上げたのだ。ビヒョンは虚を突かれ、膝を折った。そんなふうにしてビヒョンの頭の位置を引き下げたケイガンはビヒョンの頭をつかむと、マワリを首筋に突き付けた。いつの間にか首筋に双身剣を突き付けられていたビヒョンは茫然として言った。

「あれ、ケイガン？」

ケイガンは重々しい口調で宣言した。

「大将軍、おぬしが部下を殺したら、私もこのトッケビを殺す！」

城楼の上に、またも尋常でない静けさが降りた。

この常識はずれな光景に接した人々は我が理解力の貧弱さを感じ、焦《あせ》った。状況を速やかに受け入れられる人は誰もいなかった。彼らがようやくその光景に一抹《いちまつ》の合理性があるという結論に至ったとき、爆発するようなビヒョンの笑い声が弾け、人々の現実感覚をまたも奈落《ならく》の底に突き落とした。

「わははは！　すごいや、ケイガン！　大将軍、聞きました？　私を殺すそうですよ！　どうします？　困ったことになってしまいましたね」

キタタは、困ってはいなかった。ぽかんと開けた口から涎《よだれ》が垂れるのにも気づかず、茫然と、自分のまわりの世界すべてを拒んでいた。ケイガンは、他の者たちと同じく混乱しているティナハンに向かってまた叫んだ。

「ティナハン！　早く！」

ティナハンはハッと我に返ると、地面に突き立てておいた鉄槍を引き抜いた。しかし、胸壁を飛び越えもしないうちにティナハンは絶望した。大虎がすでにリュンに向かって突進していたのだ。

リュンは、大虎がすぐ近くに迫るまで、まだ大虎がなぜそんな動きをしているのかわかっていなかった。サモが慌てて叫び、ようやく気づく。大虎はサイカーに怒ったのだ……。

「やめて！　止まりなさい、大虎！」

大虎はサモの叫びを無視して突進してきた。リュンは悲鳴をあげてサイカーを突き出したが、大虎の強力な前足はそれを弾き飛ばした。岩をも砕きそうな一撃に、リュンの手からサイカーが飛び、彼の体はその場でくるりと一回転した。サイカーが彼方の地面に突き立ち、リュンが地面にへたり込む。そして今、彼は全身の鱗を逆立てて見上げていた。夜空を遮る大虎を。その洞窟のような口を開き、大虎が咆哮する。そして、リュンを一飲みにしようとした。なすすべもなく両腕で顔を隠し、リュンは宣うた。

〈いやだ！〉

リュンの背囊が爆発した。

ティナハンが胸壁に片足をかけたままで凍り付いている。ビヒョンとケイガンは訝しがった。なぜ飛び降りないのだろう……。

「どうした、ティナハン？」

ティナハンは背を向けたまま答えない。ケイガンはわけがわからなかったが、キタタのこともあって動けない。しかし、ビヒョンはトッケビだった。気になることは我慢しないことを美徳とするトッケビ。ビヒョンはティナハンに向かって膝でにじり寄り始めた。ケイガンもやむなく引きずられるように動く。キタタとハクレンは微動だにしない。が、他の人たちはビヒョンとケイガンの動きに従い、胸壁のほうへ動いていった。

ティナハンのそばに来たビヒョンは、胸壁の間から下を見下ろした。そして、パッと立ち上がった。ビヒョンの頭をつかんでいたケイガンは、おかげで後ろに引っくり返るところだった。まったく困った人質だった。マワリに傷をつけられてはいけないと慌てて剣を持ち上げてから、ケイガンはビヒョンの背に向かって問いかけた。

「何事だ？」

ビヒョンはケイガンのマワリをむんずとつかんだ。そして、自分の首に突き付ける。

「ご自分で見てください。ほら、これは私が代わりに持っていてあげますから。大丈夫、私は自分で死ねますから。それにしても……あれはほんとに私の思うあれでしょうかね？」

ケイガンは長々とため息を吐くと、キタタにちらりと目をやった。キタタは、もはやこんなとんでもない状況に介入したくないと言わんばかりの顔をしていた。ケイガンはビヒョンにマワリを譲ると、その背後から脱け出して隣に並んだ。そうして、いったい何なのだ、という顔で下を見下ろした。そのとたん……。

ケイガンは胸壁をがっしりとつかんだ。うめくような声で言う。

「ドラッカー……！」


大虎は思いっきり身を低くして唸っていた。大虎のすぐ前にはリュンがしゃがみこんでいる。だが、大虎が警戒しているのはリュンではなかった。リュンの背嚢を破り、空中に躍り出た神話的存在に向かい、大虎は思いきり毛を逆立てていた。

それはリュンの頭上数メートルのところに浮かび、大虎を見つめていた。左右に広がった二枚の翼は翅脈のところから細かく分かれている。ミモザを連想させるそれは、微風に軽く揺れていた。かっと見開いた両目は炎のような光彩を帯びていて、その下に顎のような突き出した部分があるにはあるが、口はない。代わりに顎の両側に沿って長いくぼみがあった。胸にある二本の前足からは爪が勇ましく突き出ており、強靭そうな後ろ足の下には蔓《つる》のような尻尾が蠢いている。尻尾の先には繊毛のような毛が整然と生えている……。

どんな鳥とも似たところのない翼、地を這うどんな生き物にも似ていない頭、そして、どんな魚にも似ていない尻尾。それは、龍だった。体長の半分以上の長さがある尻尾まで含めても二メートルほどの小さな姿とはいえ、圧倒的な威圧感を示してそこに浮かんでいた。

「グルルル……」

大虎は喉を震わせて唸った。龍はそれをじっと見下ろしていたが、やがてゆっくりと身をそらした。龍の体の下の部分で尻尾が妙な振動を始める。尻尾の先の繊毛がこすれ合って細かく震える。大虎は、肩の毛をますます逆立てた。飛び出した大虎の爪が石ころとぶつかり、火花を散らした。

ふいに龍は前にのめるように頭を突き出した。他の人たちにはわからなかったが、リュンとサモ、そしてケイガンにはわかった。龍が何をしようとしているのか。ケイガンは知識があったから、リュンとサモはその目で見ていたため……。龍は顔の両側の長いくぼみから冷たい気体を吐き出した。大虎が慌てて後ろに跳び下がる。と、次の瞬間、振動していた龍の尻尾が火花を散らし、龍の顔の前に跳ね上がった。そして。

気体が一気に発火した。

リュンは顔を覆い、横へ身を投げた。龍の火炎は、目が焼けるほどの熱さだった。離れていたサモもまっすぐ見られず顔を背けたほどだ。大虎がうまく避けたので、龍の火炎は地面を打った。

しかし、その火炎は途切れなかった。龍は虚空を滑るように動きながら、ふた筋の火炎で大虎を追いかけていた。

龍の火炎が地面を舐《な》める。そのたびに地面の上に引き起こされる火炎の氾濫……。

怒りの吠え声をあげ、大虎が大地を蹴る。並の木など飛び越えてしまいそうなぐらい跳び上がり、龍に向かって猛々しく前足を振るう。しかし、龍は翼の筋を妙な具合に動かし、大虎の攻撃を避けた。ミモザの葉っぱのような龍の翼の筋は、集まったり広がったり、さらには裏返ったりが自由自在で、両側が完全に独立して動いていた。翼の形態が変わり続けるかのようなそんな効果によって、龍は鳥さえも真似ができない複雑きわまりない飛び方をしていた。見ていた城楼の上の人たちは、龍の飛行を見るだけでも眩暈《めまい》がしそうだった。大虎は何度も力いっぱい跳躍したが、所詮は無駄骨だった。それはもう、風を捕まえようとするのと同じくらいに。

ついに大虎は攻撃を諦《あきら》めた。虚空に跳びあがったときに龍の火炎に首の毛をかなり焼かれたことから下した結論だった。敏捷《びんしょう》にあちこち飛び回り、龍の炎を避けていた大虎だったが、いい加減嫌気がさしたと言わんばかりに大きく跳んだ。大虎が着地したところにはサモが立っていた。大虎は、サモをぱくりと咥えあげた。サモは否定の宣りを続けざまに発したが、大虎は構わなかった。サモを咥えた大虎は再び跳躍し、次に地面に降り立つ頃にはすでに闇の中に消えていた。

龍はそれ以上、大虎を追わなかった。

龍が吐き出した火炎は消えたが、地面にはまだ火の粉が転げまわり、あちこちで雑草が燃えていた。その燃える地面の上を龍はリュンのもとへ飛んできた。翼の筋を揺らしながら。

リュンがとっさに右腕を差し伸べると、龍はその腕の上に舞い降りた。後ろ足が腕をつかみ、蔓のような尻尾が甘えたように巻き付く。龍は翼を畳むと、首を傾げてリュンを見た。胸が温かくなるのを感じながらリュンは呼んでみた。龍の名を。龍の名としてよみがえった、愛する友の名を――。

「アスファリタル」

ジャボロの人々が威厳王を見つけ出したとき、威厳王はもはや彼らが知っていたその人ではなかった。大虎の口の中に閉じ込められ、経験させられた恐怖のせいで、威厳王は完全に呆けてしまっていた。まともに歩くこともできず、何か訊かれても答えられない甥を見て、キタタは声をあげて泣いた。

ジャボロの人々がそんな騒動を起こしている間、ケイガンは一行を引き連れて静かにその場を離れ、寺院に戻った。寺院に戻る道すがら、ティナハンは好奇心を押さえきれずにケイガンに訊いた。

「あんた、ほんとにビヒョンを殺す気だったのか？」

リュンが驚いた顔でティナハンを見上げる。ティナハンは、さっきあったことをかいつまんで説明してやった。ケイガンが淡々と答えた。

「ジャボロの人たちがみんな死ぬのよりは、ビヒョンが死んで翁《おきな》になるほうがましだろう」

ティナハンとリュンは、思わずビヒョンのようすを窺《うかが》った。しかし、いや、まさにその通り――。そう言わんばかりに笑ってうなずいているビヒョンを見て、絶句してしまった。

寺院の客室に戻ってきたビヒョンは好奇心に耐えかね、アスファリタルにちょっかいを出し続けた。アスファリタルはうるさそうにビヒョンの手から逃れようとしたが、龍の武器である火はトッケビには効かない。口があったら噛みつくこともできたろうが、それもできない。そこでアスファリタルはばさりと翼を広げ、ビヒョンの手を振り払うと、部屋の中を忙《せわ》しなく飛び回り始めた。やむなくケイガンが、悪戯《いたずら》は控えるようビヒョンを戒め、ようやくアスファリタルはリュンの肩に戻り、客室にも平和が戻ってきたのだった。ケイガンは、リュンの肩の上を見ながら言った。

「いつから連れていた？」

「あなた方に会う何日か前です。龍花を見つけたんですよ。で、龍根を掘りました」

「なら、そろそろ目覚めるときがきたってわけだな。しかし、なぜ掘り起こした？」

「放っておいたら、僕の同族の手にかかると思って」

「ずっと背嚢の中にいたようだが、栄養供給はどうしていた？」

「ソドゥラクを粉にしてふりかけて撒いてました」

「それで、お前になついているわけか。龍は賢いからな。自分のことが好きで、世話をしてくれる者がわかるのだ」

「そうですね。周囲に敵対的なものがあれば、発芽もしませんし」

「なぜ彼女を殺さなかった？」

ティナハンは、嫌な騒音を聞いたような気分になった。平和だった対話がゾッとするような形で中断されたためにそんな感じがしたのだとティナハンが悟ったのは、しばらく経ってからのことだった。アスファリタルに悪戯をしようとリュンの背後にそろそろと近づいていたビヒョンも困惑して立ち止まり、ケイガンを見た。リュンは目を怒らせてケイガンを睨むばかりで、答えなかった。

　龍を眺めていたケイガンは視線をリュンに移し、その目を覗き込んだ。

「機会はあったぞ、リュン」

「姉上を殺すことはできません」

「心臓を摘出していても、殺すことはできる。ユベックスという司書が死んだろう？」

「そういうことじゃありません！　僕は、姉上を殺したくないんです！」

「じゃあ、向こうがお前を殺すぞ？」

「まだ殺されてません。多分、この先も」

「これまで無事だったのは、単に運がよかったからだ。この先もずっとそうだと信じてるのか？」

「いいえ。僕の意志を信じてるんです。姉上を殺しもしないし、姉上に殺されもしないっていう、僕の意志です！」

　ケイガンはリュンをじっと見た。

「ハインシャ大寺院までは、お前を守ってやる」

「え？」

「そう約束したのだから、そこまでは守ってやる。だが、その後は……お前には意志しか残らんぞ」

　リュンは傷ついた顔でケイガンを見ていたが、やがてやけになったように叫んだ。

「ええ、結構です！　その後は、姉上の手にかかろうがどうなろうが、僕が好きにしますから！」

「そうか。わかった。では、もう寝るとしよう。馬鹿らしい騒動で、ずいぶんと時間を食ってしまった」

リュンは鱗をぶつかり合わせて不快な音をたてながら言った。

「そうですね。でも、その前にひとつだけお尋ねします。ケイガン、あなたの血管には、いったい何が流れてるんです？」

「私の血管だと？」

「そうです！　またとない機会だから血のつながった者を殺せと命じる、そして、なぜ殺さなかったのかとそんなに淡々と詰ることのできるあなたは、何ですか？　ジャボロの人たちをみんな死なせるよりは、自分の手で仲間を殺すと言える、あなたはいったい何者なんです？」

ビヒョンが困ったように言う。

「リュン、それは、ケイガンのやり方が正しかったんですよ。それに私は……体が死んでも翁になるだけですから」

「僕は是非を問うてるんじゃない！　ああ、そうですよ。いつも正しいことばっかり言って、正しい行動ばかりする人なんだ。それは問うまでもないですよ。僕はね、ケイガンの血管に何が流れてるのか、それが知りたいんです。ねえ、ケイガン、あなたの血は鉄でできてるんですか？」

そう言うと、リュンはケイガンを指して叫んだ。

「本当に、あなたみたいな人のために、父上が腕を切り落としたんですか？」

ケイガンの目から一瞬火花が散った。とはいえ、それを見たのはアスファリタルだけだった。アスファリタルがリュンの肩からふいに舞い上がったので、他の三人は驚いて龍の姿を目で追った。龍は部屋の中をぐるりとひとまわりしてから棚に止まった。

「リュン」

アスファリタルを見ていたリュンは、びくりとして視線を下げた。ケイガンは首を少し傾げ、彼を見ていた。無表情な顔とその傾いた角度が相まって、ケイガンの顔を無生物的なものに見せている。リュンは唾を呑み込んだ。

「お前を保護する義務がある私としては、私の血管に何が流れているのか教えてはやれない」

「何のことです？」

「それを教えたら、醜悪な恐怖がお前の精神を引き裂くだろうから」

何のことかわからなかったが、リュンは突っ込んで尋ねることができなかった。ケイガンが真実を言っていると察したからだ。

＊

ハテングラジュの夜景を眺めていたビアス・マッケローは下を向き、手を見つめた。彼女の手には薄い板があった。〝書板〟という素朴きわまりない名で呼ばれるこの木の板は、しかし、ナガにとっては最高級の記録用品だ。裏に押されている製造者の焼印を見なくても、これが最も盛大な木の葬儀を行った後、最高の匠《たくみ》の手で作られたものであることは察するに難くない。ビアスは、書板を生まれて初めて受け取った。そして、否定したいけれど、その事実は明らかに彼女を緊張させていた。どこの家から送られてきたものかわからないその書信を受け取ったとき、ビアスはその内容よりは、それが書板に書かれているということに驚いた。

結局、ビアスはまた書板を覗き込んだ。これで六回目だ。

〝ラディオール・センの今回の作品は、幸運にも批評家の悪評は免れそうです。最も根気強い批評家でも、睡魔に屈服せずにはおれないという噂ですから。ですが、お時間が許すなら、今夜セン邸を訪れ、彼女の作品を鑑賞していただきたい。そうすればラディオール・センはあなたに感謝することでしょうし、それは私も同様です〟

署名はなかった。その異様な内容に加え、署名すらもない。それは、ビアスをかなり混乱させた。

最初のうち、ビアスはそれがカリンドルの新しい悪戯だろうと思った。しかし、三度目に読んだときにビアスは気づいた。カリンドルの筆跡ではない。そして、六度目に読み終えた今、ビアスは、それが絶対にカリンドルの仕業ではないと確信するに至っていた。カリンドルは、もっと直接的なやり方を好む。それに、自らを希代の劇作家兼演出家兼名俳優だと信じてやまない愚か者の作品発表会に出席することが何の害になるのか、ビアスにはわからなかった。もしも、カリンドルがビアスをセン邸に行かせたいと思っているなら、ラディオール・センではなく最年長者であるスイシン・センの名を出したことだろう。

結局、ビアスは決意した。当たって砕けてみようと。深呼吸をしたビアスは、護衛していた男たちのひとりに指示を送った。男はセン邸に入っていった。

少し待つと、ラディオール・センが晴れやかな笑顔で正門に駆け出してきた。ビアスは心の中で苦笑した。大家門の一員としては、あまりにふさわしくない振る舞いだったからだ。

〈ビアス！　おお、信じられないわ。ビアス・マッケロー！　私の作品を見に来てくださったの？　うれしいわ、ほんとに！　招待状もお送りできなかったのに。あ、誤解なさらないでね。あなたがいらして不愉快だって宣《の》りじゃないわ。あなたのような著名な方に招待状を送るなんて、おこがましいかと思ったのよ！〉

ラディオールが宣り始めて五分もしないうちに、ビアスは銀片二枚の値段の書板に屈服してしまったことを悔やんだ。ラディオールはビアスと腕を組んでセン家の邸を縦横無尽に歩き回った。その呆れるほど親しげな態度に、ビアスは鱗が逆立つ思いだった。彼らは、分野の異なる者同士だ。そのうえ、ビアスがその分野で認められている専門家なのに対し、ラディオールは他の芸術家も同類と言われれば腹をたてる似非《えせ》芸術家なのだ。ラディオール・センは、セン家の一員であるがために酷評を免れているに過ぎない。それは、芸術にさほど関心がないビアスでさえもよく知ることだ。ところが、ラディオール・セン本人は、自らに対する世評をまったく知らずにいるのだった。

薬術と演劇の共通点（なんと馬鹿らしい！）であるとか、芸術家の苦悩（ラディオールがそんなものを感じていると宣れば、トッケビも怒るだろうとビアスは思った）などについて盛んに宣るラディオールから、ビアスは三十分経ってようやく解放された。発表会の準備をしに行くというラディオールの宣りに、ビアスは心のうちで拍手喝采を送った。そして、ラディオールが立ち去ってようやく、ビアスは自分がいる場所を窺う余裕を取り戻した。

ビアスはセン家の広間にいた。巨大な柱が並ぶその場所で、ラディオール・センの演劇を観にきたらしい人たちが何人かずつグループを作って談笑している。何気なくその光景を見ていたビアスは、ふと気づいた。人々はみな柱のまわりに集まっている。まるで木の下に密集して生える茸のようだ。もちろん、行き交う人々を邪魔するまいと思えば、そうするのが望ましいのだろうが、ビアスは興味を覚え、しばし思いに耽《ふけ》った。人間やレコン、トッケビなどもそんなふうに集まるのだろうか……。

ところが、ビアスはじきに、柱の近くでないところに立っている男を見つけた。とはいえ、その男の場合はそうするのが当然だった。彼は両手に踊り棒を持ち、踊っていたのだ。見物人がいないことを不思議に思ったビアスは広間を横切り、男に近い〝柱の横〟に立った。そして、男を観察した。なぜ見物人がいないのかはすぐわかった。男の踊りは——ひどいとまではいかないが、わざわざ立ち止まって見物し、礼儀として水滴を撒くほどのレベルではなかったのだ。男のほうも、見物人を望んでいるようではなかった。しばしば踊りを中断して動作を少しずつ変えてみたり、同じ動作を繰り返したりしている。踊るというより、踊りの練習をしているようだ。しかし、こんなに人がたくさんいるところで踊りの練習とは……。気に入らないが、特に話し相手もいない。それでビアスはそのまま柱の脇に立っていた。

男の踊り棒が冷えた。片隅に置かれていた火鉢にそれを刺した男が身を翻す。そのとき、ビアスと男の目が合った。男は微笑み、歩み寄ってくる。男らしくない態度に首をひねるビアスに、彼は柔らかな宣りを送ってきた。

〈ビアス・マッケロー様ですよね?〉

〈あら、私を知ってるの?〉

〈何度か遠くから拝見しました。心臓塔にいらした時に〉

〈心臓塔？〉

〈はい。私はガルロテックと申します。心臓塔で守護者をしています〉

ビアスは微笑もうとしたが、その目はみるみる疑わしそうなものに変わっていった。ガルロテックはそんなビアスの表情を見て、面白そうに微笑んだ。ビアスは自信なさそうな調子で宣うた。

〈本当に守護者ですか？〉

〈嘘を吐く理由がありませんよ。そうじゃないですか？〉

〈守護者の方がどうしてこんなところに……。それに、そんな姿で踊っているなんて〉

ガルロテックは自分の姿を見下ろすと、うなずいた。

〈守護者の服は、活動的なことには合わないんです。踊るときも、もちろんそうです。まあ、役にたつときもありますけれどね。例えば……〉

〈あ、いえ。そんな宣りではなく……〉

「誰かを殺すとき、みたいな場合ですかね」

ビアスの鱗が猛烈にぶつかり合った。

ガルロテックは満面の笑みを崩さず、落ち着いてビアスを見ていた。肉声など聞き取れないふりをしようか。ビアスは一瞬考えた。でも、こんなに衝撃を露わにしてしまっては、そうもできない。ビアスは強張った宣りを送った。

〈面白い冗談ですね。守護者の服にそんな長所があるとはね。どんな点がそうなのか、教えていただけます？〉

ガルロテックは宣らなかった。言った。

「ふつう、ナガは守護者の服を着た人を見たら、その人を守護者だと思います。相手がサイカーで自分の背に斬りつけるまではね」

ビアスは精神的な悲鳴をあげるところだった。ガルロテックは知っている。あの日、私を見たのだろうか。そんなわけがないとビアスは思った。守護者はみな摘出式の準備に忙しかった。歯を食いしばってガルロテックを睨んでいたビアスは、ついに口を開いた。

「あり得そうな話ですね。まるで、そんなことが起きたのをご存じみたいですけど？」

「知っていますよ」

「……守護者の服が、犯罪の道具に使われたことを残念に思われているでしょうね」

「いいえ。率直に申し上げて、満足感、それと、鼓舞されている感じを抱いてます」

ビアスはハッと我に返る気分だった。必死で言葉を選びながらビアスは周囲を窺った。この広間の中に、音を気にするような奇癖を持つナガがよもやいまいか……。ガルロテックはそんなビアスのようすを察し、首を振った。

「この人たちは今、侮辱にはならず、同時にラディオール・センの燃えさかる芸術魂を一気に吹き消してしまえるような絶妙な宣りを探すのに余念がありません。もちろん、その宣りを活用できる他の人はいないか、思いを巡らせている人もいるでしょうけれど。ともかく、音を気にしている人はいませんよ」

「ああ、そうなのね。書板を送ったのは……。で、満足と鼓舞を感じたというのは？　何のことなのか説明していただけます？」

ガルロテックの笑みがすっと冷たくなったような気がした。ガルロテックは顎を撫でながら、何か言おうとした。しかし、次の瞬間、ガルロテックは口を噤んだ。そして、目で広間の片隅を指し示した。ビアスは振り向き、歯ぎしりした。ガルロテックが宣うた。

〈ラディオール・センの演劇が始まるようですね。行きましょうか。彼女が何分で批評家を眠らせるか、実に楽しみですね。ああ、できなかった宣りを最後までできる機会があったらいいですね。明日、時間を作って、心臓塔にいらしていただけますか？　マッケロー〉

芸術になどたいして興味がないビアス・マッケローは、他の批評家たちのようにラディオール・センを嫌悪してはいなかった。しかし、今やこのハテングラジュで、ビアス・マッケローほどラディオール・センを憎悪している者にお目にかかるのは難しかろう。しきりと逆立とうとする鱗をやっとの思いで宥《なだ》め、ビアスはガルロテックに宣うた。

〈ええ、お伺いします。必ず〉

＊

リュンは、ペイ家の邸の庭園にいた。

涼しい風が吹いていた。周囲には……そう、五人いる。

ファリト・マッケローは何やら一生懸命書いていた。手に握っているのは筆だが、文字を書きつけているのは羊皮紙ではない。鱗の生えた、何やら固いものだ。うまく書けず、ファリトは悪戦苦闘している。ファリトの邪魔をしないよう、リュンは顔を背けてサモ・ペイに尋ねた。あれは何なのだろう……。サモは笑って宣うた。

〈もちろん、ヨスビの皮よ〉

リュンは庭園の片隅に目をやった。ヨスビが木の柱に凭《もた》れて立っている。どうやら背中を見せたくないらしい。背中の皮を剝《は》がしてファリトにやってしまったからだろう。わかってくれるだろう？　そう言いたげに、ヨスビは悪戯っぽく肩をすくめてみせる。そのとたん、ヨスビの左腕がぽとんと落ちた。ケイガンがその腕を切り落として食べたため、ヨスビは作り物の腕をつけていたのだ。腕が落ちるとヨスビはおろおろし、リュンは我慢できずに大きな声で笑ってしまった。するとファリトが腹をたてた。

〈静かにしてくれよ！　書けないじゃないか！〉

ファリトが笑い声などにいらつくわけが、リュンにはわかっていた。ビアスに殺されて以来、ファリトはずいぶんと音を気にしていた。ところが、誰にも気づかれずファリトの背後に忍び寄ったビアスが、またもファリトを切り殺してしまったのだ。ファリトは不愉快そうに宣うた。

〈えい、くそ。またか。書いてもいられない！〉

ファリトは何を書いているんだろう。リュンは知りたくなってきた。誰に訊くべきかはわかっている。五人目のナガに訊いてみればいい。

ところが、五人目のナガは神を失い、斗億神になってしまっていたので訊くことができなかった。リュンはファリトを見つめ、ファリトは嫌気がさして龍のアスファリタルに変身した。アスファリタルが、龍の火炎で五人目のナガの斗億神の皮を焼く。すると、五人目のナガの姿が露わになった。

そのナガは……。

「そのナガは、まだ目覚めていません」

リュンは目を開けた。声が聞こえて目を開けたというのが、彼にはかなり不思議に思えた。また、目覚めていないという言葉を聞いて目覚める経験もまた、印象的だった。しかし、その経験を反芻する時間はなかった。リュンは、自分がかなり異常な状況に置かれているのに気づいた。

リュンは太い鎖で縛《いまし》められ、床に倒れていたのだ。

驚いたリュンは鱗をぶつかり合わせて周囲を見まわした。あたりは明るく、華やかだった。リュンにとっては大家門の広間を連想させられるような光景だった。そのことにまたも驚いたリュンは、少し経ってからやっとビヒョンとティナハンの姿を見つけ出した。そして、またも仰天した。

ティナハンとビヒョンは背中を合わせて床に転がっていた。彼らの体もリュンと同様鎖で縛られている。ビヒョンと背中合わせに縛られているため仰向けになれず、横向きに転がされたティナハンは、背筋がゾッとするような悪態をつき続けている。レコンがどうしてそんなことになっているのか、リュンには見当がつかなかった。鎖をほどき、行動で自らの心情を赤裸々に表現するほうが、はるかにティナハンらしいのに。しかし、じきに、もうひとつの声がして、リュンの疑問は解けた。

「気を付けたほうがよい、レコン。あなたはもちろん、そんな鎖など断ち切れるだろう。実際のところ、レコンを押さえ込もうと思ったら特別製のものを作らなければならない。しかし、そんな時間はなかった。そこで、やむなく我々は縛り方を工夫したのだ。あなたの力の振るいようによってはトッケビの腕が千切れるようにな。そして、トッケビ。あなたも同じだ。鎖を溶かそうと思ってうっかり火など熾《おこ》せば、鶏冠のある仲間が丸焼けになってしまうぞ」

ティナハンと背中を合わせて縛られているビヒョンは沈鬱な声で言った。

「それで、縄じゃなくて鎖を選んだってわけですね」

「そうだ。それを溶かそうと思ったら、熱い火を作らねばならぬだろう？」

ティナハンが激怒して叫んだ。

「ええい！　腕ぐらい焼けようがどうなろうが構わん！　ビヒョン、こいつを溶かせ、今すぐ！もう我慢できん！」

「……焼けるどころか、溶けてしまうと思いますけど？」

「なに？　そうか。腕を使えなくなるっていうことか。なら、踏みつぶしてやりゃいい！」

「……足も縛られてますよ」

「だったら、つつき殺してやる！」

ビヒョンはティナハンの闘志に感嘆しながらも、同時に恐怖を覚えた。手足が損なわれることぐらい構わないというあの闘志にあふれる戦士ティナハンなら、ビヒョンの腕を引き裂いてでも縛めから逃れようという発想をしかねない。案の定、ティナハンは勇ましい声で言った。

「ビヒョン、俺はお前の意見を聞きたい。名誉か腕か。やっぱり前者だろうな？」

ビヒョンがどう答えようかと脂汗を流して悩んでいると、また別の声がした。

「足は大丈夫か？」

リュンは、声がしたほうを見た。彼らと同様、鎖で縛られたケイガンが柱に背をもたせ掛けて座っている。その姿にリュンは驚いた。縛られてはいても、特に異常は見受けられない仲間たちに対し、ケイガンの姿はひどかったのだ。顔のあちこちが腫れあがり、服もびりびりに破れている。どうすれば、ひと晩のうちに人があんな姿になれるのか、リュンには想像もつかなかった。

しかし、ケイガンは何事もなさそうな口調で言った。

「おや、リュン。目が覚めたか。ところで、足は大丈夫か、大将軍？」

リュンはきょろきょろした。彼らが転がされているのは天井が高い広間のような場所だった。少し離れたところに一段高い層が作られており、その真ん中に大きな石が置かれていた。何やら風変わりな石だ。後ろに立派な細工が施された背もたれのようなものが作られており、左右には華麗な肘掛けもある。石で作られた椅子のような格好だが、美しい背もたれや肘掛けに比し、石自体はごつごつとした武骨なものだ。

石の前——段の下には、何人かの兵士を従えたキタタ・ジャボロが立っていた。ケイガンの問いに、キタタが顔をしかめて答える。

「実のところ、立っているのも辛い。あなたは本当に人間か？　噛みつくなどと」

ビヒョンはヒッと息を呑んだ。ついに食用肉の範囲を拡大させたのか……。しかし、ケイガンの答えにより、ビヒョンの恐怖は拭い去られた。

「五人に手足を押さえつけられていたのだ。そして、おぬしは私を蹴り上げようとしていた。他に選択肢はないのではと思うが」

ビヒョンは安堵したが、リュンはもはやこらえきれずに叫んだ。

「ケケケケ……！」

リュンは狼狽《ろうばい》した。言葉がうまく出てこない。そのとき初めて気づいた。体が冷え切っている。ビヒョンがしまったという顔をして、リュンの体にトッケビの火をつけた。ゆっくりと体温が上がってきて、リュンはやっとまともな言葉を発せられるようになった。

「ケイガン、いったいどうなってるんです？　僕ら、なぜこんなことになってるんですか？」

ケイガンは、天気の話でもするような穏やかな態度で答えた。

「眠っている間にこの者たちが寺院に侵入し、私たちを捕らえてここに連れてきたのだ」

「でも、あなたはなぜ、そんなふうになってるんです？」

「そんな拉致には同意しないという意思を全身で示した結果さ」

「え、あの、あなたがそうして戦ったのに、なぜ僕はこうしてつかまってるんですか。声は聞こえなかったかもしれないけど、こんなふうに縛られるまで気づかないわけがないのに」

リュンがそう訊くと、ビヒョンとティナハンもケイガンのほうを向こうとした。それで、リュンにはわかった。ふたりも自分と同様、わけもわからないまま連れてこられたのだ。もちろん、ビヒョンとティナハンは背をくっつけ合って縛られているので、ふたりともにケイガンのほうを向くことはできない。そのため、彼らはしばしば騒動を引き起こした。一方、ケイガンは淡々と説明した。

「明け方に、この者たちが客室のオンドルを消したのだ。おかげでリュンは凍り付き、それで何も気づかなかったというわけだ。よく陽が入るここに連れてこられて、どうにか正気に戻ったということだ」

そうか、それで体が冷え切っていたわけだ……。ケイガンは続けた。

「私は、なぜ部屋が寒くなったのか確かめようと外に出てやられ、ティナハン、おぬしは眠っているところを鉄ハンマーで頭を殴られた」

「おっ？　そうか？　さっきから頭の後ろがちょっとうずくかなと思ってたが。俺はまた、こんなけったいな姿勢で寝てたせいかと思ってたよ」

キタタと兵士たちがゾッとしたような顔になる。慌てたようにビヒョンが訊いた。

「私は？　私はどうして目が覚めなかったんでしょう。麻痺薬でも使われたんでしょうか。でなければ毒針とか？　でもなければ、どこかの神秘的な薬草？」

「……おぬしは寝ていただけだ。ぐっすり寝ているうちに縛りあげられたのだよ」

「寝ているうちに？」

「ああ。ゾウに踏まれても気づかないぐらいぐっすり寝ていた。おそらくトッケビの火を消して寝たからだろう」

ビヒョンは大喜びした。そんなビヒョンのようすは、キタタ大将軍と兵士たちにまたもや困惑をもたらした。トッケビにとって、熟睡は立派な品性の証なのだ。そう教えてやることはせず、ケイガンは大将軍に質問した。

「望みは何です？　殺すことなく、こうしてわざわざ捕らえたのだ。何か望みがあるはず。そうでしょう、大将軍」

「はじめから殺す気はなかった。我らはそんな無法者ではない。それにトッケビもいるではないか。トッケビを殺したら、霊魂になってチュムンヌリに帰るのだろう？　そして、自分が殺されたと告げるはずだ。我らはそれを防ぐことができぬからな。それぐらい知っているのだ」

「無駄な心配をされたな、大将軍」

「何だと？」

「無駄な心配だったと言った。懸念したのが復讐なら、殺しても構わなかったのだ。トッケビ軍団による復讐などはあり得ない。死んだビヒョンがチュムンヌリに帰ったら、トッケビたちは彼を歓迎し、翁として崇めるだけだ。ビヒョンのほうも復讐など思いつきもせず、翁になったらやりたいと思っていたことに取りかかったことだろうよ」

「ええ、そうです。私はね、夢判じの本を執筆したいんです。いかにも翁らしいことでしょう？」

ビヒョンは何でもなさそうに笑って答えたが、ティナハンは呆れ、悲鳴のような声をあげた。

「おい、ケイガン！　そんなことを教えたら駄目だろう！」

キタタ・ジャボロも呆れた顔でケイガンを見た。しかし、ケイガンは落ち着いていた。

「構わぬ、ティナハン。だとしても、私たちを殺すことはできないから。大将軍が望むことが何なのか、察しをつけるのはさほど難しいことではない。おそらく、龍だろう」

リュンは鱗をかち合わせ、慌ててあたりを見回した。アスファリタルの姿はない。ケイガンが続けた。

「龍の怒りを買いたくなければ、うっかり私たちを殺したりはできまいよ」

大将軍は感嘆し、うなずいた。彼が何か言おうとしたそのとき、ビヒョンが悲鳴をあげた。

「ナーニ！　ナーニをどうしたんです!?」

「ナーニ？　伝説の美女ナーニのことか……？」

「私のカブトムシですよ！　カブトムシの名前がナーニなんです！　ナーニをどうしたんです？」

キタタ大将軍と兵士らは、いつかティナハンとケイガンがビヒョンの名づけ感覚について感じたのと同じ感想を抱いた。ティナハンはげらげら笑い、キタタは額を押さえた。

「実に印象的な名づけ感覚だ。ああ、そうだ。あなたのその美女ならば無事だ。馬小屋にいる。兵士たちに木や花をどっさり持っていかせたから心配ない。さて、では、そろそろ私の話を……」

「あっ！　そうだ！　俺の鉄槍！　おい、てめえら、俺の鉄槍をどこへやった！」

キタタはしまいに逆上し、叫び声をあげた。致し方ないことだった。


ティナハンの鉄槍はきちんと保管してある。兵士六人が手をきれいに洗ってから扱ったので、何も心配はない。ティナハンにはそう言い聞かせ、ビヒョンに対しても、チュムンヌリのカブトムシ小屋には劣るかもしれないが、ナーニは居心地のよい場所で快適に過ごしていると改めて説明し、念のためにケイガンの奇怪な双身剣もきちんと保管してあると言った後、ついにキタタは話を始めた。その話はケイガンが察していた通りだった。キタタは龍を渡すよう提案してきた。

リュンは鱗を逆立て、ケイガンはかぶりを振った。

「もう龍根ではなく龍になっているのだ。食べたところで龍人にはなれぬ」

「食べようというのではない」

「ならば、何のために龍が欲しいと言うのだ？　龍は危険な生き物だ。何しろトッケビを脅迫するようなおぬしだ。危険に対する正しい感覚を持っているとは思えぬが、それでも龍の危険性を知らぬほどではないと思うが」

「龍が我らにとって危険なら、我が王の敵にとっても危険ではないか？」

ケイガンは眉をひそめた。キタタの顔を見ていたケイガンは、やがてため息を吐いた。

「やれやれ、おぬしもか……」

「何のことだ？」

「おぬしも、涙を呑ませる鳥が必要になったのか？」

ビヒョンが曖昧な表情を浮かべただけで、キタタ・ジャボロをはじめとするほぼ全員が何のことかわからずきょとんとした。彼らにとってありがたいことに、ケイガンはわかりやすく説明を加えた。

「威厳王の無敵兵士になってくれる龍を望んでいるのか？　おぬしは、甥の愚かさを嘆いていたようだったが、それはうわべだけのことだったのか？　でなければ、龍を見て考えが変わったのか？」

「言葉に気を付けろ！　大将軍は朕の忠臣である！」

鋭い叫び声が響いた。皆がそちらを向くと、広間のひと隅から威厳王ジグリム・ジャボロが数人を引き連れて歩み入ってきた。

キタタ・ジャボロと兵士たちが頭を下げる中、威厳王はまっすぐに段に向かった。華麗な衣装を身に着けていたが、ビヒョンはおや、と思った。高価そうに見える服のあちこちが焼け焦《こ》げているのだ。段上に上がると、威厳王は石の上にドサッと腰をおろした。

リュンは、その石が王座であることにようやく気づいた。とはいえ、リュンには見当がつかなかった。何だってあんな武骨な石を王座に……？　そのとき、ケイガンが言った。

「ビョルビの爪痕がある石か。由緒あるものなのは確かだが、さほど座りやすそうではないな」

「王は至大な責務を負う者。いかなる王座も楽ではないものだ」

「その王座は、そうだろうな」

威厳王は聞き流そうとしたが、何か引っかかるものがあった。ケイガンの口調が少しおかしい。他の人たちも面食らった顔でケイガンを見る。そんな中、ビヒョンがケッケッと声をたて始め、しまいに爆笑した。彼としては転げまわって笑いたかったろうが、縛られているのでそれもできず、やむなくビヒョンはその場で全身を震わせて笑った。威厳王は怒り、なぜ笑っているのか説明を求めた。やっとの思いで笑いを押さえ込んだビヒョンが答える。

「陛下。あなたを座らせているので、その椅子の気分が楽なわけがない。そう言われたのですよ」

威厳王の顔が蒼白になったかと思ったら、じきに真っ赤になった。額に青筋を立ててケイガンを咎めるが、ケイガンは淡々と向き合っているだけで何も言わない。結局、威厳王の咎めだてが思いのほか長くなりそうだと思ったティナハンが苛立ちを堪えきれず叫んだ。

「**いい加減にしーろー！**」

威厳王は口を噤んだ。皆の耳元に鶏鳴声の余韻が残る中、ケイガンが口を開いた。

「ジグリム・ジャボロ」

「無礼な！　口を慎め！」

「黙るんだ、ジグリム・ジャボロ。王の条件や徳目について語る者は多いが、夜中に人を拉致するという強盗もどきの王についてては聞いたことがない。この状況に対する納得のいく謝罪を受けるまで、私からは王が受けるべき敬意はおろか、普遍的な人格者として受けるべき尊敬も得られぬと思われよ」

ケイガンの落ち着いた、しかし厳しい指摘に威厳王はますます憤った。

「王は謝罪などせぬ！」

「せねばならぬと思うが」

ティナハンの警告に、威厳王は怖気づいた。威厳王はティナハンとビヒョンをつないでいる鎖を見て、キタタ大将軍を見つめた。キタタはかすかにうなずいた。

「トッケビの腕をもぎ取らぬことにはほどけないようになっています」

安心した威厳王はティナハンをせせら笑うと、リュンに言った。

「おい、ナガ。あの龍はどうすればおとなしくなるのだ？　言ってみよ」

リュンは怒りを抑えて言った。

「どこにいるんですか、龍は」

「今は屋根の上におる。あんなに腹がたつ生き物は見たことがない。じっとこちらを睨んでくるから兵士を屋根に上らせたら、とたんに舞い上がる。兵士がいなくなるとまた降りてくる。なんと朕に火を吐きかけたりもしたのだぞ。おかげで、危うく王宮が焼けるところだった」

ビヒョンはげらげら笑った。威厳王の服がなぜあんなになっているのかわかったからだ。リュンはとりあえず安堵した。よかった、アスファリタルは無事なんだな……。威厳王は続けた。

「だが、人々が言うことには、昨日龍が大虎にたてついたそうだな。そなたをかばって。そなたは龍を操れるのか？」

「操るというのが正しい表現なのかどうか……。その龍を連れ歩いてはいましたが、龍が目を開けたのは、実は昨日のことなんです」

「なのに、なぜそなたを守る？」

納得のいきそうな答えを思いつかず、リュンが口ごもっていると、ケイガンが口を挟んだ。

「龍というのは賢い生き物。自分を脅かす存在が近くにいれば発芽しないほどなのだ。当然、自分を守ってくれる者もわかる。それで、自分もリュンを守ったのだろう」

「ふん、さほど賢いとは思えぬがな。朕は龍に多くを約束した。なのに、朕の言うことはまったく聞かぬぞ」

「よいか、ジグリム・ジャボロ。立派に育ってくれたらそれに見合った褒美を与えると幼い我が子に約束する親はおらぬ。あの龍は、目覚めて一日も経っていないのだ」

自分に対しケイガンが使用している呼称がどうにも気に入らないが、威厳王は不愉快な思いを無理やり呑み込んだ。ティナハンが目を怒らせて睨んでいるからだ。

「では、朕はどのようにすればよいのだ？　あの龍に乳母と教師を付けてやればよいのか？」

ビヒョンは心からおかしそうにまたも腹を抱えた。しかし、ケイガンはかぶりを振った。

「おぬしがあの龍に何かをしてやる必要はないと思うが。龍はおぬしのものではないのだから」

威厳王は戸惑った。興奮のあまり龍の所有権についての話をしていなかったことに思いが至ったのだ。リュンのほうを向いて王は言った。

「そうだな、まずその話をせねば。おい、ナガ。そなたがあの龍を連れ歩く理由は何だ？」

「理由ですか？　僕がアスファリタルを咲かせたからでしょうか。もともと僕の手で掘り起こしたものですし。それで、僕はアスファリタルを守ることに決めたんです」

「アスファリタルという名なのか。守るとは？」

「龍を嫌うナガと龍根を狙う人たちから守ろうと思ったんです。僕の力が及ぶ限り守るつもりです。アスファリタルが保護を必要としなくなるときまで」

「単に守るのがそなたの目的なのか？　龍が成長し、もはやそなたの手を必要としなくなったら、そのときはどうするのだ？　正直、今もそなたの保護を必要としているようには見えぬが」

「したいようにさせます。僕のもとを去りたいというなら去らせます。そうでなければ、友だちになります」

威厳王は勢いこんで言った。

「そうか？　龍が望むなら、手放すとな？　では、もしもその龍が朕のもとに残りたがるようなら、ここに置いてゆくのか？」

リュンは、威厳王の煤《すす》けた服に目を向けた。

「アスファリタルがそれを望むとは思えませんが」

威厳王は不機嫌そうに咳ばらいをし、しばし頭を悩ませた末に、別の提案をした。

「では、そなたも朕のために働く気はないか？　その龍と共に。そなたにもアスファリタルにも最高の待遇を約束するぞ。それこそ、そなたが想像もつかないような」

「僕にはやることがあります。この人たちとハインシャ大寺院に行くんです。ゴダイン大徳からお聞きではありませんか？」

威厳王はキタタを振り向いた。キタタがリュンに言う。

「ゴダイン大徳がこのことに関わっていると思っているようだが、彼は高潔な聖職者だ。また、それより何より、私の竹馬の友でもある。友の名誉のためにも、そんな誤解は解かねばならぬな。よいか、リュン、私が寺院に侵入し、そなたらを捕らえてきたのだ。すると、ゴダイン大徳は激怒して王宮を訪ねてきた。自分の客を救いにきたのだ。しかし、門を開けてもらえず、やむなく戻っていった」

リュンはまたケイガンを見、ケイガンはうなずいた。リュンは威厳王に言った。

「では、お答えします。僕たちは、ハインシャ大寺院に行きます」

「そなたらがみな行かねばならぬのか？　それとも、一部は単なる案内人か道連れなのか？」

ティナハンはそれを聞き、リュンの横顔を見た。リュンが口を開いた。

「みんな一緒に行かねばなりません」

「みんな一緒に？」

「そうです。僕たちは、みんな一緒に行きます。だから、解放してください」

威厳王は顔をしかめた。ハインシャ大寺院の客を監禁したことが噂になれば、評判はがた落ちだ。しかし、威厳王は龍を諦める気はなかった。手の内に入りかけているというのに……。

「それは、急ぎの用件なのか？」

「それはわかりません。わかっているのは行かねばならないということだけで、いつまでに行かなければならないのかは聞いていません」

「ならば、こうしたらどうだろう。朕が大寺院に書信を送ろう。そなたらを保護していると。そうすれば、大寺院が返事を寄越すのではないか？　そのときまで朕の保護下におり、返事が来たら、どうするか決めるというのは」

リュンは、どう答えたらよいかわからなかった。その心を察したか、ケイガンが割り込む。

「おぬしの提案について私たちで話し合えるよう、席を外してもらえませんかな？」

「わかった。では、また龍のところへ行ってみるとするか。おっと、その前に、この服を着替えねばな」

威厳王は立ち上がり、広間から出ていった。キタタ・ジャボロは兵士たちと共に残ったが、ケイガンは彼にも外してくれるよう求めた。キタタは疑わしそうな目をした。

「充分に離れている。静かに話をすればよいだろう」

「静かに話をするのが少々難しくてな。言葉を話せるとはいえ、ナガは耳がよくない」

ケイガンの説明は理にかなっていた。キタタは一行を縛っている鎖を点検してから席を外した。広間の中に四人だけで残ると、リュンは急いでケイガンに言った。

「どうするお考えですか？」

ケイガンは無言で片側の壁に目をやった。そのとき、床に伏せ、自分の身の上に怒っていたティナハンがリュンに向かって言った。

「ひとつ訊いていいか、リュン。なぜ嘘を吐いた？」

「え？　嘘ですか？」

「そうだ。ハインシャ大寺院にみんな一緒に行かねばならぬと言ったろう。そこに行かなきゃならんのは、お前ひとりじゃないか。俺たちは、お前を連れていってやるために雇用されただけなのに」

ティナハンにそう言われ、リュンは顔を強張らせた。

「僕は、誰かさんみたいに鉄の血が流れてるわけじゃありませんから。仲間を捨てるなんて、できませんよ」

ティナハンはうれしそうに笑ったが、すぐに不安そうな顔になり、ケイガンを見やった。縛められて彼の背中の上にいたビヒョンもまた不安げにケイガンの顔色を窺う。ケイガンが言った。

「ジグリム・ジャボロのために働く気があるか？」

リュンはケイガンを見た。

「まさか。丁重に要請されたとしても迷うのに、こんなふうに拉致されたんですよ」

「そうだ！　その通りだ、リュン！」

ティナハンがうれしそうに叫んだ。しかし、ケイガンの顔にはやはり何の表情も浮かばなかった。

「では、アスファリタルを彼に渡す気はあるか？」

「え？」

「アスファリタルをジグリム・ジャボロに渡すことを考慮してみるか。そう訊いた。龍を連れ歩いたら、こんなことはいつでもまた起こるぞ。煩《わずら》わしいことだ。ティナハンが指摘した通り、命の危険にさらされる可能性もある。だから、アスファリタルをジグリムに渡し、自由と補償を得たらどうかと提案しているのだ」

「あなたって人は……」

リュンはその先の言葉を呑み込み、ケイガンを睨《にら》んだ。ケイガンは答えず、静かにリュンの言葉を待った。リュンが無理やり絞り出すように言う。

「あなたがどう思われるかはわかりませんが、僕はアスファリタルを友だちだと思ってます。僕のために発芽したのを僕の手で掘り出したんです。さっき、あの人間にも言いましたが、アスファリタルが僕を必要としなくなるまでは守り続けます」

「龍を育てるのはたやすいことではないぞ」

「それは……よく知りませんから、大変なことが多いでしょうけど……」

「よく知らなくても構わん。考えられ得る最悪の状態で放置して、まったく気を使わなくても龍は何ら問題なく育つ。むしろそれが問題なのだ」

「え、それは……どういうことですか？」

「リュン、お前はナガだ。植物の特徴を知らないわけではなかろう？」

「はい……？」

ケイガンはちょっと考えてから言った。

「簡単な例を挙げよう。今、アスファリタルには四本の足と翼が生えている。だが、お前が土の中でアスファリタルを育てたとしたら翼は消えるはずだ。飛び回る必要がないからな。ただ前足がモグラのように大きくなるだろうな。お前が砂漠でアスファリタルを育てたとしたら、アスファリタルにはラクダのようなこぶができるかもしれぬ。地下数百メートルまで下りて水を見つけ出す尻尾なんかが生えてくるかもしれない。また、まあこれはあり得ないことだが、お前がもしも水中でアスファリタルを育てたとしたら、翼と足はなくなり鰭《ひれ》が生えてくるだろうな」

ビヒョンがふいに跳びあがった。ほとんど二十センチも。水中というひと言にぎょっとしたティナハンが羽毛を逆立てたからだ。リュンは驚いた。

「ああ……そんなことは想像もつきませんでした。龍が常に同じ姿に育つわけじゃないってことぐらいは知っていましたけど」

「龍は、お前が育てた通りに育つはずだ。性格もまた然り。それで、龍を育てるのは難しいとされているのだ。育てた通りに育つのなら楽なのではないかと言う人もいるかもしれぬが、それは責任の重さを痛感したことのない者の言うことだ。好きな勝手に育てた挙句に化け物を作り出してしまうかもしれないのだぞ。成長してしまったら、龍はもはや手に負えぬ。それで、龍が今よりたくさんいた頃の賢人たちは、龍には手を出さなかった。天の助けがあって龍花や龍根を見つけたとしても、そのまま放っておいたという な。自然にその成長を委《ゆだ》ねるのが望ましいことだと考えたのだ」

「でも、僕は……あそこに置いてくることなんてできませんでした。そんなことをしたら、他のナガが……」

「それはわかっている。龍を掘り出すべきではなかったと言っているのではない。龍を育てるのが難しいという話をしているのだ。それに、難しいからこそ、いちど引き受けたからには他の人に代わってもらったり、手を引いたりするわけにはいかぬのだ」

「え？　手を引けないんですか？」

リュンは目を輝かせた。ケイガンがうなずく。

「すでにお前の手で掘り出され、目まで開けたのだ。手を引くわけにはいかぬさ。お前が望むなら、最後まで責任を取ってやるのがよい。ジグリムにアスファリタルを渡すのは、責任を取ることにはならぬ」

リュンは大喜びしながらも、怪訝《けげん》そうに言った。

「じゃあ、なぜ龍を渡す提案をしたんです？」

「お前の責任感を試してみたのだ。お前にそれがないようなら任せまいと思っていた。もちろん、ジグリム・ジャボロに渡したりはしないがな。たぶんアスファリタルは自然に放すことになっただろう」

リュンは感激して言った。

「すみません。さっきは……」

「血が鉄だの何のと言ったことなら、もういい。その通りだから。他の誰よりも、あの強盗団の頭目がそれを証明してくれるはずだ」

強盗団の頭目……。ビヒョンはニヤリとした。が、長く笑ってはいられなかった。ティナハンがまた叫んだからだ。

「そうだ！」

ティナハンの叫びにビヒョンは全身が揺れた。ティナハンは、青虫か何かのように身をくねらせて這いながら、ケイガンに向かって叫んだ。

「あいつらが何を言おうと聞かんぞ。あんな強盗どもの言うことなど。木っ端みじんにしてやるんだ！　それに、帝王病患者ではないか。俺が最近、帝王病患者どもをどう思うようになったか知ってるだろう？　あの老いぼれの口から、二度と王という言葉も出ないようにしてやる！　オウ、それからオオと耳にしただけでも震えあがらせてやる！　オオゴキブリなんぞと聞いた日にゃ、それこそ卒倒させてやる！」

ティナハンの勇猛な叫びにビヒョンは想像力を刺激されてしまった。船酔いのような状態になりながらも、彼は次々とオウ、オオのつく単語を挙げ始めた。

「まだまだありますよ。オウゴンチョウ、扇蜘蛛《オウギグモ》、オオサンショウウオ、オウ……」

「ああ、もういい！」

壁を見つめていたケイガンは、ビヒョンの口が噤《つぐ》まれるや視線を戻した。

「ともかく、この困った状況は打開せねば」

「どうやって打開する？」

ケイガンは肩をすくめると、前かがみになった。後ろ手に縛られている彼の両腕が持ち上がる。その姿勢のままケイガンは腕を思いっきり床に打ち付けた。

鉄の鎖が石の床にぶつかり、激しい音をたてる。ビヒョン、ティナハン、そしてリュンは、わけがわからないというようにケイガンを見ていた。ケイガンはさらに何度か同じように手を床に打ち付けた。

そして、三人は目を疑った。

ケイガンが両手を前に差し出すと、その手はもはや鎖で固定されてはいなかったのだ。ティナハンは「ゲッ！」という品のない声をあげた。リュンも声をあげたのだが、宣《の》りだったので誰にも聞こえなかった。ビヒョンは口をぽかんと開けて言った。

「やっぱりそうだったんだ。魔法士だったんですね？」

「魔法士などおらぬ。ビヒョン」

「え？　あ、ああ……わかりました。秘密なんですよね？　守りますよ、その秘密。でも、キーボレンであなたが捕まえてきた動物、あれにはどんな魔法を使ったんですか？」

「経験と根気と幸運」

そして、ケイガンは右手を開いてみせた。そこには潰れた草があった。ビヒョンが鎖を草に変える魔法だのなんだのと言っているとき、リュンが悲鳴のような声をあげた。

「ヒチャンマ！　ヒチャンマなんですね、それが！」

ケイガンはうなずくと、足を縛っていた鎖をほどき始めた。

「この世でいちばん丈夫だとされるシクトルを折るときに使う草だ。あやつらは、頭を使ったつもりで鎖を使ったが、だからこそこの手を使うことができたのだ。そのことを知ったら、さぞかし悔しがるだろうな」

「その草を、いったいどこで手に入れたんですか？」

「ああ。あれは、どの王だったか。そうだ、鉄拳王だったな。ティナハンが鉄拳王を叩きのめしたところで見つけて摘んでおいたのだ。ご覧の通り、役にたつ草だから」

ケイガンは立ち上がると、仲間を縛めていた鎖をほどいてやった。そうして、鎖を拳に巻き付け始めるティナハンを気遣わしげに見やった。鎖でもって両手を完全武装したティナハンが拳をぶつけ合う。鎖が金切声をあげ、激しい火花が散った。ティナハンが満足そうに笑うと、ケイガンは静かに言った。

「ティナハン」

「なんだ、ケイガン？」

「常識の範囲から外れぬようにしてくれ」

ティナハンはニッと笑った。ビヒョンはその笑みを見て、ティナハンがケイガンの言葉を尊重することはするだろうが、かなり幅広く解釈するつもりなのだと思った。

＊

ガルロテックがビアスを待たせることはなかった。ビアス・マッケローがハテングラジュの心臓塔に入るやいなや、修練者がひとり近づいてきた。そして、ビアスに断りを入れた。

〈三十二階まで上がっていただきますので〉

ビアスは思わず目を瞠《みは》った。ガルロテックの年齢をはるかに若く見積もっていたのだ。歳を経て皮膚が分厚くなっていない限り、ナガの外見から年齢を推し量る方法はこれといってない。年を経たナガでも、脱皮直後ならば若さあふれる皮膚をしている。ナガは主に精神の深みや使用する宣りの種類でもって相手の年齢を推し量る。そのやり方は、さほど大きな失敗をしでかさない程度の正確さはあるとされていた。ビアスはガルロテックが五十歳は超えていないだろうと思っていた。でも、五十にもならない青二才の守護者が三十二階にいるわけがない。

三十二階は、ビアスの予想よりも高かった。心臓塔の中の壁は壁龕《へきがん》でぎっしり埋まっており、心臓瓶が並べられているのだが、そこまで上がるともう瓶がない。ビアスは少し驚いて案内の修練者に訊いた。

〈瓶がもうないのね。数十億はあるのかと思っていたわ〉

修練者は、何よりも重要なことだと言える心臓保管に対するビアスの無知を咎め立てしたりはしなかった。女はふつう男のすることに関心はない。そんな無関心が美徳とみなされているのだ。

〈そんなにありませんよ。心臓の所有者が死亡した後も保管するわけではないですから。簡単な葬儀を行ってから、破棄します〉

〈所有者が死んだことはどうしてわかるの？　所有者が男で、都市から離れた場所で死ぬことだってあるでしょう？〉

〈そのときは、心臓も死にますから。ひと目でわかります〉

〈ああ、そうなのね〉

やがて、ビアスはまた別の事実に気づいた。三十二階まで歩いて上ったら、かなり悲惨な姿でガルロテックの前に立つことになる……。ガルロテックは確かに彼女の弱点を握っている。でも、いくらそんな相手でも、善処を望む罪人さながらのみすぼらしい姿で会いたくはない。そこで、三十一階に着いたところでビアスは歩みを止めた。修練者に何か訊かれるかと思ったが、なぜか黙って待っている。ビアスはふと気づいた。

――なんてこと！　私がここで足を止めて休むはずだと予想してたのね。ガルロテックが教えたのかしら、それとも、この若造が察したのかしら。

それについては修練者に確認するまでもなかった。ありがたいことに、相手が先に宣うたからだ。

〈礼儀正しい方ですね。私どもにとってはありがたいことです。訪ねてこられる方がみなつらそうなので、守護者ガルロテックはいつも申し訳ないと思っておられます。それで、このあたりまで来ると、しばし休まれるよう勧めているのですよ。ですが、マッケロー様は、ご自分から足を止められて……〉

ビアスは笑い出すところだった。彼女が歩みを止めたのは、ガルロテックに気を遣わせないためではなかった。修練者には好きに思わせておき、息が充分に落ち着いた頃合いを見計らって、ビアスはまた階段を上り始めた。

三十二階に着くと、似たような見かけのドアがふたつ現れた。修練者はそのうち左側のドアにビアスを導いた。ビアスは首を傾げた。

〈守護者はみな、ひとつの階を全部使うのではなかったかしら〉

〈ああ、はい、マッケロー。五十階からはそうです。そこからは、ひとつの階にひとりずつですが、三十階から四十九階までは、ひとつの階にふたりの守護者がおります。もちろん、地位ですとか、そのようなものとは関係ありません。やはり高いところにいると上り下りが大変ですし、上のほうが少なくなっています〉

修練者はそう言ったが、ビアスは地位によるものだろうと考えた。そんな高いところにいる者が、自分で上がり下がりすることはないだろう。ビアスが今そうしているように、他の人たちを上がってこさせるだろうから。とはいえ、ガルロテックは昨夜、ここを歩いて上ったはずだ。そう思い、ビアスは密かに胸のすく思いを味わった。

修練者がドアの向こうに向かって宣りをかける前に、ビアスは出し抜けに歩み出た。そして、ドアをノックした。修練者が驚いた顔でビアスを見る。しかし、ドアの向こうからは落ち着いた宣りが聞こえてきた。

〈どうぞ、ビアス・マッケロー〉

ビアスは狼狽《うろた》える修練者には構わず、ドアを開けて入っていった。ドアを閉めると、部屋の中を見回す。平凡な部屋だ。ガルロテックは窓に面した机の前に座っていた。ガルロテックが指し示した椅子にビアスが座ると、ガルロテックは口を開いた。

「これはどうも、マッケロー。わざわざお運びいただき、ありがとうございます。ドアを叩かれましたが、次は何でしょうね。歌でしょうか、それとも拍手？」

ガルロテックは肉声で言った。そのようすからビアスは気づいた。守護者は〝不信者扱い〟されたというのに気にも留めていない。そして、ビアスがドアを叩いた意図が何なのか、承知しているということも。ビアスは脱力した。

〈昨日お目にかかって思ったのですけれど、音にご関心がおありのようですね〉

「ああ、ええ。関心があります。こんなものも持っていますよ」

ガルロテックはそう言い、机の上にある棒を取り上げた。かなり大きめな棒だったが、ガルロテックが持ち上げるようすから、それは軽いのだろうとビアスは思った。ガルロテックはその棒をビアスに差し出した。怪訝に思いながらも棒を受け取ったビアスは、それがなぜ軽いのかわかった。それは竹だった。しかし、奇妙な色をしているので、それが竹だというのがはじめはわからなかったのだ。ガルロテックは笑って言った。

「何だと思いますか？」

ビアスは宣りに固執した。

〈竹ですね。虫に食われた穴がある。虫食いの竹を気の毒に思われて、きれいにして保管していらっしゃる。そういうことかしら？〉

ガルロテックは首を横に振った。ビアスから竹の棒を受け取ったガルロテックは、ビアスが虫食いの穴と宣うた穴を指で塞いだ。そして、一番上の穴に口を近づける。木を食べる気なのか、という馬鹿馬鹿しいことを考えていたビアスは、竹から音が流れ出したのに驚いた。

神話よりも年経て、山脈よりも巨大な野獣の重たげな息遣い——彼は明らかに賢い馬鹿者だ。

沼地に撒かれた星の光を見て、渇いた獣はしばし渇きを忘れる。

風、速く、慌てずに。

流水に浸食される岩が吐き出すため息、もしくは果てしない歳月の末に流水になった岩の孤高性？

さんざん経ってから、ビアスはそれが楽器だということ、そして、ガルロテックが演奏をしているのだということに気づいた。ガルロテックは全力で吹いていた。固い竹と柔らかな葦《あし》の薄い膜だけが出せる音、その鳥肌の立つほど透明な音が、高揚感を思うさま満喫しながら噴き上がる。

木、悲しさに悲しくない悲鳴。

貫く。

雲を裂き、月光を遡る
静かな雷鳴と柔らかないかづち。

演奏が終わった。

ガルロテックが吹き口から口を離すと、ビアスを見る。ビアスは魅了されているのを気どられぬよう努めながら宣うた。

〈面白いご趣味をお持ちなんですね。虫食いの竹じゃなかったのね〉

「竹笛というものです。津波を裂き、嵐を鎮める楽器ですよ」

〈その竹が魔法でも使うとおっしゃるんですか？〉

ガルロテックはまた声をあげて笑った。どうやらよく笑うほうらしい。

「津波を裂く力と嵐を鎮める柔らかさを兼ね備えた楽器という意味です。魔法なんかはありません。敢えて魔法と言ったら、そうですね。僕の心の平安をもたらす魔法程度でしょうか。いかがです？　お気に召しましたか」

ビアスはその答えを避けた。

〈珍しい見ものではありましたけれど、それを見せてくださるために呼んだわけではありませんよね？〉

「ああ、そうでした。弟さんの殺害についての話をしないとね」

ビアスは椅子の肘掛けを握りしめた。ガルロテックの顔をひっぱたくまいとしてだった。ガルロテックはそのようすにまた笑い、竹笛を机の上に置いた。そうして、机の引き出しから縄を取り出す。呆れ顔になったビアスに、ガルロテックは縄を渡した。

「私を縛ってください」

〈いったい何を馬鹿なことを……〉

「絶対におかしなことではありません。必要なことなんです。私を椅子にしっかり縛り付けてください。〝足跡のない女神〟の名にかけて、私の提案に感謝することになるはずです」

ビアスはとうてい理解できなかったが、女神の名にかけての誓いを疑うわけにはいかない。ビアスは守護者を椅子にしっかりと縛り付けた。当惑と怒りから、ビアスは結び目をしっかりと作った。ところが、守護者はそれでも満足しなかった。もっとしっかり結ぶようにと言われ、ビアスは鱗がはげそうになるまできつく結んだ。足まで椅子の脚に固定された守護者は何度か体をよじってみた後で、満足したように言った。

「ありがとうございます。呆れられたでしょう、この提案に」

〈あなたが思ってらっしゃる以上に〉

「ですが、必ずや必要なことだったんですよ。さて、今度は少し後ろに下がっていただけますか」

しまいまで見届けねば、という心情でビアスは退いた。距離が充分に離れると、ガルロテックはまた笑った。

そして次の瞬間、ガルロテックの表情がサッと変わった。

ビアスは、離れていることも忘れ、さらに何歩か後ずさった。そんなに殺気に満ちた表情をビアスはこれまで見たことがなかった。逆立った鱗がぶつかり合い、猛々しい音をたてる。そのときガルロテックが椅子を揺らしながら宣うた。

〈ビアス！　この呪わしい殺人者！〉

ビアスはほとんど気絶するところだった。

それは、ファリト・マッケローの宣りだった。


死んだ弟の宣りに、ビアスが受けた衝撃は極めて大きかった。混乱と恐怖の中であえいでいたビアスがやっとのことで現実感覚を取り戻したとき、ガルロテックはまた彼女を見て微笑んでいた。顎で縄を指し、ほどいてくれと言う。しかし、ビアスは動かなかった。壁に背をもたせ掛けたまま、ビアスは荒々しく宣うた。

〈さっきのあれはなんの悪戯だったのか、説明してもらえますか〉

「まさか、ほんとに悪戯だったと思っているわけではないでしょう？」

ビアスは答えなかった。ガルロテックは仕方なさそうに笑った。

「いいでしょう。まず説明を聞いてから、ほどいてもらうことにしましょう。さっきのあれは、ファリトの霊魂です」

ビアスはまたも衝撃を受けた。ガルロテックを正面から見据えていた彼女は、自分でも信じがたい宣りを送った。

〈群霊者？〉

「そうです。今は守護者ガルロテックです」

〈そんな馬鹿な！　ナガに群霊者なんていないわ！〉

「立証されていない仮説に対する過信は、学者として望ましい態度ではないと思いますが。先入観を持たずに考えてごらんなさい。なぜナガに群霊者がいないと思うんですか？」

〈ナガが不信者の霊を受け入れるわけがありません。頭がおかしくならない限り〉

「対価が充分ならば、可能ですよ」

〈対価？　永遠の命ですか？　なんて愚かなこと！〉

「愚か、とは？」

〈他者の霊と混ざり合い、体から体へとさまよった末に、自分自身も忘れ果てるのが永遠の命ですか！　もちろん、死を怖れるあの不信者どもならば、死が怖くてそんな愚かなことをするかもしれない。でも、ナガがいったいどうして！〉

「あなたの宣りは、かなりナガ中心主義的ですね。でも、完全に間違ってはいない。ナガはたいがい、いやになるほど生き、充分に老いてから、たいして怖れを感じることなく死にます。ですが、ナガよりもっと、死などどうでもよいと思っているトッケビも、時に群霊者になります。なぜだと思います？」

ビアスは答えなかった。ガルロテックは自分の問いに自ら答えた。

「そう、あのお人よしのトッケビは、目の前で群霊者が死んでいくのを見て、同情してそうなったりするんです。自分の永遠の命のためではなく、そのたくさんの霊の頼みを振り払うことができなくてね」

〈まさか、あなたが不信者に同情を覚えたっていう……〉

「いいえ。永遠の命ではなく、他の目的もあり得る。そういう話です。私が受け取った対価は知識です。信じてもらえるかわかりませんが、私の中には三百年以上も前にカシダの樵《きこり》だった者もいるんですよ」

樵と聞き、ビアスは鱗を逆立てた。ガルロテックは机の上をすっと指して言った。

「あの竹笛は、二百年余り前の竹笛製作者の技術で作ったものです。それを、四十年ほど前に群霊の一部となった竹笛演奏者から学んだ技術で演奏しました。その者は、音楽に慣れていないナガという点を考慮すれば立派なレベルだと言ってくれましたが、正直、それが称賛なのかは疑わしいところですね」

〈どういういきさつで群霊者に出会ったというんですか？　あなたが限界線の北に行ったとでもいうんですか？〉

「おや、私の過去が知りたくなったんですか？　お気持ちはわかりますが、それはいま重要ではありません。今重要なのは、私が群霊者であることをあなたが受け入れ、そして、群霊者である私の中にファリトがいるという事実を認めることです。特に、後者の事実に関し、私たちはもっと話ができそうですが、その前に、まずこの縄をほどいていただけるとうれしいですね」

ビアスはかなりの間ガルロテックを見つめていたが、やがて縄をほどく代わりに腕組みをして宣うた。

〈本当にあなたの中にファリトがいるんですか？〉

「またご覧にいれましょうか？」

〈……どうしてファリトの霊を受け入れたんですか〉

「死んでいこうとしていたファリトを見つけたのは私です。そのときに受け入れたんです、彼の霊を」

〈群霊の一部になることをファリトが望んでいたんですか？〉

「いいえ。彼が望んでいたのは女神の新郎になることでした」

〈何ですって？〉

「私の中には女たちもいます。その中に説得がうまい者がいましてね。ファリトはあっさり引っかかりましたよ。私のことを彼の女神と錯覚してね」

ガルロテックはひどく興味深げな口調で続けた。

「今では騙《だま》されたのを知り、私の中に引きこもって黙りこくっています。ですが、誰が彼を殺したのかと訊かれ、もはや沈黙していられなかったんでしょうね。いやしかし、激しい感情でしたよ。私が殺害された気分でした。まあ、私が殺されたと言っても必ずしも間違いではないですけどね」

〈望みは何です？〉

「縄をほどいてくれることです。腕が痛くなってきましたよ」

〈いいえ、あなたを殺した代償に、私に何を求めているのか。それをおっしゃっていただけますか〉

ガルロテックはビアスの宣りを聞き、またも噴き出した。その笑いはなかなか止まらず、ビアスは長いこと待たされた。ようやく笑いやんだガルロテックは、うなずいて言った。

「私が昨日、あなたの行動に満足と高揚を覚えたと言ったこと、覚えていますか？」

〈ええ。でも、何のことなんです、それは？〉

「簡単に申し上げましょう。私を含むある集団があります。その集団は、ナガの敵と戦っています」

ビアスは呆れ顔にならざるを得なかった。

〈ナガの敵ですって？〉

「はい。不信者と手を結び、ナガに害をなさんとする者たちがいます。その裏切者たちの計画には、あるナガをハインシャ大寺院に派遣することが含まれています。彼らの不埒《ふらち》な計画を阻止するためには、その派遣者を見つけ出さねばなりません。ですが、誰なのかわかりませんでした。それで、私たちは焦《あせ》っていました。ところが、あなたが摘出式の日、守護者に変装してファリト・マッケローを殺しました。その直後、私たちが探していた裏切者たちは、一連の興味深い姿を見せてくれたのです。ほとんど印象的と言えるほどでした。そのときになって、ようやく私たちは、探していた者がファリトだったことを知ったんです。何ともありがたいことに、私たちにも難しいことをあなたがやってくれたことともまた」

ガルロテックの説明を聞きながら、ビアスは驚きを隠せなかった。

〈ファリトがナガの裏切者だった、ですって？〉

「正確に言えば、裏切者の手先ですね。おかしな点を感じませんでしたか？」

〈感じられませんでした。想像してみたこともありません。あの間抜けな子どもがそんな大胆なことをするなんて。正直、あなたがおっしゃったその裏切者とかいうのも、とうてい信じられません。不信者どもと手を結んだ裏切者ですって？　証拠はあるんですか？〉

ガルロテックは、笑いを引っ込めた。そうして、真剣な顔で言った。

「残念なことに、あなたを納得させられるような確かな証拠はありません。そんなものがあったなら、とっくにそやつらを処罰できたことでしょう。ですが、ナガの裏切者たるナガは、確かに存在します。私の中にいるファリトを追及してみましたが、絶対に答えません」

〈あなた自身が、あなたを追及するということですか？　どこか矛盾してる気がしますが〉

「そうでもないですよ。あなたは葛藤したことがありますか？　ああもしたいし、こうもしたい。そういうときが。あるでしょう、明らかに。そんなふうに、ひとりの霊も、自己矛盾的な状況に陥ることはいくらでもあり得ます。私のように、何人もの霊をひとつの体に持っている群霊者の場合は、霊どうしがぶつかり合ったりもします」

冗談のような話だったが、ガルロテックの顔には依然として笑みの欠片もなかった。

「その裏切者の怖ろしい計画は、とりあえず中断されましたが、そやつらの正体を暴き、処罰しない限り、いつまたそんなことが起こるかわかりません。あなたが言った、その証拠というものは、私たちも切に望んでいるものです。それで、あなたを呼んだんです」

〈やっと本論に入るんですね〉

「ええ。裏切者の一員と推測される者がいます。ファリトが死ぬ前まで彼に付いて歩いており、今はカリンドル・マッケローにへばりついています。おそらくファリト殺害の真相を突き止めるのが目的かと思われます」

ビアスはハッとした。

〈スバチ！〉

「そうです。そのスバチという男ともうひとり、カルという男がいます。ファリトが死ぬ前、そのふたりはマッケロー家に滞在していました。他の男たちがペイ家に残ったときも、ファリトに付いてマッケロー家に戻って……。覚えていますか?」

ビアスはうなずいた。ガルロテックは言った。

「そのスバチという者を調べれば、何か効果的な証拠を見つけ出せるはずです。それで、私たちも何人かの男をマッケロー家に送りこもうと考えています。スバチを調べるために。あなたに望んでいることは、簡単です。その男たちを保護し、手を貸してほしいのです」

〝男たち〟と聞いた瞬間、ビアスは他のことを考えられなくなってしまった。努めて関心がなさそうにビアスは宣うた。

〈何人ですか?〉

「五人です。有事の際に、スバチを制圧できるぐらいの人数は必要ですから」

喜びに身が震えそうだったが、ビアスは理性を失わなかった。

〈妙ですね。今カリンドルがやっていることを知らないわけではないでしょうに。あの子は、男と見たら黙って通り過ぎることがないんですよ。なのに、なぜ敢えて私に頼むんですか〉

「カリンドル・マッケローがスバチに懐柔されている可能性がありますので。その場合、マッケロー家の内部にカリンドルに対抗できる人が必要になります。男たちでは女の相手になりませんから。カリンドルが、私たちが送り込んだ男たちを追い払おうとしたら、先に立ってその男たちを保護するマッケローの女性が必要です。もしもあなたの妹が懐柔されていなかったとしても、スバチを逮捕するようなことになったとき、家の中で手を貸す人は必要です」

ビアスは即答せず、気に入らなさそうに宣うた。

〈そんな確実でもないことで、私の家に怪しげな輩たちを引き込みたくはありません〉

ガルロテックは焦った顔になった。こだわってきた言葉も放棄し、ガルロテックは宣りを送ってきた。

〈マッケロー、これは本当に重要なことなんです。ナガの裏切者を見つけ出さねばならないんですよ〉

ビアスはこのささやかな勝利に酔っていた。もちろん表には出さない。

〈その裏切者の存在自体、確かだとは言えないですよね。違いますか？〉

〈……五人の男があなたに仕えることになります。それでご満足いただけないでしょうか〉

〈私が男に飢えているとでも？〉

ビアスの面の皮の厚さに、ガルロテックは呆れ顔になった。ビアス・マッケローが三十四歳の今まで子どもを産めておらず、そのことに怒っていることなど承知している。ガルロテックは、いささか不快な気分で宣うた。

〈私はファリトの霊を受け入れているんですよ、マッケロー〉

〈今度は脅迫ですか。それで、私を告発されると？　あなたが、女神のもとへ向かおうとする私の弟の霊を拉致したことを公開することなく、どうやって私を告発するおつもりですか〉

ガルロテックの体はいまだ縄で縛られていた。今ではその精神さえも縛り付けられている気分だった。ガルロテックは歯ぎしりした。もはや、笑う余裕もないようだ。

〈マッケロー、私たちは、あなたを消すこともできるんですよ。知ってはならないことをあまりにもたくさん知ってしまいましたから。ともかく、私たちのうちには、あなたが弟だけでなく、

守護者ユベックスまで殺したのを遺憾に思っている者も多いので〉

〈消す？　私は心臓を摘出しています。あのユベックスの老いぼれに起きたことを、そのままやり返す。そういうことですか？〉

〈まさか！　そんな野蛮な手を使うまでもありません。むしろあなたが心臓を摘出しているがために、使える手もあります！〉

ビアスは仰天した。怒りを抑えきれずに宣うたガルロテックは、すぐに自分の宣りを後悔したようだった。ビアスは鋭く宣うた。

〈それはどういうことです？〉

〈あなたの知ったことではありません〉

〈あなたは宣るほかないのでは？　それを聞いて初めて、私が手を貸すかもしれない状況ではますます〉

ガルロテックは訝《いぶか》しそうにビアスを見たが、やがて注意深く宣り始めた。


心臓破壊に対するガルロテックの話を聞き、ビアスは驚きを禁じえなかった。話を聞き終えた彼女は問い返した。

〈私の心臓を破壊すれば、私が死ぬ。そういうことですか？〉

〈必ず、確かに、絶対に〉

〈ならば、なぜ初めからそういうふうに脅迫しなかったんですか〉

〈あのですね、マッケロー。心臓破壊は伝家の宝刀ではありません。私たちがいつでもその気にさえなれば人々を殺せるということが公になれば、人々が私たちをどうすると思いますか。私たちの安全の問題だけではありません。怖れをなした人たちが心臓摘出を拒むでしょうから、ナガは滅亡してしまいます。さっきは腹立ちまぎれにそう宣うてしまいましたが、実のところ、あなたが拒めば私はあなたに、私が言ったことをすべて忘れてほしいとお願いするほかないんです〉

ビアスは〝伝家の宝刀〟というのが何のことなのか気になったが、文脈からその意味は大まかに見当がついた。群霊者なので、ナガの言葉にはない慣用語を使うのかもしれない。

ビアスは椅子から立ち上がった。

〈男たちを送り込んでください〉

ガルロテックは、喜色を浮かべてビアスを見上げた。ビアスはガルロテックを見下ろし、冷ややかな顔で宣うた。

〈今は問題にしませんが、いつか、この件について、対価をもらうことにします。何かいただけるものがあるでしょうから〉

ガルロテックは、怒りが込み上げるのを感じた。弟を殺し、心臓塔の守護者を殺した女が、厚かましくも対価などと口にしている。その罪が暴かれないことをありがたく思うべき分際で。そのうえ、彼女が何よりも欲しがっているものを五つも手に入れたくせに。しかし、ガルロテックは、怒りを爆発させはしなかった。無益なことだからだ。

しかし、ビアスがそのまま身を翻すと、ガルロテックもさすがに当惑せざるを得なかった。

〈マッケロー! お帰りの前に、縄をほどいてくださらないと〉

ガルロテックはまたも込み上げる怒りを懸命に押さえこまねばならなかった。ガルロテックが要求したこととはいえ、ビアスはガルロテックを縛ったままで話をした。捕虜や罪人扱いでなくしてなんであろうか。そもそも、ガルロテックがそれを要求したのは、ビアスのためだったというのに。

ビアスは高慢な仕草でガルロテックに歩み寄った。しかし、縄に手を伸ばす代わりに、ビアスは突飛なことを宣うた。

〈ほどく前に、ファリトをもう一度、出してくださいません？〉

怪訝に思いながらも、ガルロテックは言われた通りにした。彼が前から退くやいなや、後ろで待ち構えていたファリトが怒ったハヌルチのような勢いで意識の前面に飛び出した。

〈ビアス！　この邪悪な殺人魔、殺してやる！〉

ビアスは守護者の頬を打った。

勢いよく横を向いた顔をようやく元に戻したファリトは、しばし宣りも忘れ、ぽかんとビアスを見上げていた。左手で右手を包み、ビアスは宣うた。

〈死んでも、生意気な性格は相変わらずね。やっぱり馬鹿は死ななきゃ治らないのね〉

ファリトは怒ったハヌルチのように咆哮した。しかし、その瞬間、ガルロテックがまた前に出てきたので、ファリトは悲鳴をあげて退かざるを得なかった。ガルロテックが舌を動かして口の中を調べる。思った通り、口の中が切れていた。

ビアスが縄をほどき終わるまで、ガルロテックは何も宣らなかった。ふつふつと沸きあがる怒りを抑えるのに必死だったからだ。

＊

「祭りは終わった！　家に帰れ……お？　ここはお前らの家だったか？」

ジグリム・ジャボロを捕まえて揺すっていたティナハンは、しばし自分の言葉に混乱をきたした。おかげでジグリムは、ティナハンの関心からしばし解放された。とはいえ、ジグリムはそこから幸せを見出すことはできなかった。ティナハンはジグリムの左の足首をつかんで揺さぶっていた。その状態でティナハンが彼の存在を忘れたということは、ジグリムがそのまま落下したら最後、首の骨に相当な衝撃がかかる高さに頭を下にして放置されるということになる。ジグリムとしては、ともかく屋根の上に逃げるような冒険は試みないほうがよいだろう。

やむなくジグリムは、相手の関心を引くという、ふつうの被害者がまずしない選択をするほかなかった。ジグリムのわめき声にティナハンはようやくジグリムの存在を思い出した。

「言い間違えた。もう一度言うぞ。祭りは終わった！　俺はもう行くぞ！　いや、違う。えい畜生！　これはかっこよくない。どうすればいいかな」

ジグリムはまたも数十メートルに及ぶ高さに放置される羽目になった。下を見たが、さほど人生の楽しさを喚起させるような光景は見当たらない。はるか下、王宮の庭では、あちこちひどく傷ついた兵士らが、ひどく損傷した武器の間に伸びていた。ケイガンとビヒョンが彼らの間を歩き回り、「品位の向上にさほど役にたつことではないから、死んだふりはやめて起き上がるように」と勧めていたが、兵士たちは断じて従う気はなさそうだった。ケイガンは首を振ると、ふと思い出したように屋根の上を見上げた。そうして、ティナハンの手に捕らえられ、虚空であえいでいるジグリムを見ると、ため息を吐いた。

「ティナハン。それぐらいにして降りてきたらどうだ。うっかり手を滑らせでもしたら、馬鹿にならない葛藤の種を後世に残すことになるぞ」

「葛藤？」

「ジャボロの子孫たちが、ビョルビの爪痕の残る石と麻立干《まりつかん》の頭の跡が残る石のうちどちらを大切にすべきか、頭を悩ませることになるかもしれないだろう」

うつぶせていた兵士のうち何人かの背中がびくりとした。確かに死んでいる者はいないようだ。ティナハンはげらげら笑うと、屋根を蹴って跳んだ。ジグリムが首を絞められているような悲鳴をあげる。ティナハンは構わず、とんと庭に降り立つと、ようやくジグリムを解放した。気の毒なジグリムが地面にへたり込み、げほげほと咳き込み始める。

ケイガンは、そんなジグリムにたいして関心もなさそうに背を向けた。庭の片隅には、肩にアスファリタルを乗せたリュンが立っている。そして、その前にはキタタ・ジャボロが座り込んでいた。彼の前には、なかば溶けた剣が落ちていた。ティナハンの圧倒的な暴力から甥を救うべく、キタタは人質を取るという試みに出た。彼がリュンに目を付けたのは、他の人も理解できる選択だった。ところが、空から突然舞い降りてきたアスファリタルがキタタの企てを木っ端みじんに打ち砕いたのだった。

ひところは彼のプライドと同じくらい鋭かったというのに、今では鉄の棒ぐらいの致命傷しか与えられなくなった自分の剣を見ていたキタタは、近づいてくる足音に顔をあげた。ケイガンの姿を見て、沈鬱な表情で言う。

「私はさっき、自然の大いなる失敗を見つけた」

「何です、それは」

「レコンのような怖ろしい種族を世に送り出したこと」

リュンは庭を見渡すと、キタタの言葉に相槌を打った。ケイガンがそっけなく言う。

「私も自然の失敗をひとつ見つけた」

「何だ、それは？」

「自分のものになり得ない龍に執着し、旅のレコンを怒らせる愚か者を世に送り出したこと」

キタタは悲しげな目でケイガンを見上げた。ケイガンは続けた。

「次は、いま少し敬意をもって旅人に接したほうがよいぞ、大将軍。客の部屋のオンドルを消すとか、眠っている客の頭を鉄のハンマーで殴るようなことはせず」

「忠告、胸に刻んでおこう」

意外と淡々と答えるキタタに、ケイガンは首を軽く傾げた。

「甥であるところの麻立干の命令だから、やむなくしたことだったのか？」

キタタは答えない。ケイガンはちらりと後ろを振り返った。歩み寄ってくるビヒョンの背後でジグリム・ジャボロはまだ呟き込んでいる。ケイガンは、またキタタに言った。

「あの常識知らずに言ったところで無駄だろうから、キタタ・ジャボロ、おぬしに言っておく。王様ごっこがしたいなら、それはジグリム・ジャボロの自由だ。だが、数百年間、たくさんの人の願いにもかかわらず、誰もなしえなかったことに挑戦するときは、その時間にできる、より有益なことがあるのではないかと一度考えてみてからにしたほうがいい。ジャボロはよい土地だ。

その土地でおぬしの氏族は、常に立派な麻立干を輩出してきた。よい土地とよい麻立干にできることは、王様ごっこ以外にも多いはずだ。彼にそう言ってやるといい」

「できることはたくさんあるが、王様ごっこは駄目だと？」

「王様ごっこの他にもよいことは多い。そういうことだ」

キタタはしばし沈黙した後、言った。

「しかし、まず王がいなければ何も始まらないのではないか？　王の不在は、あまりに長い」

ケイガンはキタタをまじまじと見た。

「おぬしも王を望んでいたのか？」

「ある程度は。それで、甥っ子を止めそこなったのだろう」

「そうだったのか。ならば、訊く。王とは何だ？」

後ろから近づいてきていたビヒョンは、ケイガンの問いかけを聞いて歩みを止め、耳を傾けた。キタタは座り来んだままで空を仰いで言った。

「砂金を集めて黄金を作り出す火だ。砂土を集めて塔を築く水だ。星の光のわずかな熱を集めて鋼鉄を精錬する、あの最後の鍛冶屋のように、勝手に散れば何物でもないが、集まれば最も偉大なことさえたやすく成し遂げられる人間の意志を一ヵ所に集中させる者だ」

「それは違う」

「違うと？」

「他のすべての人と同じく、おぬしも王についてわかっておらぬ。よって、王が何なのかわかるまでは、おぬしの麻立干を王にしようなどとは考えないほうがよい。おぬしが知り得ぬことを、作ることはできぬものだ。しかし、おぬしは偉大な麻立干を作ることはできるだろう。そして、偉大な麻立干は、偉大な王よりも偉大だ。彼らは人を幸せにできるから」

「幸せに？　では、王は？　王は人を不幸にするというのか？」

ケイガンは、その問いには答えなかった。代わりにケイガンは、リュンに手で合図した。リュンはその合図に従い、ビヒョンとティナハンのもとへ行った。リュンに続いてそちらに向かう前に、ケイガンはキタタに囁《ささや》いた。

「そろそろ白昼夢から覚めるべきときだ。黄昏の光が温かく見えたとしても、賢明な者ならば、その中に染み込んでいる冷気を感じられるはず。冷たい夜に備えるのだ」

ティナハンはケイガンの言葉に感嘆し、それを懸命に覚え始めた。そのようすを見たケイガンは、ティナハンに話しかけるのをやめた。ビヒョンのほうに向き直ったケイガンは、しかし、開きかけた口をまた噤むと考え込んだ。そんなケイガンを見て、ビヒョンが首をひねる。

「どうしました」

「おぬしのナーニがリュンを乗せようとしなかった理由がやっとわかった。龍のせいだ。ナーニは龍が怖かったのだよ」

ビヒョンは嘆声を発し、リュンの肩に止まっているアスファリタルを見た。ケイガンは続けた。

「それゆえ、あの龍がリュンから離れれば、おぬしはリュンを乗せて大寺院に直行できる」

「あ、で、あなたは私たちと別れて家に帰られると？」

ビヒョンが不安な表情で言うと、ティナハンもリュンも当惑してケイガンを見た。ケイガンはため息を吐いた。

「ああ。だが、あの龍がリュンのもとを去ろうとするかわからないな。そのうえ、龍が周囲を飛び回れば、カブトムシがどんな反応を示すかもわからぬし。馬が怯えただけでも騎手の命は危うくなるもの。虚空でカブトムシが怯えたら、どんなことが起きるかについて、熟練したカブトムシ騎手に訊いてみたい」

ビヒョンは、背筋がゾッとするような災いを列挙し始めた。ティナハンさえも渋い顔をし、リュンはというと、何があってもカブトムシには乗るまいと思うようになった。説明を終えたビヒョンは、両腕を広げて言った。

「だから、これまで通り、歩いていくことにしましょう。問題ありますか？」

ケイガンはしばし考え、うなずいた。

「さしあたっては、大きな問題はなさそうだ」

ビヒョンとティナハンは安堵のため息を吐いた。そして、ビヒョンは好奇心に満ちた声で訊いた。

「さしあたっては？　じゃあ、遠からず問題が生じるってことですか？」

「我々は、この地を抜けてシュラドスに向かう。メヘムがジャボロと一戦交える準備をしていたとしたら向かうのは好ましくないし、ペチレンに行くには川を渡らねばならぬ。我らにとってはいささか厳しい旅程と言える」

ビヒョンは、三倍に膨らんで空を仰いでいるティナハンをちらりと見ると、また尋ねた。

「じゃあ、シュラドスですね。でも、シュラドスに何か問題があるんですか？」

「ない。その次に現れるものが問題なだけだ」

「何があるんです？」

ケイガンはふいにリュンに目を向けた。リュンは首を傾げた。ケイガンはため息を吐いて言った。

「シグリアト有料路」

「シグリアト有料路？　それがなんで問題なんです？　通行料を払って通ればいいでしょう」

「もちろん、そうだ。だが、私はその、〝山羊恋慕者ども〟が龍にどんな通行料を策定するか、とうてい見当がつかぬ」


夜とも昼とも言いがたい時間、そして、夜明けという妥協した表現も適用が難しい時間の中に、サモはいた。陰鬱な色で自らを上塗りし、臥せっている冷たい大地は冷たく深く暗かった。ほのかだからこそ美しい思い出のような霧が地面の上をさ迷っていた。

東の方角に向かって座っているサモの背後には、大虎の巨体が長々と寝そべっていた。その頭を正確に西の方角に向けて。

サモと大虎は、お互いに腹をたてていた。

ジャボロ城壁の前で大虎がサモを咥《くわ》えて逃げたとき、サモは苦痛で動けない状態だった。大虎は小高い丘を選び、サモをそのてっぺんに連れていった。丘のてっぺんには平べったい岩があった。その上にサモを下ろすと、大虎はそのそばに横たわった。

陽の光が星の光に場所を譲るのを見ながら、大虎は我慢強く待った。

風が露《つゆ》を落とし、煙霧が再び草の葉に露を含ませるときも、大虎は動かなかった。

サモは数日経って、やっと起き上がった。そして、本格的に怒り始めた。大虎が勝手にショジャインテシクトルに割り込んだという点、そして、やはり勝手に自分を咥えて逃げたという点を挙げ、サモは大虎の悪徳を非難した。もちろん、大虎にはまったく聞き取れなかった。それでもサモが腹をたてていることにはどうにか気づき、そのことで大虎もやはり腹をたてた。もちろん、重さが三トンを超えるその猛獣が本格的に怒ったら、サモの命は危なかったろう。しかし大虎は、はるかに穏健な形で自らの不愉快さを表現した。ところが、それはサモをますます怒らせた。大虎は後足で土をサモに蹴りかけた。

サモは、顎をつんとあげたままで土を払い落とすと、大虎から顔を背けて東を向いて座った。大虎のほうは、土をかけた姿勢そのまま、西を向いてうつぶせた。

そして、ひとりと一頭は、かなり長い時間そうして背を向け合っていた。

ふいに大虎の尻尾が動いた。蠅でも追い払うような動きだったが、それは正確にサモの腰を打った。サモがサッと振り返る。しかし、その尻尾はすでに大虎の背中の上で何事もなかったように揺れていた。サモは大虎の後頭部を睨みつけてやりたかったが、見えるのは巨大な尻だけだ。いずれにせよ、目に楽しい光景ではなかったので、サモは元どおり前を向いた。

やがてサモは横に手を伸ばすと、石をひとつ拾い上げた。腰のシクトルを抜き、刃を研ぐときのように石の上に乗せる。刃を寝かせず、垂直に立てて。そして、そのまま刃を横に動かした。

シクトルの鋭利な刃が石の表面を引っかき、耳を塞ぎたくなるような音を響かせた。

〝グワオン！〟というような難解な悲鳴をあげ、大虎は数メートルも跳びあがった。虚空で身を返し、サモの背中が見える方向へ降り立つと、肩と首の毛を思いっきり逆立ててサモの背中を睨みつける。ところが、サモは泰然と刃を研ぐ真似をしてみせた。鼻息を荒くして睨んでいた大虎が、また背を向けて座り込む――。

五分後、サモと大虎は抱き合って転げまわっていた。

体格の比率が完全に反対だという点を除けば、子犬と遊んでいる少女とさほど変わるところがない姿だ。そうして転げまわっていたサモは、やがて息を切らし、横ざまに寝た大虎の腹に身を横たえた。長い毛がサモの体をすっぽりと覆う。大虎の体温は黒獅子の毛皮の熱と相まって、彼女を快適に包んでいた。

宣《の》りを聞けない大虎に、サモは肉声で言った。理解はできなくても、少なくとも聞くことはできるからだ。

「まだ具合が悪いわ。でも、今の私の悩みは、そんなことじゃないの」

サモの希望通り、大虎はサモの声に反応した。巨大な舌でサモの顔を舐《な》めたのだ。サモは息を切らし、やっとのことでその舌を押しのけた。

「駄目よ。鱗が落ちちゃいそう。そうっと舐めて。あのね、私の悩みっていうのはね、あなたのことがどんどん好きになっちゃうことなの。あなた、精神抑圧されてるわけじゃないでしょう?」

大虎は、もちろん答えない。手に触れた大虎の毛をよじりながら、サモが言う。

「あなた……あなたとか言うと、ちょっと変な感じね。名前を付けてあげてもいい? あの悪徳なキタルジャ狩人があなたたちに名前を――それも、すごく面白いのをつけてたんですってね。私も気の利いた名前を思いつけるかどうかわからないけど」

東の空が白み始めていた。陽の光を受け、体温を高める必要があったが、サモはそうしなかった。大虎の体温と毛皮の熱だけでも充分だったからだ。それで、サモは眠気を感じつつ言った。

「山にかかった雲《マルナレ》」

そう言うと、サモは噴き出した。大虎が顔をあげてサモを見つめる。

「マルナレ」

またマルナレと言ってから、サモは爆笑した。大虎はわけがわからないという顔でサモを見ている。やっとのことで笑いやんだサモは、大虎の大きな顔を見て言った。

「そうね。ふかふかしたあなたにぴったりの名前かもしれないわ。あなたの名前はマルナレよ」

大虎がふいに身を起こした。おかげで、サモは地面に尻餅をついた。サモは面食らって大虎を見つめた。

「気に入らないの？　この名前が」

冗談のつもりで言ったサモは、大虎のようすがおかしいのに気づいた。ようすを窺ってみると、地平線を凝視している。サモは、そちらの方向に目をやった。

南の地平線のあたりで何かが動いている。サモは大虎の腰を叩き、概念を伝えた。大虎がサッと腰をかがめ、サモが背中に乗れるようにする。小高い山のてっぺんで大虎の上に乗ったサモは、ますます高い位置から南の地平線を見つめた。

やがて、サモの口からうめきが漏れた。

〈あれは……ああ、なんてこと！〉

サモはマルナレの首の毛をつかむと、また概念を伝えた。マルナレは南の地平線に向かって一度咆哮を響かせたかと思うと、サッと体を北に向け、途轍《とてつ》もない速さで走り出した。

強い風を正面から受けると、サモの痛みは激しくなった。しかし、サモは、マルナレのスピードを押さえようとは思わなかった。恐怖の中、サモは後ろを振り返った。数千の群れをなし、南の地平線をほとんど覆い尽くして駆けてくるのは、サモが知る何者とも似ていなかった。だからこそ、わかった。それが何なのか——。


キタタ・ジャボロはケイガンの言うことが正しいと考えるようになった。王よりは麻立干のほうがはるかによい。臣下は王のことを剣の鞘《さや》でこてんぱんに殴りつけたりできないが、伯父は甥にあたる麻立干にそうしてやれるからだ。鞘で殴られながら、ジグリムは「なんと無礼な！　反乱だ！」と騒いだが、ジャボロ氏族の長老は、「甥を厳しく教育している姿を見たが、キタタの筋力はまだいける」と満足げにしていた。そして、いつもジャボロ氏族の決定を尊重してきたジャボロの人々は、氏族の意見に同意した。「あれは、一族内のことだ」それが王と麻立干の違いだった。麻立干の場合、人々が従うのはその氏族だ。よって、人々は同じ氏族の者どうし殴り合おうがどうしようが、人道主義的な介入以上のことはしない。

結局、ジグリム・ジャボロは、ひと月は療養が必要な体となり、城楼の上に長々と伸びる羽目になった。ジャボロ氏族の若者たちに運ばれていくジグリムを見ながらキタタ・ジャボロは空を仰いで嘆いた。

「なんと情けない奴だ！　親を早くになくし、かわいそうに思ってこれまで気にかけてやったのだが、あの歳になってもまだ人間がなっていない。息子だったらとっくに性根を叩き直してやったろうに、甥だったから、つい放任してしまった。その結果、もっと面倒なことになってしまった……！」

ジャボロ氏族の長老たちは、キタタ・ジャボロを慰めた。弟の息子をそれぐらいにまで育てたのだから、死んだ弟も充分に満足しているはずだ。むしろ、なぜもっと早く手を付けなかったのかと詰るかもしれない。キタタは首を振り、氏族の長老たちに言った。

「城門を開き、客人を迎えよう」

人々は、困った顔で城の下のほうを見た。しかし、キタタ・ジャボロは彼らの答えも待たず、下に向かって叫んだ。

「おーい！　いま城門を開けますぞ！」

城楼の下から美しい声がキタタに答えた。

「それはいい。入る気はないから。ところで、さっき私に大虎を引き渡せと叫んでいたあの人間はどうなったの？　あなた方の王なんでしょ？」

キタタはサッと顔を赤らめ、歯ぎしりした。龍を奪おうとして大恥をかいてからいくらも経たないというのに、ジグリム・ジャボロは城門の前に現れた大虎を見るやいなや、それを欲しがったのだ。結局、ジグリムは伯父の忍耐心の底を突かせ、ついさっきその代償を全身で支払ったところだった。

「あやつは、私の愚かな甥です。そして、王ではありません。二度とその名は名乗れないはずです。甥の失言については、私が代わって謝罪します」

わけがわからなかったが、サモはただうなずいた。

「何はともあれ、私の用件は、さっき言った通りよ。どうやら責任者があなたに代わったようだから、もう一度言うわ。信じがたいでしょうけれど、あなたたちの都市に向かって数千の斗億神が駆けてきてるの。遅くとも、今夜のうちにはやって来そうよ」

さっき一度聞いた話だったが、キタタをはじめとする人々は、とても信じられなかった。「数千の斗億神だと?」しかし、その一方で、あまりにとんでもない話なので、むしろ信じられる気もした。サモは、真剣に言葉を結んだ。

「あの不幸な者たちが、この都市を攻撃するかどうかはわからないけれど、注意して悪いことはないと思う」

「実に信じがたいことだが、正直、あなたの姿よりは信じられますな。大虎に乗ったナガとは」

サモはにっこりと笑った。キタタはふと思いつき、躊躇《ためら》いがちに言った。

「ところで、あなたが追っていたナガですが……」

「わかってるわ。もうここにはいないわよね」

サモは、シクトルの感覚で、リュンがすでにジャボロを発ったのを知っていた。キタタ・ジャボロは驚いた。

「では……それを知っていながら、我らに警告するためだけに来てくれたと?」

「必要かと思ったんだけど、お節介だったかしら」

「いえ、とんでもない! 断じてそんなことはありません」

「じゃあ、もう行くわ。気を付けてね。斗億神については、確かに言えることは何もない。何が起こっても驚かないで」

そして、サモはキタタが謝意を述べる隙も与えず、マルナレに概念と意志を送った。マルナレは、ジャボロの城壁に沿って走り出した。何人かが感嘆の声をあげ、城壁の上を後に付いて走ったが、大虎の速度にはとうてい付いていけなかった。風のようにジャボロ城壁を迂回したマルナレは、北に向かって駆け去った。

訳者あとがき

韓国ファンタジイ界の巨匠イ・ヨンドが生み出した壮大な長篇ファンタジイ小説『涙を呑む鳥』。本書『涙を呑む鳥1　ナガの心臓』はその四部作の第一部だ。

『涙を呑む鳥』は、パソコン通信（初期のパソコンネットワーク、主に通信回線を利用した）ハイテル上で連載されたのち二〇〇三年に書籍化された。それから二十年以上たった現在でも根強い人気を誇る著者の人気作だ。韓国では、刊行二十周年に当たる二〇二三年に、出版社のウェブ小説プラットフォーム上での公募を経て編まれたファンフィクション・アンソロジー『森の哀歌』（未訳）も出版されている。

また、二〇二二年には大型ゲーム化の企画が進行していると発表された。バトルロイヤルゲーム「ＰＵＢＧ：ＢＡＴＴＬＥＧＲＯＵＮＤＳ」で知られる韓国のゲーム開発会社ＫＲＡＦＴＯＮによるもので、そのコンセプトアートがすでに発表されている。

本作の最大の特徴は、何といってもその世界観だろう。欧米風のファンタジイ要素は取り入れずに韓国的な要素を生かした、作者が自ら生み出した独自の世界を舞台に繰り広げられるこの壮大な物語には、人間のほかに様々な独創的な存在が登場する。いくつかご紹介させていただこう。

まずレコンなる種族。体長三メートル。頭に鶏冠《とさか》、顔には嘴《くちばし》があり、全身が羽毛に覆われている。怒ると「鶏鳴声《けいめいせい》」というすさまじい大声を発し、戦闘能力は非常に高いが、水を極度に怖れる。

次にトッケビという種族。火を自在に操り、性格は楽天的。肉体が死んでも霊魂は死なず、他のトッケビから敬われる翁《おきな》と呼ばれる存在となる。

そしてナガ。この種族は全身鱗《うろこ》に覆われ、「宣《の》り」という独自のコミュニケーション手段を持つ。一年に一度脱皮し、成人するときに心臓を抜いてほぼ不死の存在となる。

以上の三種族に人間を加えた四種族がこの物語では「人」とされている。彼らは選民思想に基づきそれぞれ異なる神を仰ぐ。人間は「どこにもおわさぬ神」を、レコンは「この世の何者よりも低いところにおられる女神」、トッケビは「我を殺す神」、ナガは「足跡のない女神」を仰いでいる。

人の他にトッケビを乗せて空を舞う巨大なカブトムシ、植物として芽吹き育っていく龍、プライドの高い大虎、邪悪で醜怪な斗億神《ドゥオクシニ》、ひとつの体に多数の霊魂を抱いて生きる群霊者、背に遺跡を乗せて空を舞う巨大生物ハヌルチ等々、実に様々な創作物が作品中にあふれている。そういった、この作品ならではの物事は「〇〇とは、これこれこういうものだ」というふうに説明されず、物語の中に登場させて読者に認識させる手法が取られていて、読む者の想像力を刺激する。

ナガの「宣り」や、各種族ならではの言い回しなどもおもしろい。ナガのコミュニケーション手段の「宣り」だが、原文では韓国の中世の言葉で「話す」を意味する言葉が使われている。そのことを参考にし、訳語には「宣り」を当てた。「〜ということなのか」といったセリフも、ナガが発すると「〜という宣りなのか」と必ずなるのがおもしろい。

種族ならではの表現としていくつか例を挙げると、まずナガの「トッケビみたいな」。トッケビはナガの大敵とされている。よって、この表現は相手をひどく罵倒する言葉……もとい宣りである。次に、やはりナガの「鱗が落ちる」。これは、ゾッとする、というような意味で使われる。またトッケビのあいさつ「昨夜の夢はいかがでしたか」。これは、トッケビが眠りを重要視するためだという。そういった興味深い表現が、漢語を多用したやや硬めの文章にちりばめられている。

この物語の舞台となる大陸は、大きく南北ふたつのエリアに分かれている。南には寒さに弱いナガが住み、残る種族は北で暮らしているが、双方の交流はなく断絶状態だ。特にナガは「限界線」より北のエリアには足を踏み入れることすらできない。

ところが、そんなナガのひとりを保護し、北エリアのハインシャ大寺院まで連れていくという任務を帯びた「救出隊」が組織され、旅立つところからこの『涙を呑む鳥』は始まる。救出隊のメンバーはレコンのティナハン、トッケビのビヒョン、人間のケイガンで、保護されるナガはリュン。みな個性あふれる魅力的なキャラクターだ。そんな彼らがぶつかり合い、時に理解し、心を配りつつ、前に立ちふさがる者、追跡してくる者と戦いながら進んでいく。物語はまだ始まったばかり。この先、どんな展開が待ち受けているか、心をときめかさずにはいられない。

本書の作者イ・ヨンドのデビュー作は、日本でも翻訳され読者を多数獲得している『ドラゴンラージャ』（全十二巻、日本版は岩崎書店〔二〇〇五〜二〇〇七年〕、ホン・カズミ訳）だ。一九九七年から九八年にかけてパソコン通信ハイテル上で発表されたこの作品は連載時から大人気を博し、連載終了とともに出版、百万部超の販売部数を記録した。韓国で「国が滅んだ」などと言われたアジア通貨危機の最中だったことを思うと、なおのこと価値ある数字と言えるだろう。ゲーム化、コミック化などもされ、人気を博した。同じ世界を舞台にした続篇『フューチャーウォーカー』も邦訳されている（全七巻、岩崎書店〔二〇一〇〜二〇一二年〕、ホン・カズミ訳）。

また、『涙を呑む鳥』にも続篇『血を呑む鳥』（全八巻）がある。このほかにイ・ヨンドは長篇『ポラリス・ラプソディ』『シャドー・マーク』『オーバー・ザ・チョイス』（以上、未訳）や数々の短篇を発表している。

韓国エンターテインメント小説の成長に伴なって日本でも翻訳出版が進む中、韓国で根強い人気を誇るベテラン作家の人気作が紹介されることは非常に意義深いことであり、微力ながらもその小さな一端を担えることはこの上ない喜びだ。翻訳を任せてくださり、その喜びを味わわせてくださった早川書房の東方綾さん、井手聡司さんに心からの感謝をお送りしたい。韓国の優れた作品がこれからもどんどん紹介され、ファンタジイをはじめとする韓国エンターテインメント小説が日本の読者の方々の心に浸透していくことを、韓国、韓国語に携わる者として心から願ってやまない。

訳者略歴　立教大学文学部卒，韓国外国語大学通訳翻訳大学院韓日科修士課程修了，日韓通訳・翻訳者　訳書『七月七日』ケン・リュウほか（共訳），『我らが願いは戦争』チャン・ガンミョン，『舎弟たちの世界史』イ・ギホ，ほか

涙《なみだ》を呑《の》む鳥《とり》1　ナガの心臓《しんぞう》〔下〕

2024年7月20日　初版印刷
2024年7月25日　初版発行

著　者　イ・ヨンド
訳　者　小《こ》西《にし》直《なお》子《こ》
発行者　早 川　浩

発行所　株式会社　早川書房
東京都千代田区神田多町2－2
電話　03-3252-3111
振替　00160-3-47799
https://www.hayakawa-online.co.jp

印刷所　中央精版印刷株式会社
製本所　中央精版印刷株式会社

定価はカバーに表示してあります
ISBN978-4-15-210352-9 C0097
Printed and bound in Japan
乱丁・落丁本は小社制作部宛お送り下さい。
送料小社負担にてお取りかえいたします。